# MEURTRE À L'ANGLAISE

# MEURTRE
# À L'ANGLAISE

VERITY BRIGHT

Traduit de l'anglais par Jocelyne Barsse

City
*Roman*

Publié pour la première fois au Royaume-Uni par Bookouture,
une marque de Storyfire UK Limited, sous le titre *A Very English Murder*.
Couverture : © Bookouture

ISBN : 978-2-8246-2027-5
Code Hachette : 32 1234 6

Collection dirigée par Christian English & Frédéric Thibaud
Catalogues et manuscrits : city-editions.com



Dépôt légal : Avril 2022

*Le meurtre est toujours une erreur.*
*Il ne faut rien faire dont on ne puisse*
*parler après souper.*

*Oscar Wilde*, Le Portrait de Dorian Gray.

# Prologue

En regardant l'imposante façade, lady Eleanor Swift se demanda à nouveau si elle avait bien fait de revenir. Après avoir lu la lettre l'informant du décès de son oncle et du legs – Henley Hall – qu'il lui avait laissé, elle s'était dit que ce retour aux sources tombait à point nommé.

Elle n'en était plus si sûre à présent…

Postée devant la porte en chêne à deux battants, elle leva les yeux vers les deux tourelles qui flanquaient l'entrée du grand manoir à la façade beige. Séparées par trois rangées de fenêtres cintrées, les tourelles se dressaient vers le ciel gris et couvert. Les armoiries de la famille Henley, sculptées sur la clé de voûte de l'arche centrale du bâtiment, semblaient désapprouver sa présence.

Le manoir était entouré de 80 hectares de jardins à la française et de parcs. Derrière elle, l'allée en arc de cercle avec sa fontaine centrale était dépourvue de voitures. Elle se demanda si la Rolls adorée de son oncle roulait toujours. Elle se revit dans la voiture sur la longue allée sinueuse qui conduisait aux imposantes grilles en fer forgé à l'entrée du domaine puis sur la route pour rejoindre la gare de Chipstone. C'était la dernière fois qu'elle avait vu son oncle.

Elle soupira. Ce dernier séjour au manoir remontait à 1904, l'année de ses treize ans. Elle était venue y passer des vacances, l'une des rares fois où elle avait été autorisée à quitter le pensionnat. Son oncle n'avait été présent qu'une ou deux semaines. Il était ensuite parti à l'étranger pour ses affaires, comme souvent, et l'avait laissée à la garde de l'insondable majordome, Clifford.

Pour tuer l'ennui par cet été particulièrement humide, elle avait consacré ses journées à la lecture de ses romans préférés et ses nuits, à l'élaboration de plans saugrenus censés lui éviter un retour forcé au pensionnat où la vie était encore plus morne qu'au manoir. Après une absence de seize ans, elle était revenue.

Elle prit une profonde inspiration et tira sur la clochette, songeant que la dernière fois qu'elle était venue, elle était encore trop petite pour l'atteindre.

Elle leva les yeux vers les armoiries de la famille Henley.

*Mais qu'est-ce qui t'a pris, Ellie* ?

# I

Clifford, le majordome de son oncle défunt, ouvrit enfin la porte. Il n'avait pas pris une ride et semblait aussi guindé qu'autrefois. À croire qu'il avait le même âge indéfinissable qu'à l'époque. Elle ne connaissait pas le manoir sans lui. Elle était convaincue que tous les majordomes naissaient à un certain âge qu'ils conservaient jusqu'au moment où ils disparaissaient dans un discret nuage de fumée. Un bon serviteur n'aurait jamais eu l'indécence de mourir avant son employeur, ça ne se faisait pas.

Clifford, toutefois, ne lui réserva pas l'accueil chaleureux dont elle rêvait. Il se contenta de s'incliner avec raideur.

— Bienvenue à Henley Hall, lady Swift, dit-il.

*A-t-il répété cette phrase* ? Sinon, comment aurait-il pu y instiller une telle froideur teintée d'une pointe de désapprobation ? Mais à quoi s'était-elle attendue au juste ? À rien, elle ne s'était pas projetée aussi loin.

— Merci Clifford.

*Au moins, il se souvient de toi, Ellie,* se consola-t-elle. *Même si je sais que j'ai beaucoup changé, contrairement à lui. Après tout, je suis assez grande pour atteindre la sonnette, désormais.*

Les lèvres pincées, il tint la porte, tandis qu'elle franchissait le seuil, munie de ses maigres bagages battus par le vent.

— Pardonnez-moi, madame, aurais-je mal saisi votre message initial ? J'avais compris, que vous arriveriez demain soir, par le train de 18 h 30. J'avais prévu de venir vous chercher à la gare de Chipstone en Rolls.

— Vous aviez bien compris, Clifford. Cependant, je suis arrivée plus tôt et je suis venue par mes propres moyens.

— Très bien, madame.

Un grattement vigoureux détourna l'attention d'Eleanor et la porte en chêne s'ouvrit brusquement. Un vieux bouledogue apparut, babines pendantes, ses griffes grattant le plancher entre les épais tapis disposés dans l'entrée. Le chien se jeta sur ses genoux, la poussant en arrière. Elle se retrouva assise de force sur une chaise basse. Il frotta sa tête ridée contre celle d'Eleanor et lui donna un coup dans le nez avec la pantoufle de cuir qu'il tenait dans la gueule en guise de cadeau de bienvenue. Au moins un qui semblait ravi de la voir.

Clifford tapa dans ses mains.

— Descends, Gladstone !

Le chien s'assit docilement.

— Je vous présente maître Gladstone, madame. Votre oncle l'a acheté quelque temps après votre dernière visite. (Il marqua une pause.) Voilà longtemps que vous n'étiez pas venue au manoir.

Eleanor ne dit rien. Elle était parfaitement consciente du temps qui s'était écoulé depuis qu'elle ne s'était pas trouvée dans un endroit qu'elle pouvait considérer, même de loin, comme sa maison.

Gladstone s'affala à ses pieds. Il remuait la queue dont les battements étaient assourdis par l'épais tapis à longues franges.

— Souhaitez-vous un thé, madame ? demanda Clifford. Vous devez être assoiffée après ce long voyage.

— En fait, j'aimerais me changer et mettre un peu d'ordre dans mes pensées.

— Vous voudrez sans doute prendre connaissance des papiers concernant la succession.

— Des papiers ? Ça fait près de sept semaines que je n'ai pas vu un lit décent. Les papiers peuvent attendre.

— Très bien, madame. Dans ce cas, permettez-moi de vous montrer votre chambre.

Sur le palier élégant du deuxième étage, Clifford s'arrêta devant une porte familière. Il l'ouvrit puis s'effaça.

— Votre chambre, madame.

Eleanor s'avança et fut immédiatement ramenée seize ans en arrière.

— Mon Dieu !

Elle balaya la pièce du regard, incrédule.

À l'évidence, la chambre était nettoyée régulièrement car il n'y avait aucune trace de poussière. Elle avait dû être aérée tout aussi fréquemment. Elle sentait bon le linge propre. Pourtant, rien n'avait changé à l'intérieur depuis son enfance.

— Mais Clifford... commença-t-elle avant de s'interrompre quand elle constata qu'il avait déjà tourné les talons et descendait l'escalier sans bruit, sa queue-de-pie effleurant les marches.

Eleanor se tenait au milieu de la pièce, un peu perdue. Elle n'aurait jamais cru qu'on lui attribuerait cette chambre. Depuis son départ à l'étranger, elle avait parcouru le monde, découvert des endroits et accumulé des expériences qu'aucune autre femme de son âge ne pouvait soupçonner. Pourtant, à vingt-neuf ans – elle avait fêté son anniversaire le mois précédent –, elle se sentait toute petite dans cette chambre d'enfant. Elle regarda le miroir sur le mur d'en face. Elle y vit une femme mince avec des boucles rousses et des yeux verts blasés, vêtue d'une tenue démodée. Elle secoua la tête. *Arrête ça tout de suite Ellie !*

L'édredon rose et doré forma une bosse derrière elle quand elle s'assit au bord du lit et passa la main sur le tissu soyeux. Son propre rire la surprit. Petite, elle adorait ce couvre-lit. Elle s'en était même enveloppée, le transformant en cape de princesse, pour distraire les poupées sur la méridienne avec ses discours pleins d'esprit. Lorsqu'elle était revenue au manoir à l'adolescence, l'édredon n'était plus à son goût, elle le détestait.

Elle laissa son regard errer dans la pièce. Trois bibliothèques avec des éléphants sculptés occupaient le pan de mur entre les deux fenêtres cintrées. Et y avait-il ces... Oui. Il y avait précisément les livres qu'elle avait dévorés pendant ces journées pluvieuses, assise, les jambes repliées sur la banquette de la fenêtre : *La Petite Rebecca du ruisseau ensoleillé*, *Les Aventures de Huckleberry Finn*... et plus loin, *Les Mille et Une Nuits*, *L'Île au trésor*, *Le Tour du monde en 80 jours* et *Le Livre de la jungle*. Ces histoires lui avaient semblé si réelles à l'époque.

Un tableau au-dessus du lit représentait une oasis avec une caravane de chameaux au repos avant la prochaine étape du voyage. Elle avait passé des heures à contempler l'image, s'imprégnant du moindre détail. Elle aurait pu la reproduire fidèlement. Les palmiers au bord de l'eau se découpaient sur les dunes de sable doré virant au pourpre à l'horizon. Les chameaux se tenaient sous les palmiers. Les sacoches de voyage minutieusement représentées attiraient l'œil avec leurs pompons noir et or scintillant au soleil.

À l'époque, Eleanor était surtout fascinée par les chameliers avec leurs longues tuniques blanches tourbillonnantes et leurs foulards à carreaux rouge et blanc qui contrastaient avec le noir profond de leurs yeux. Assise en tailleur sur le lit avec son journal, elle avait écrit tellement d'histoires sur ses aventures imaginaires à dos de chameau que les trois bibliothèques de la chambre n'auraient pas suffi à toutes les contenir.

*Et maintenant tu as vécu tout ça, Ellie. Tu as traversé le désert de Lout, tu as parcouru la Route de la soie et tu as eu beaucoup d'autres aventures. Certaines étaient encore plus incroyables que celles que tu imaginais quand tu étais petite.*

Peut-être était-il temps d'arrêter de se sentir coupable ? Les livres ne racontaient que la moitié de l'histoire. Elle avait appris à ses dépens qu'explorer des montagnes et des déserts, que dormir sous les étoiles scintillantes allait souvent de pair avec la faim, l'épuisement, la maladie.

Et même si elle ne s'était jamais sentie aussi vivante, bien souvent elle s'était demandé où elle allait manger et dormir.

Elle ne prétendait pas être la première, elle ne faisait que suivre les traces de ses héroïnes, ces pionnières courageuses qui avaient osé défier les conventions et surmonter les obstacles pour se mesurer à leurs homologues masculins. Mais tout était plus difficile pour les femmes.

Était-elle heureuse de l'avoir fait ? Sans aucun doute. Était-ce comme dans les livres ? Pas du tout. Elle soupira. Si seulement cette fichue lettre n'était jamais arrivée. En réalité, la lettre n'avait été qu'un catalyseur. La vie qu'elle menait ne lui procurait plus la même joie qu'au début. Elle adorait les voyages, les destinations exotiques en particulier. Elle en avait même fait sa profession. Pourtant ce mode de vie avait fini par perdre de son attrait. Elle s'était lassée de l'incertitude et des imprévus permanents.

Son voyage entre l'Afrique du Sud et Londres avait surtout ressemblé à une lutte incessante contre les éléments, pas vraiment le genre d'aventure qui fait rêver. Elle secoua la tête. Un périple de près de quinze mille kilomètres incluant deux atterrissages forcés aurait fini par décourager le plus intrépide des voyageurs. Le problème avec les vols inauguraux, c'était leur imprévisibilité. Et le premier vol commercial entre Le Cap et Londres n'avait pas dérogé à la règle. Sur les quarante-cinq jours qu'avait duré le voyage, les passagers n'en avaient passé que cinq dans les airs. Le reste du temps, ils étaient cloués au sol pendant qu'on réparait l'avion avec les moyens du bord, d'abord au Soudan puis à Bulawayo où ils avaient atterri en catastrophe. Mais ils étaient arrivés au terme du voyage, certes au prix de quelques contusions et de beaucoup de fatigue.

— Le sable et moi, c'est fini ! grommela-t-elle.

Elle se leva puis se dirigea vers la commode sur laquelle trônait une marionnette entortillée dans ses fils. Eleanor avait passé un après-midi à faire danser le pauvre pantin sur le tapis rond et un autre à le martyriser pour évacuer sa frustration. Depuis, les ficelles étaient inexorablement emmêlées. Elle soupira. Elle pensait avoir coupé les liens qui la reliaient à cet endroit depuis longtemps et n'aurait jamais imaginé revenir un jour, encore moins avec des émotions aussi enchevêtrées que les ficelles de la pauvre marionnette.

À côté, Eleanor reconnut un jouet qu'elle n'affectionnait guère. C'était pourtant le plus précieux de tous : une maison de poupées représentant Henley Hall. La façade avant, aussi haute qu'Eleanor à présent, s'ouvrait sur la majorité des pièces du manoir reproduites sur six niveaux.

Les meubles, les tableaux et les quatre ou cinq poupées semblaient perdus à l'intérieur. Un homme, son oncle supposa-t-elle, avait perdu ses bras. Deux femmes, en uniforme de servantes, avaient été reléguées à la cuisine. Quant au majordome, il avait été enfermé dans l'armoire en guise de punition. Eleanor l'avait exilé dans le placard après s'être disputée avec Clifford. Ils n'étaient pas d'accord sur ce que devait faire et ne pas faire une jeune femme. Eleanor revendiquait sa liberté, liberté dont elle était privée au pensionnat.

Un objet attira son attention à travers la fenêtre au dernier étage de la maison de poupées. Elle le récupéra dans la chambre miniature et le manipula avec soin. C'était la montre à gousset de son oncle. Par un après-midi pluvieux, il lui avait montré des tours de magie pendant une heure, faisant passer la montre de poche en poche comme s'il la tenait par un fil invisible.

« Devine dans quelle poche elle est maintenant ?

— Celle-ci ?

— Non, tu t'es encore trompée ! »

Elle se dit que c'était l'un des plus beaux souvenirs qu'elle avait de son oncle. La plupart du temps, il se montrait très distant avec elle. De plus, il était souvent absent et se rendait fréquemment à l'étranger pour ses affaires. Enfant, elle ignorait tout de ses activités, d'ailleurs elle n'en savait guère plus à présent. Après une brillante carrière au sein de l'armée, il avait pris sa retraite assez jeune. Ce qu'il avait fait ensuite restait un mystère pour elle.

Elle soupira et mit la montre dans sa poche, heureuse d'avoir au moins un joli souvenir.

En refermant la maison de poupées, Eleanor songea qu'elle ne s'était jamais sentie chez elle dans cette grande demeure qui lui appartenait désormais. Pourrait-elle y trouver ce qu'elle cherchait depuis si longtemps ? Un foyer, un sentiment d'appartenance ? Tout à coup, elle se sentit aussi oppressée que dans la minuscule cabine dans les airs. Elle avait dit à Clifford qu'elle voulait mettre de l'ordre dans ses pensées après le long voyage. *Foutaises* ! C'était criminel de rester seule avec ses pensées dans cette chambre. Dehors, elle se sentirait en sécurité, dehors, elle pourrait s'évader. Il fallait qu'elle sorte à tout prix.

Quand elle arriva en bas de l'escalier, Clifford apparut.

— Êtes-vous suffisamment reposée pour rencontrer le reste du personnel, madame ?

— Rencontrer le personnel ?

Elle repensa immédiatement aux servantes anonymes dans la maison de poupées.

— Non, Clifford, je crains de ne pas être suffisamment reposée. Vous me présenterez le personnel plus tard.

Elle passa une veste, se débattit avec les boutons d'une main et ouvrit la porte de l'autre. Clifford lui barra la route.

— Madame, la nuit tombe. Il est imprudent de sortir la nuit. Il y a plusieurs…

Plusieurs quoi ? Elle ne le sut jamais. Prenant son chapeau au passage, elle sortit dans le crépuscule, ignorant les mises en garde du majordome.

# 2

Dehors, la forte brise s'était transformée en vent violent. Eleanor rattrapa son chapeau qui avait failli être emporté par une bourrasque. Freinée par les rafales, elle eut le plus grand mal à atteindre les grilles du domaine. Le bruit qu'elle entendit alors ne ressemblait en rien au mugissement du vent mais plutôt à un grognement. C'était le bouledogue de son oncle, qui avançait à grand-peine sur ses pattes raides.

— Gladstone ! Qu'est-ce que tu fais là ?

Quand elle se pencha vers lui, le chien lui lécha le nez et le front, la saluant avec enthousiasme.

— Beurk !

Abstraction faite de ses bisous baveux, elle était ravie de sa compagnie mais le prévint que s'il recommençait à lui donner des coups de langue, il serait immédiatement renvoyé au manoir.

Après quoi, elle se remit en marche pour chasser ses vieux souvenirs qui encombraient son esprit.

— Voyons voir... rien de tel qu'une grande marche pour se dégourdir les pattes, mon chien. Tu verras, tu n'auras plus envie de bougonner après. Jusqu'à présent, tu ne m'as pas vue sous mon meilleur jour.

Elle soupira. *Clifford non plus, sans doute* ? Quant aux autres membres du personnel... ils ne l'avaient même pas vue. Une petite voix murmura à son oreille... À quoi bon les rencontrer si tu ne restes pas assez longtemps pour *retenir leurs noms* ? Il lui suffirait de supporter trois semaines exaspérantes dans des trains bondés et à bord de paquebots étouffants pour retrouver le monde qui lui était familier. La vie trépidante et aventureuse qu'elle avait voulue. Pas une existence remplie d'uniformes et de tenues guindées, gouvernée par toutes sortes de règles et de codes ridicules.

Peut-être pourrait-elle même prendre un vol à destination du Cap ? Les passagers avaient déboursé une coquette somme pour être les premiers à relier Le Cap et Londres en avion. Mais elle doutait qu'ils fussent prêts à payer pour le vol retour. Elle avait voyagé gratuitement car l'avion appartenait à la compagnie pour laquelle elle travaillait mais elle n'avait guère envie de passer deux mois à survivre dans le désert après des atterrissages forcés.

Elle ne désirait voir personne tant qu'elle n'était pas de meilleure humeur et les dix minutes de marche jusqu'au portail du domaine n'avaient pas suffi à l'égayer. Une fois les grilles franchies, elle prit à droite, évitant la route qui conduisait au village. Elle gravit la côte en haletant, suivie de son compagnon à quatre pattes. Après avoir serpenté pendant deux ou trois kilomètres, la route débouchait sur une intersection signalée par un panneau cassé. Comme Eleanor n'avait aucun but particulier, peu lui importait la direction qu'elle prenait, aussi opta-t-elle pour la petite route à droite.

Tout en avançant sur la voie déserte, elle tenta de rassembler ses idées.

— Gladstone, mon ami, que dois-je faire ? J'ai reçu une lettre m'apprenant la mort de mon oncle et m'annonçant que, contre toute attente, il m'avait légué Henley Hall. Alors… je suis revenue dans l'espoir de m'établir ici, de me sentir à la maison. (Elle secoua la tête.) Mais comme d'habitude, j'ai l'impression d'être une étrangère.

Son compagnon se fichait pas mal de ses soucis. Il n'avançait plus au petit trot mais traînait des pattes, la tête baissée. Il avait même renoncé à chasser des lapins imaginaires.

Le manque d'enthousiasme croissant du chien s'expliquait aussi par une dégradation du temps qui avait échappé à Eleanor.

— Mon Dieu, j'étais tellement perdue dans mes pensées ridicules que je n'avais pas remarqué la pluie.

Elle avait redoublé et formait désormais un rideau cinglant et froid forçant Gladstone à secouer la tête toutes les deux minutes. Ignorant quel était le seuil de tolérance des vieux bouledogues, Eleanor s'inquiéta pour la santé du chien. Et s'il prenait froid, ou pire encore, si ses pattes raides se bloquaient une fois que l'humidité aurait ankylosé ses articulations ?

Un coup de tonnerre la fit sursauter comme un springbok effarouché. Gladstone vint se coller contre ses jambes puis se blottit sous sa jupe.

— Je suis désolée, mon vieil ami.

Elle défit son écharpe et l'enroula autour du cou du chien, craignant qu'il ne s'échappe au prochain coup de tonnerre. À cet instant, un éclair, suivi immédiatement d'un craquement assourdissant, lui indiqua que l'orage était juste au-dessus d'eux.

Elle sortit de sa poche la montre à gousset de son oncle. 22 h 10. Ils marchaient depuis près de quarante minutes et elle ne savait pas où ils étaient.

— Nous allons trouver un abri, Gladstone. Il doit bien y avoir un endroit où se terrer en attendant que l'orage se calme.

Ses cheveux mouillés lui piquaient les yeux car le vent les rabattait sur son visage et ses vêtements trempés lui collaient au corps. Tandis que les branches oscillaient à chaque bourrasque, elle aperçut une lueur à travers la haie épaisse. Une rafale soudaine la fit dévier de sa route ; elle entraîna le bouledogue. La bourrasque écarta les branches, laissant apparaître un éclat de lumière.

— Viens mon ami, nous sommes sauvés.

Elle traversa tant bien que mal l'épais fourré, plissant les yeux pour résister aux éléments déchaînés. La lumière venait d'une sorte d'abri.

— Je te parie l'équivalent d'une semaine de friandises pour chien, Gladstone, qu'il y a dans cette cabane quelqu'un qui aura du café pour moi et une couverture pour toi.

Elle tenta d'entraîner le chien mais il menaçait d'entrer en rébellion.

Bientôt elle fut assez près pour constater que l'abri était une grande cabane d'ouvrier. Mais entre elle et la cabane se dressait une immense clôture en fil de fer.

Les doigts tremblants, elle attacha Gladstone à l'un des poteaux puis enfonça son chapeau sur sa tête, pour protéger ses yeux de la pluie.

— Je vais leur dire que nous avons besoin d'aide et je reviens te chercher tout de suite, mon ami.

Il la regarda tristement tandis qu'elle escaladait la clôture. Arrivée en haut, elle sentit son cœur s'emballer. De l'autre côté, la pente descendait à pic. *Ça fait au moins quinze mètres, Ellie !* Il ne manquait plus que ça, une carrière ! Une fine bordure d'arbres cachait le précipice, un escarpement de craie et de silex, et tout en bas, une étendue d'eau noire comme l'encre. De rares buissons s'accrochaient aux pentes escarpées du ravin. En face, le sol avait été nivelé, formant un vaste espace plat, permettant aux tombereaux de chantier de tourner. C'est à cet emplacement que se dressait la cabane d'ouvrier.

Eleanor entreprit de redescendre, déchirant sa robe au passage. Un éclair zébra le ciel, un coup de tonnerre assourdissant retentit puis des éclats de voix se firent entendre. Ils venaient de la cabane. À travers la fenêtre, elle distingua dans la pièce mal éclairée la silhouette d'un homme qui levait les bras comme s'il se rendait à un ennemi invisible.

Elle secoua la tête, cligna des yeux pour chasser la pluie. Elle n'en était pas certaine… mais n'y avait-il pas quelque chose de familier chez cet homme ? Comment pouvait-elle attirer son attention ? Il serait plus efficace de lui faire signe que de crier mais elle n'eut pas le loisir de décider. Tout à coup, elle se figea, suspendue à la clôture. Un éclat de lumière suivi d'une détonation la paralysa. Un éclair ? Non, il s'agissait bien d'un coup de feu. Horrifiée, elle vit l'homme tomber en arrière.

Elle descendit en tâtonnant, puis sauta au sol, le souffle coupé. Il lui fallut plus d'une minute pour détacher Gladstone car elle avait les doigts engourdis par le froid. Elle se tapit derrière un buisson d'aubépine, entraînant le chien ébahi.

— Chut ! Pas un bruit ! dit-elle. (Elle réfléchit à toute vitesse.) Gladstone, cet homme a peut-être besoin de notre aide. Il faut que nous trouvions un moyen de contourner cette clôture. Il doit bien y avoir une entrée quelque part. Viens !

Tout en courbant le dos pour se faire discrète, elle rejoignit la route désormais inondée. Une voiture surgit de l'obscurité et l'aveugla avec ses phares. Elle s'écarta rapidement, traînant Gladstone. Le véhicule passa devant eux puis disparut dans la nuit.

Bien que trempée et transie, Eleanor décida qu'il était plus sûr de quitter la route. Elle traversa de nouveau les fourrés et longea la clôture, tirant le bouledogue de plus en plus récalcitrant. Elle trébuchait sans cesse dans les herbes hautes et accrocha plusieurs fois son manteau aux branches qui oscillaient dans le vent, mais enfin elle aperçut un portail en fer ouvert. Elle consulta la montre de son oncle. 22 h 30. Elle avait vu l'homme se faire abattre environ cinq minutes après avoir regardé l'heure pour la première fois. Il était alors 22 h 10. L'homme se vidait de son sang depuis plus d'un quart d'heure, ou pire… il était déjà mort. Elle franchit discrètement le portail puis traversa la cour de la carrière aussi vite qu'elle le put jusqu'à ce qu'elle vît la cabane éclairée devant elle. Le bruit de l'orage s'étant estompé, elle entendit son cœur tambouriner dans le silence inquiétant.

*Accélère, Ellie !* se sermonna-t-elle. Elle s'était déjà retrouvée dans des situations dangereuses mais elle dut fournir un gros effort pour continuer à avancer. Peut-être était-ce à cause de la pluie glaciale qui coulait dans son dos mais elle frissonnait quand elle s'arrêta à l'entrée de la cabane.

Aucun bruit. Aucun mouvement.

Gladstone la tira vers la porte, puis s'immobilisa, reniflant l'air. À l'intérieur, elle vit quelques caisses en bois, une table en bois brut et une ou deux pelles appuyées contre le mur. Elle baissa les yeux et inspecta le sol en terre battu dans la semi-obscurité. Elle distingua une flaque sombre de mauvais augure.

— On dirait bien que c'est du sang, Gladstone.

La grosse flaque de sang confirma qu'elle avait assisté à un meurtre. Elle avait bien vu un homme mourir sous les balles. Mais par quelque tour de magie macabre, le corps avait disparu.

De retour au manoir, elle enleva ses vêtements trempés. Elle avait failli se noyer en Inde après s'être fait surprendre par la mousson aussi était-elle simplement reconnaissante d'avoir retrouvé son chemin. Et contente de ne pas s'être fait renverser. Alors qu'ils suivaient la route longeant la carrière pour retourner au manoir, une moto avait surgi de l'obscurité. Le motard les avait vus à la dernière minute et avait fait une brusque embardée, les évitant de peu. Après avoir repris le contrôle de son engin, il avait disparu dans la nuit.

Le cœur battant, le cerveau en ébullition, elle se demanda pourquoi l'individu conduisait si imprudemment par une telle nuit, sur une route qui, de ce qu'elle en savait, desservait uniquement la carrière et quelques fermes isolées.

Clifford n'avait rien fait pour arranger les choses à son retour.

— N'aurait-il pas été plus sage de prendre la Rolls par une nuit pareille, madame ? avait-il dit en la regardant de la tête aux pieds. Au moins pour maître Gladstone, qui n'est plus tout jeune, avait-il ajouté en montrant le bouledogue trempé.

À la voir, il est vrai qu'on aurait pu croire qu'elle avait erré des jours à travers les landes, encore y aurait-il fallu qu'il y ait des landes dans les Chilterns. Néanmoins, elle n'était pas d'humeur à écouter un sermon. Clifford la traitait comme une petite fille. C'était sa maison désormais et les choses allaient changer. Furieuse, elle sentit son visage s'empourprer.

— Tout va bien, madame ?

— Mais oui, tout va pour le mieux. Je ne suis ni trempée ni frigorifiée et j'ai surtout besoin d'un brandy après... (Elle hésita. À quoi bon lui dire ce qu'elle avait vu ? Il se lancerait dans de longs discours soulignant qu'il était tout à fait inapproprié pour une dame de sa condition de se trouver sur les lieux d'un crime.) Un brandy chaud pour me requinquer, c'est tout ce que je demande, merci.

Elle avait tourné les talons et gravi les marches, en pataugeant dans ses chaussures, remorquant distraitement Gladstone toujours attaché par son écharpe. Il l'avait suivie docilement, trop heureux de lui obéir tant qu'elle ne lui demandait pas de retourner sous la pluie.

Une fois dans la salle de bains, elle l'avait essuyé. Il frétillait de plaisir et la boue recouvrant son pelage eut tôt fait de souiller l'épaisse serviette en coton.

— Regarde-moi les saletés que tu as faites ! L'intendante va te gronder, à cause de toi, elle va avoir encore plus de linge à laver.

Le bouledogue la regarda avec un air de dégoût.

— Je te rappelle que c'est toi qui as insisté pour venir. (Mais Clifford avait peut-être raison. Elle tapota la tête du chien.) Tu as bien mérité ce petit luxe car tu as été d'un héroïsme stoïque. Et après tout, c'est ta maison, tout autant que la mienne. Plus, même.

À cet instant, Mrs Butters, l'intendante, arriva avec un brandy chaud accompagné d'une assiette de tartines recouvertes d'une épaisse couche de beurre. Quelle délicate attention ! Elle ne fit aucune allusion à l'état des serviettes mais se contenta de dire en partant :

— Je vais en chercher des propres. Vous avez sûrement besoin d'un bon bain chaud.

Une fois seule avec son nouvel acolyte, Eleanor aborda un sujet épineux.

— Il se trouve, Gladstone, que j'ai été témoin d'un meurtre, nous devons donc en aviser la police. Toi aussi, tu trempes dans cette affaire jusqu'au cou. (Voyant que Gladstone n'était pas convaincu d'avoir joué le moindre rôle dans l'histoire, Eleanor se hâta de poursuivre :) D'accord, je vais devoir me rendre au poste de police et je vais te dire ce que je pense des autorités.

Elle marqua une pause mais le bouledogue semblait camper sur ses positions. Il s'affala sur les serviettes restantes en laissant échapper un grognement bruyant. Il était clair qu'il n'avait aucune intention de prendre part à la conversation.

Sans se démonter, Eleanor reprit :

— Tu vois, je ne suis pas le genre de personne à me précipiter sur le premier uniforme venu. Il faut dire que je n'ai pas eu de très bonnes expériences. Dès qu'on leur remet un insigne et qu'on les affuble d'un titre officiel, les hommes pensent qu'ils sont les seuls à même de décider de ce qui est bien et de ce qui est mal. Le pouvoir leur monte à la tête et corrompt même le plus honnête d'entre eux. Il devrait y avoir plus de femmes dans la police, Gladstone. J'ai entendu qu'il y en avait quelques-unes mais je doute que la police locale soit suffisamment évoluée pour employer des agents féminins.

Elle marqua une pause et chercha sans succès une alternative. Elle ne connaissait personne au village à part Clifford et leur relation était pour le moins ténue. De plus, l'homme qui avait été abattu lui semblait familier. *Mais de qui peut-il s'agir* ? Elle grogna.

— Très bien. Va pour la police.

Gladstone remua la queue. Était-ce sa façon d'approuver ou de demander plus de tartines ? Comme elle l'avait entraîné sous l'orage, il méritait des excuses à hauteur de son mérite.

— Tiens mon chien, prends la dernière tartine.

En débarrassant le verre et l'assiette, Mrs Butters demanda à Eleanor si elle voulait encore un brandy. Elle laissa une pile de serviettes propres et suggéra que Gladstone serait peut-être mieux au salon à côté de la cheminée.

Eleanor enleva distraitement les miettes tombées sur son nouvel acolyte avec une serviette.

— Mrs Butters est incontestablement une personne beaucoup plus compatissante que ce collet monté de Clifford. Nous devons nous serrer les coudes, nous, les femmes.

— Demain matin ? Comment ça, demain matin ? Pourquoi attendre jusque-là ?

Eleanor était atterrée. Elle avait mis une éternité à joindre la police. Tous les appels adressés au seul représentant de la loi à Little Buckford, un certain agent Fry, étaient transférés à Chipstone. Apparemment, la femme du policier lui avait fait présent de triplés et l'agent avait eu droit à quelques jours de repos. La simple évocation de l'accouchement faisait frémir Eleanor. La naissance d'un enfant était sans doute l'œuvre de Dieu mais l'accouchement était à n'en pas douter celle du diable. Et des triplés, par-dessus le marché ! Qu'avait donc fait la pauvre femme pour mériter ça ?

Une voix blasée lui demanda si elle était toujours là.

— Oui, monsieur l'agent. Le fait que la police ait trois nouvelles mini-recrues potentielles ne change rien à ce que j'ai vu. Un homme a été assassiné sous mes yeux !

La voix lui parvint avec plus de force à travers le combiné.

— Madame, si, comme vous me l'avez indiqué, il n'y a pas de corps et que *personne* à part vous n'a vu le crime, il est inutile d'envoyer *quelqu'un* ce soir.

Il n'y avait en tout cas *plus personne* au bout du fil.

# 3

Le lendemain matin, un calme limpide régnait sur le domaine, comme souvent après une tempête. Peut-être était-ce juste par contraste avec le déchaînement de la veille, mais l'air semblait étrangement immobile comme si la vie elle-même était en pause. Les arbustes bordant l'allée en demi-cercle devant le manoir avaient triste allure. Quant aux platanes et aux tilleuls qui se dressaient d'ordinaire fièrement sur les pelouses, ils semblaient ployer sous un poids invisible. Même le tapis de feuilles et de brindilles qui jonchaient le sol paraissait figé.

Eleanor dormit par intermittence. À 3 heures du matin, elle décréta qu'il était ridicule de s'obstiner. Elle se leva et feuilleta les livres de son enfance pour faire passer le temps.

Elle aurait pu prendre son petit déjeuner tranquillement car la police ne devait pas arriver avant 11 heures. Mais attendre n'avait jamais été son fort et elle trouva le tic-tac de la pendule particulièrement exaspérant ce matin-là.

— Puis-je vous resservir du thé, madame ? demanda Clifford, pour la énième fois, semblait-il, à Eleanor.

Il apporta une copieuse assiette à laquelle Eleanor ne toucha pas, incapable d'avaler le moindre aliment malgré sa robuste constitution. Qu'est-ce qui lui coupait l'appétit, le manque de sommeil ou le meurtre dont elle avait été témoin ?

— Un peu de café ?

Elle lui lança un regard noir. À quoi jouait-il ?

— Je suis sûre que vous venez de me poser la question.

— Non, j'ai demandé si vous vouliez d'autre thé, madame. C'est du café. (Il regarda sa tasse.) Il semble que vous ayez bu les deux.

Elle hocha distraitement la tête.

— Je n'ai pas d'appétit pour prendre un petit déjeuner complet maintenant alors je compense avec le café et le thé.

Clifford réfléchit un instant.

— Vous préféreriez peut-être prendre le petit déjeuner à 11 heures ? Ce qui repousserait toutefois la collation de 11 heures. Je pourrais demander à Mrs Trotman de vous servir le petit déjeuner au moment du déjeuner, et le déjeuner au moment du dîner ? Mais il faudrait alors vous réveiller à minuit pour vous servir le dîner.

Eleanor le dévisagea, estomaquée. Était-ce de l'humour ? Du sarcasme ?

— Clifford, comment faisait mon oncle pour digérer les conseils que vous prodiguez inlassablement sur nos moindres faits et gestes du quotidien ?

— Il prenait du Darjeeling avec du citron, madame.

Heureusement, Mrs Butters arriva à cet instant, annonçant qu'un « monsieur policier » attendait dans l'entrée.

— Merci Mrs Butters.

Eleanor regarda la pendule sur le manteau de cheminée : 11 h 05.

— Veuillez dire à l'agent que je serai là dans un quart d'heure.

— Très bien, madame. (Mrs Butters resta immobile.) Pardonnez-moi, madame, mais ce monsieur dit qu'il est terriblement pressé.

— Pressé ? Dans ce cas, dites-lui que je serai là dans vingt-cinq minutes. Peut-être souhaitera-t-il prendre un thé sur le banc dans l'entrée ?

Mrs Butters hocha la tête et partit. Clifford regarda Eleanor.

— J'ai attendu précisément (elle consulta à nouveau la pendule de cheminée) douze heures l'arrivée de « monsieur le policier ». Qu'il attende quelques minutes à son tour me semble être un juste retour des choses.

— Très bien, madame.

Elle crut voir l'esquisse d'un sourire se dessiner sur les lèvres du majordome.

La pendule continuait d'égrener les minutes. Clifford remit les saucisses sur leur plateau, Eleanor aligna les boutons de son cardigan. Heureusement les plis de sa jupe de tweed rayée furent beaucoup moins dociles, les rayures vertes refusant effrontément de s'aligner sur les plis rigides. Elle fit glisser son collier entre ses doigts, comptant chacune des perles, puis les recomptant deux fois. Elle jeta un coup d'œil à la pendule : 11 heures passées de 12 minutes. Seules sept minutes s'étaient écoulées depuis le départ de Mrs Butters. *Tu dois vraiment apprendre l'art de ne rien faire, Ellie, surtout maintenant que tu es rentière.*

— Comme le temps file, fit observer Clifford, lui offrant là une porte de sortie.

Elle prit la perche qu'il lui tendait avec gratitude et se leva d'un bond.

— Il est peu probable que je sois de retour pour la collation de 11 heures, Clifford. Peut-être Mrs Trotman pourrait-elle garder ses délicieuses pâtisseries de 11 heures pour le thé de l'après-midi et reporter le thé au dîner comme vous l'avez suggéré ?

Elle quitta la salle à manger en savourant sa victoire puérile.

*

— Allons-y, monsieur l'agent, dit Eleanor en indiquant la porte d'entrée.

— Sergent, si ça ne vous dérange pas madame, *sergent* Wilby.

Il tapota les galons sur son épaule gauche avec sa main gantée. Des brins de sa moustache se coincèrent aux commissures de ses lèvres.

Elle ajusta son chapeau avec une épingle en se regardant dans le miroir.

— Lady Swift, si ça ne vous dérange pas sergent. Allons-y !

*Oh Ellie, il n'y a pas vingt-quatre heures que tu es de retour en Angleterre et tu te conduis déjà comme une abominable snob.*

Dehors, l'assistant au visage juvénile du sergent ouvrit la portière de la Ford T garée à côté des marches.

— Merci, monsieur l'agent... ?

— Lowe, madame. Mais je travaille dur pour gravir les échelons de la police.

Le jeune agent parlait avec l'accent du Buckinghamshire, encore plus prononcé que celui du sergent qui allongeait les voyelles *a* et *o*.

— Bonne chance à vous.

Tandis que Lowe mettait, non sans mal, le moteur en route, Eleanor s'adressa au sergent ou plutôt à l'arrière de sa tête.

— Il n'y a personne d'autre ? Je m'attendais à voir un inspecteur !

Elle fut elle-même surprise par le ton cinglant de sa question.

— Pour l'heure, nous n'en savons pas assez pour gâcher le temps précieux de la police, répliqua Wilby. Les inspecteurs, qui sont des policiers hautement qualifiés, travaillent sur des affaires beaucoup plus sérieuses.

— Plus sérieuses ? Il s'agit d'un meurtre, je vous rappelle.

Wilby se tourna vers l'agent Lowe.

— Dans ce cas, tentons d'en découvrir davantage sur ce « meurtre ». Allons-y Lowe.

— Quelle direction, lady Swift ? demanda-t-il sans se retourner quand ils débouchèrent sur la route qui venait du village.

Eleanor ravala consciencieusement sa colère. Il y avait un meurtrier dans la nature, après tout.

— À droite, puis une fois en haut de la côte, à droite à l'intersection avec le panneau cassé. On devrait la voir de là-haut.

— Qu'est-ce qu'on devrait voir ?

— La carrière, sergent. (Elle fit son possible pour ne pas laisser paraître son exaspération.) Avez-vous relu les notes que vous avez prises hier soir durant notre entretien téléphonique ? C'est bien avec vous que j'ai parlé ?

— La carrière ? (Il pivota les yeux vers elle, sans prendre la peine de bouger la tête, pas plus qu'il ne prit la peine de répondre à sa question.) J'espère que vous pourrez identifier la bonne. Il y a beaucoup d'excavations dans le coin.

Quelques minutes plus tard, elle s'en croyait toujours parfaitement capable.

— Là-bas ! C'est le carrefour dont je vous parlais. Tournez à droite.

Les arbres allaient et venaient. Les haies vivaient leur vie. Les accotements accotaient. Pourtant, depuis qu'ils avaient tourné à droite, Eleanor ne reconnaissait plus rien.

— Lady Swift, dit une voix exaspérée, c'est encore loin ?

— C'est un peu difficile de retrouver le chemin, sergent. Un instant s'il vous plaît.

Elle avait du mal à se repérer à une telle vitesse.

— Je sais, roulez au pas, agent Lowe.

Elle entendit le sergent marmonner quelque chose sur le siège passager mais choisit d'ignorer ses commentaires.

— Ah voilà, ces buissons touffus dans le boqueteau me semblent familiers.

À y regarder de plus près, les buissons et le boqueteau, n'étaient pas familiers du tout. Lowe fit un demi-tour hasardeux sur la petite route. S'il avait cherché un endroit où la chaussée était plus large au lieu d'écouter les ordres aboyés par son sergent, le phare et la jante s'en seraient mieux tirés.

— Nous réglerons ça au poste, Lowe, grogna Wilby.

— Désolé, sergent.

Lowe remonta dans la voiture et déposa la jante cabossée sur le sol du véhicule.

— Lady Swift, si vous voulez bien nous indiquer la route à suivre.

Wilby, qui en avait assez de cette escapade, était suffisamment grossier pour le montrer.

— Ah, c'est là, dit-elle.

Le bout de la piste qui débouchait sur l'aire recouverte de gravier pour faire demi-tour apparut enfin. Le jeu de cache-cache était terminé.

Le visage de Wilby s'empourpra.

— Vous avez conscience lady Swift, que nous avons roulé pendant près de vingt minutes dans cette automobile pour revenir à notre point de départ ? Ceci, dit-il en montrant un point par-dessus l'épaule d'Eleanor, est le mur d'enceinte du domaine de Henley Hall !

Eleanor cligna des yeux. Comment était-ce possible ? Et tout à coup, elle comprit !

— Oui, bien sûr, sergent ! Qu'est-ce que vous croyez ? Il faisait nuit noire, il y avait un violent orage et… je n'avais pas emprunté cette route depuis des années. J'étais désorientée et… j'ai tourné en rond, ça se comprend. (Elle empêcha le sergent de répondre en levant la main.) À présent sergent, évitons de perdre encore plus de temps. Allons-y.

L'espace d'un instant, elle crut que Wilby allait demander à l'agent Lowe de faire demi-tour mais il se ravisa en voyant le regard noir d'Eleanor. Il se cala dans son siège et se contenta de marmonner :

— En avant Lowe, et faites attention aux pneus.

La voiture cahotait sur la piste aux nombreux nids-de-poule.

— J'ai eu de la chance de ne pas me fouler la cheville hier soir sur cette route accidentée.

Au regard que lui décocha Wilby, elle comprit qu'il aurait bien aimé qu'elle se foule les deux chevilles.

Elle l'ignora et chercha des points de repère. N'en trouvant aucun, elle secoua la tête. Elle avait traversé des déserts, des chaînes de montagnes sans se perdre et pourtant elle n'avait pas pris conscience que la carrière était attenante au domaine de son oncle. Elle frémit quand elle comprit qu'un meurtre avait été commis à deux pas de Henley Hall.

# 4

Lowe arrêta la voiture au bout de la piste et les deux hommes se tournèrent vers elle.

— Nous allons poursuivre à pied, dit-elle.

— Je vous jure…

Ignorant la colère du sergent, elle sortit de la voiture et marcha en tête. Elle se dirigea vers le poteau où elle avait attaché Gladstone la veille au soir avant de tenter d'escalader la clôture.

— Là ! Regardez à travers la clôture sur la droite. Vous verrez une cabane. C'est là que j'ai vu l'homme se faire tirer dessus.

Wilby jeta un coup d'œil au précipice de l'autre côté de la clôture.

— Il y a au moins dix mètres.

— J'aurais plutôt dit quinze mètres. C'est pourquoi j'ai marché jusqu'au portail finalement.

— Le portail ?

Lowe avait certainement déjà vu le visage du sergent virer au cramoisi car il s'empressa de calmer son supérieur.

— Si je peux me permettre, sergent. Je crois que la piste qui longe la clôture conduit au portail de la carrière dans Old Gateshead Lane. Mais si on revient sur nos pas et qu'on passe par la route avant de prendre le raccourci par le chemin de terre de Jefferson, on sera au portail en un rien de temps. Vous risquerez pas de salir votre uniforme et madame sa robe avec toutes ces aubépines. Le raccourci, l'est pas loin, vous verrez.

— Il est, Lowe, rectifia Wilby. Honnêtement, comment voulez-vous écrire des rapports si vous n'êtes pas capable de vous exprimer sans faire des fautes de grammaire ?

— Désolé, monsieur. On sera au portail en un rien de temps. (Il se tourna vers Eleanor.) Je connais le chemin à cause d'une livraison de lait qui n'est jamais arrivée. J'ai enquêté sur cette affaire le mois dernier. C'étaient des mioches qui volaient le lait au vieux Jefferson, ensuite ils cachaient les bouteilles vides le long de la piste.

Ils regagnèrent la route et reprirent la voiture. Le raccourci de Lowe en était bien un et bientôt ils s'arrêtèrent devant le portail qu'Eleanor avait franchi la veille.

— Bien joué, agent Lowe.

Eleanor l'applaudit depuis la banquette arrière.

— Merci, m'dame, mais le portail m'a l'air bien fermé. On pourrait demander à Mr Cartwright à Pike's Farm. (Il se tourna vers Eleanor.) C'est le fermier qui possède les terres à côté du domaine de votre oncle. Peut-être qu'il a une clé.

L'espace d'un instant, elle se demanda si elle n'était pas de retour en Afrique du Sud quand elle entendit un barrissement provenant du siège passager.

Des poulets se dispersèrent dans toutes les directions quand la voiture tourna dans la cour de la ferme. Un troupeau d'oies sifflantes les entourait.

— Bonjour messieurs. Madame.

Un homme trapu, vêtu d'un bleu de travail, se tenait dans la cour. Il ôta sa casquette poussiéreuse.

Eleanor prit la situation en main par habitude.

— Vous êtes bien Mr Cartwright ?

— C'est ça.

— Excusez-nous de vous interroger depuis l'intérieur de cette voiture de police mais si vous ne dispersez pas les oies, nous n'aurons pas d'autre option.

— M'interroger ? (Cartwright fronça les sourcils.) Pourquoi voulez-vous m'interroger ?

— Tout doux, Mr Cartwright, tenta de l'apaiser Wilby, la mine renfrognée. Je vous présente lady Swift. Elle a hérité du domaine de lord Henley. (Le regard que Cartwright lui décocha la glaça. Elle était heureuse d'être accompagnée.) Elle nous assiste dans notre enquête. Peut-être pourriez-vous nous aider sur une potentielle affaire ?

Eleanor leva les yeux au ciel mais tint sa langue – *potentielle* ?

— S'il le faut, répondit Cartwright. Mais je ne vois pas en quoi je peux vous aider. Je ne sais rien.

— Ce n'est pas ce que vous savez qui nous intéresse, Mr Cartwright, dit Wilby, mais ce que vous possédez. Une clé, Mr Cartwright. Nous cherchons une clé pour le portail de la carrière.

Les sourcils de Cartwright formèrent une haie infranchissable en travers de son front.

— Le portail, l'est toujours fermé.

— Il est, marmonna Lowe.

La patience n'était pas le fort d'Eleanor et elle sentit qu'elle avait bientôt atteint ses limites.

— C'est fort possible, Mr Cartwright, mais avez-vous une clé, oui ou non ?

Cartwright se gratta la tête.

— J'ai une clé quelque part vu que c'est mes terres et que je loue cette parcelle à la société qui exploite la carrière. Mais ça fait un bout de temps qu'ils sont pas venus travailler. J'suis pas sûr qu'ils aimeraient voir des gens fouiner dans le coin, dit-il en fixant Eleanor.

— Sans doute, Mr Cartwright, mais s'ils savaient qu'il y a eu un meurtre…

— Un meurtre potentiel, rectifia Wilby.

*Oh mon Dieu, ce pitre en uniforme devient franchement pénible.*

Elle sourit au fermier.

— Mr Cartwright, nous vous serions très reconnaissants de nous prêter votre clé.

— Le mieux, c'est que je vous retrouve là-bas dans un moment.

Cartwright se dirigea vers la ferme à grands pas.

Les choses semblaient enfin prendre la tournure d'une véritable enquête de police : un témoin, deux policiers, une scène de crime et les moyens d'y accéder.

Une fois que Cartwright eut déverrouillé le portail, Lowe entra dans la cour de la carrière et arrêta la voiture en face de la cabane d'ouvrier. Wilby descendit du véhicule.

— Lady Swift, montrez-nous ce que vous pensez avoir vu et où vous pensez l'avoir vu.

— Je ne *pense* pas avoir vu quelque chose Sergent Wilby. Je *suis sûre* d'avoir vu quelque chose. Je ne voudrais pas que vous notiez des informations erronées dans votre rapport officiel.

Cartwright les suivit dans la cour jusqu'à l'entrée de la cabane.

— Y avait-il de la lumière dans la cabane ? demanda Wilby.

— Oui, à travers la fenêtre, j'ai vu un homme, les mains en l'air. J'allais essayer d'attirer son attention quand…

— Pourriez-vous reconnaître l'homme lors d'une séance d'identification ?

— Je ne peux pas en être certaine malheureusement. Mais il y avait quelque chose… je suis presque sûre de l'avoir déjà vu.

Wilby ne semblait pas convaincu.

— Et où auriez-vous vu ce monsieur auparavant ?

Eleanor réfléchit.

— Je… je ne saurais vous dire, répondit-elle en haussant les épaules.

Wilby était sceptique.

Elle lui lança un regard furieux.

— J'ai oublié de dire que j'ai d'abord entendu des cris, enfin, des éclats de voix.

Wilby se pencha en avant.

— Vous avez entendu ce que disaient ces voix peut-être ?

— Il y avait du vent… je… non, je n'ai pas entendu.

— Lowe !

Wilby tourna les talons et s'apprêta à remonter dans la voiture.

— Stop ! (La patience, très limitée, d'Eleanor était à bout.) Sergent Wilby, comme vous en êtes pleinement conscient j'en suis sûre, je n'ai pas fini de vous raconter la scène dont j'ai été témoin. Dois-je avertir vos supérieurs que vous avez quitté les lieux du crime sans avoir recueilli la moitié des faits ?

— Lady Swift. (Wilby remua sa moustache comme s'il tentait de réprimer un éternuement.) Nous, les forces de l'ordre de Sa Majesté, nous sommes très occupés et nous apprécierions que vous relatiez les faits un peu plus rapidement.

Eleanor ravala une remarque caustique et reprit son récit.

— D'abord il y a eu un coup de feu et l'homme est tombé en arrière.

— Quelle heure était-il ?

Eleanor réfléchit.

— J'ai quitté le manoir vers 21 h 30 et j'ai consulté ma montre juste avant de voir la lumière dans la cabane. Il était 22 h 10. Mais environ cinq minutes se sont écoulées avant que je ne voie l'homme se faire tirer dessus. Il devait être à peu près 22 h 15.

— Une question ? Y avait-il encore des éclairs quand le coup de feu a été tiré ?

— Non.

— Et qu'avez-vous fait ensuite ?

— J'ai tenté de contourner la difficulté, le précipice, et j'ai pris Gladstone avec moi.

— Gladstone ?

— Le chien de mon onc… mon bouledogue.

— Alors vous avez pris le chien. Et où êtes-vous allée ensuite ?

— Je suis retournée sur la route et j'ai failli me faire renverser par une voiture dans l'obscurité.

Wilby sortit un petit carnet de sa poche et écrivit trois courtes phrases.

— Ensuite, vous avez voulu faire la bonne Samaritaine et voir si l'homme que vous croyiez mort avait besoin d'aide ?

— Je n'étais pas certaine qu'il soit mort. Parce que je ne me trouvais pas à côté de lui quand il est mort… je veux dire, quand on lui a tiré dessus. Et oui, j'ai pensé que le mieux à faire, c'était d'aller vérifier. Mais quand je suis arrivée là-bas, au moins un quart d'heure plus tard, je pense, il n'y avait rien.

— Personne, vous voulez dire ?

— Non. Vous savez parfaitement ce que je veux dire. Le corps avait disparu. Et il n'y avait personne non plus. J'ai regardé à l'intérieur de la cabane.

Lowe laissa échapper un petit sifflement.

Wilby avança d'un pas traînant jusqu'à la cabane et jeta un rapide coup d'œil à l'intérieur.

— Avez-vous vu quelque chose d'autre qui puisse clarifier les événements que vous relatez ?

Eleanor plissa les yeux.

— J'ai vu une tache par terre. Gladstone trouvait cette tache très intéressante et j'ai dû me débattre pour l'en éloigner. Je suis sûre que c'était du sang.

Wilby inspecta le sol en terre battue de la cabane.

— Suis-je passé à côté de la tache dont vous parlez ? Il n'y a aucune tache perceptive sur le sol.

— Perceptible, vous voulez dire. Mais tout policier devrait avoir des facultés perceptives.

Wilby referma son carnet et monta dans la voiture.

— Merci, lady Swift. Nous avons pris votre déposition et nous vous contacterons si de *vraies* preuves apparaissent.

Eleanor se tourna vers Lowe.

— Merci de m'avoir emmenée jusqu'ici mais je vais rentrer à la maison à pied parce que…

Elle allait dire : « Ce n'est pas très loin » mais jugea qu'il était inutile de souligner à nouveau ce détail.

— Parce que je crains qu'une minute de plus passée en compagnie de votre sergent ne se solde par un second meurtre. Et cette fois, il y aura un corps palpable, tout ce qu'il y a de plus réel. Bonne journée !

# 5

Cet après-midi-là, alors qu'elle promenait Gladstone dans les jardins, Eleanor prit conscience de quelque chose d'étrange : elle était furieuse et déçue à la fois.

— Clifford sait très bien pourquoi j'ai fait venir la police car je lui ai raconté toute l'histoire ce matin, mais il n'a pas dit un mot à ce sujet. Je n'arrive pas à cerner cet homme, Gladstone.

À en juger par son regard, Gladstone aurait préféré courir après une balle si ça ne l'avait pas dérangée.

— Très bien, mon garçon, va chercher une balle et nous verrons si nous pouvons te faire perdre un peu de graisse en te faisant courir.

En entendant le mot « balle », le bouledogue dressa les oreilles et détala vers les arbustes.

Eleanor s'assit sur un banc en pierre et admira la propriété. Les jardins avaient été aménagés par un ami de son oncle qui adorait les plantes exotiques. Émaillée de bergamotiers et de graminées ornementales, la pelouse rayée descendait en pente douce depuis une imposante balustrade qui entourait l'arrière du manoir. Au-delà, le parc planté de hêtres, de liquidambars et de chênes de marais se déployait dans un espace plus naturel que les jardins à la française, à l'avant.

Des statues de marbre ornaient les pelouses. Parmi elles, la jeune fille au tablier, qu'Eleanor aimait tout particulièrement. Durant les rares visites de son enfance, elle s'asseyait en tailleur dans l'herbe et confiait ses tourments à sa compagne de marbre silencieuse.

La musique de l'eau qui coulait d'une vasque à l'autre de la fontaine centrale la ramena à l'instant présent. Elle n'arrivait pas à se dire que tout cela lui appartenait à présent que son oncle était mort. Elle savait qu'il n'avait pas d'autres parents depuis que sa sœur, la mère d'Eleanor, avait… disparu. Les Swift, qui faisaient figure d'exception parmi les familles d'aristocrates, avaient pris des dispositions pour que leur domaine et leur titre soient transmis indifféremment au dernier héritier ou à la dernière héritière. Eleanor était donc déjà une lady, lady Swift. Les Henley avaient fait de même, si bien qu'elle aurait pu théoriquement se faire appeler lady Henley. Mais lady Swift elle resterait, en mémoire de ses parents.

Jamais elle n'aurait cru être la dernière survivante de la famille.

Toutefois, il y avait encore plus étrange que de posséder toutes ces terres qu'elle était en train d'admirer : la mort d'un homme tout près d'ici, de l'autre côté du mur d'enceinte du domaine. Elle se tapa le front, comprenant soudain ce que Clifford avait essayé de lui dire quand elle s'était enfuie du manoir la veille au soir. Si le domaine était entouré de carrières, il était effectivement dangereux de se promener la nuit quand on ne connaissait pas bien les alentours.

Elle frissonna. Et c'était dangereux pour d'autres raisons aussi. Là-bas, de l'autre côté des murs protecteurs du domaine, un meurtrier avait guetté sa victime, tapi dans l'ombre.

Un toussotement la fit sursauter. Elle leva les yeux.

*Comment fait-il à chaque fois ? Il surgit de nulle part.*

— Clifford.

— Madame. Sans doute êtes-vous suffisamment reposée pour que je vous présente officiellement le reste du personnel ?

Eleanor grogna. Elle détestait tout ce qui revêtait un caractère officiel.

— Disons plutôt une présentation informelle dans un quart d'heure ?

— Très bien, madame.

Sur quoi, il partit, après s'être incliné légèrement comme à son habitude.

Les présentations furent beaucoup moins pénibles qu'Eleanor ne l'avait redouté. Quand elle entra dans le petit salon baigné de soleil, les membres du personnel s'alignèrent en ordre un peu dispersé le long des vitrines en noyer. Clifford fit signe à la première personne de la rangée de s'avancer.

— Mrs Butters, l'intendante.

Petite, le visage doux et rond, Mrs Butters respirait la gentillesse. Elle adressa un sourire maternel à Eleanor.

— Oui, bien sûr, Mrs Butters, nous avons déjà fait connaissance.

Mrs Butters gloussa.

— C'est un plaisir de vous rencontrer. Nous nous réjouissons tous de votre séjour… de votre installation au manoir.

— Merci.

Clifford lui signifia d'un geste habile de la main qu'elle devait regagner le rang.

— Mrs Trotman, la cuisinière, enchaîna-t-il.

Clifford fit un mouvement de tête à peine perceptible pour l'inviter à s'avancer.

Une femme, vêtue d'un tablier immaculé et dont la silhouette évoquait la forme d'une poire, regarda Eleanor avec un sourire discret.

— Bienvenue, madame. C'est une joie de vous rencontrer. Nous espérons tous que vous serez très heureuse à Henley Hall.

— Merci, Mrs Trotman, moi aussi, répondit Eleanor. Et je dois vous féliciter pour votre condiment au poivron. Il rehaussait à merveille les saucisses du petit déjeuner.

La cuisinière rougit.

— C'est très gentil à vous, madame, dit-elle avant de regagner le rang.

— Polly, la femme de chambre.

Clifford fit signe à une jeune fille dégingandée, d'à peine quinze ans, jugea Eleanor, de s'avancer. La jeune fille gloussa nerveusement et fit une révérence maladroite.

— Bienvenue madame, c'est un honneur de vous rencontrer.

— Merci Polly, je suis ravie de faire votre connaissance moi aussi.

L'homme au visage buriné et aux mains calleuses n'attendit pas le signal de Clifford pour sortir du rang.

— Joseph Wendon, madame. Je me suis occupé des jardins avec passion pendant près de vingt ans pour monsieur votre oncle, paix à son âme.

— Merci Joseph. J'ai déjà beaucoup profité de leur beauté.

En regardant cette rangée de visages accueillants, elle reprit :

— Mon oncle était très chanceux d'avoir à son service un personnel aussi dévoué et qualifié. J'espère que nous pourrons continuer là où il a dû malheureusement arrêter.

Elle était loin d'avoir décidé si elle restait ou si elle retournait au plus vite à sa vie d'avant, chaotique mais familière, mais elle jugea préférable de ne rien dire.

Clifford rompit le silence.

— Il y a encore un membre du personnel, madame, malheureusement, il n'est pas avec nous aujourd'hui.

— Ah oui ? Qui est-ce ?

— Silas, madame, le garde-chasse.

Le sourire de Joseph s'agrandit. Polly rougit. Eleanor se contenta de hocher la tête, n'ayant vu ni gibier, ni garde-chasse depuis son arrivée.

Clifford toussota et se redressa comme s'il ne se tenait pas assez droit déjà.

— Au nom de tout le personnel, je vous présente nos sincères condoléances pour la perte de votre oncle, madame.

Tous les yeux se tournèrent vers elle. Clifford l'avait prise au dépourvu.

— Merci pour votre gentillesse. Mais je pense qu'il vous manque encore plus qu'à moi-même. (Elle s'était franchement mal exprimée. Elle s'empressa de poursuivre.) J'aurais aimé organiser les obsèques mais quand j'ai reçu la nouvelle du décès de lord H, de mon oncle… et les dispositions prises pour l'enterrement… il était déjà trop tard. J'étais dans le veld, le bush, en train d'explorer de nouveaux itinéraires pour les safaris… (Elle haussa les épaules.) On est difficilement joignable dans ce genre d'endroit. Les communications sont un peu au petit bonheur.

Clifford inclina la tête.

— Nous comprenons, madame. Votre oncle et moi avons passé quelque temps en Afrique du Sud.

Clifford claqua des doigts et les membres du personnel sortirent en file indienne.

Tout à coup, Eleanor se surprit à demander :

— Comment appeliez-vous mon oncle, Clifford ?

— Lord Henley, madame.

— Quand vous n'étiez que tous les deux, je veux dire, insista-t-elle.

Clifford hésita.

— Tex.

— Tex ?

— Votre oncle a séjourné quelque temps aux États-Unis. C'était un grand amateur de films muets, en particulier de westerns.

— Mon oncle était l'incarnation de l'Anglais excentrique, n'est-ce pas Clifford ?

— Oui, madame, les Henley ont toujours été des non-conformistes. Et les Swift aussi peut-être ?

— Peut-être, Clifford.

Il tint respectueusement la porte, tandis qu'Eleanor sortait du petit salon pour regagner le vestibule.

— Pardonnez-moi, madame. (Mrs Butters attendait.) Puis-je parler à Mr Clifford ?

— Bien sûr, je vous en prie, Mrs Butters.

— Mr Clifford, aviez-vous l'intention de vous aventurer au village, cet après-midi ? Je ne peux pas attendre que l'employé de Mr Penry nous livre demain. Si vous n'y allez pas, j'enverrai Polly en espérant qu'elle s'en sorte mieux cette fois, dit-elle avec un sourire ironique.

— Non, Mrs Butters. Mon emploi du temps ne me permet pas de m'aventurer à Little Buckford aujourd'hui.

— Oh ce n'est pas grave, Mr Clifford. Je demandais juste.

Eleanor sauta sur l'occasion. Elle n'allait pas laisser passer cette chance de quitter l'atmosphère étouffante du manoir.

— Mrs Butters, mon emploi du temps me permet tout à fait une telle aventure. Je vais m'occuper des courses.

— Oh madame, non, c'est impossible, se troubla la gouvernante. C'est très gentil à vous de le proposer mais ça ne se fait pas, bredouilla-t-elle en entendant Clifford prendre une profonde inspiration.

— J'insiste. Je veux voir le village et faire la connaissance de ces habitants hauts en couleur, j'en suis sûre. Laissez-moi une liste, je partirai dans vingt minutes.

Sans attendre sa réponse, elle fila à l'étage pour prendre une veste.

# 6

Après avoir franchi le portail, Eleanor ralentit pour permettre à son fidèle acolyte de la suivre. Si la vie au manoir lui paraissait plus agréable désormais, elle ne pouvait ignorer le fait qu'un meurtrier impitoyable était toujours dans la nature. La police s'étant montrée aussi indifférente qu'inutile, Eleanor n'avait pas d'autre option que de mener elle-même l'enquête. Et cette sortie au village lui donnerait justement l'occasion de s'atteler à cette tâche.

Arrivée au sommet de la colline, elle s'arrêta pour admirer la vue sur la vallée d'une beauté apaisante. Pas un bruit alentour hormis le sifflement perçant du milan royal. Un son étrange qui, bizarrement, la réconforta. Il lui rappelait les quelques jours d'enfance qu'elle avait passés à parcourir le domaine de Henley Hall pour occuper ses vacances d'été.

Au-dessous d'elle, Little Buckford, était blotti au milieu des champs et des bois, un vrai village de carte postale. La grande rue traversait le village, depuis l'église médiévale en silex taillé jusqu'à la mare aux canards très fréquentée. Elle longeait sept boutiques et une salle de lecture. Des ruelles pavées partaient dans trois directions jusqu'aux cottages aux toits de chaume éparpillés entre les pommeraies et les potagers soignés. Un meurtre n'avait pas sa place ici.

Eleanor expira longuement.

— Meurtre ou pas, l'air de la campagne met du baume au cœur. Et marcher est excellent pour la santé. Mais c'est un peu lent comme moyen de locomotion. Je crois que je devrais acheter une bicyclette. Je faisais beaucoup de vélo autrefois, tu sais.

Gladstone leva brusquement la tête.

— Humm, oui, tu as raison. Je ne pense pas qu'il existe une corbeille assez grande pour loger une bête aussi robuste que toi.

Elle regarda le paysage au loin derrière le village, une succession ininterrompue de champs verdoyants et de boqueteaux où étaient disséminés des prunelliers dont les fleurs ressemblaient à de petits nuages blancs à cette distance.

— C'est étrange. Ce paysage m'est familier bien que je sois très peu venue quand j'étais enfant. (Elle soupira.) Viens, mon compagnon fidèle. Allons enquêter.

Dans les trois premières maisons de l'autre côté de la rue, les rideaux s'écartèrent au même moment. Eleanor sourit. Elle avait l'habitude d'attirer des regards curieux. Encore plus dans un village endormi comme Little Buckford où il ne se passait jamais grand-chose. À part des meurtres.

Elle entra dans le premier magasin figurant sur la liste de Mrs Butters. L'enseigne à l'extérieur indiquait : « Boucherie Penry, morceaux choisis ».

— Bonjour, dit-elle en souriant à l'homme corpulent en tablier derrière le comptoir.

— Bonjour lady Swift.

Elle se demanda comment il savait qui elle était.

— Mr Penry, je suppose ?

— Dylan Penry, à votre service, madame. Je suis ravi de votre visite dans mon humble boutique.

Il parlait avec un charmant accent gallois, légèrement chantant.

— Je vois que vous tenez un commerce impeccable et bien approvisionné, Mr Penry. Voici une liste que Mrs Butters m'a confiée.

Penry haussa les sourcils.

— Ça alors ! Mrs Butters vous a envoyée faire des courses !

— Oui, c'est inhabituel, je pense. Sachez que c'est moi qui me suis portée volontaire, donc si offense il y a, elle est de mon fait. Mrs Butters n'est en rien responsable.

Elle posa la liste sur le comptoir en bois, remarquant au passage les feuilles de papier d'emballage soigneusement empilées et la ficelle parfaitement enroulée autour de sa bobine.

— Très bien, madame. Voyons voir ce qu'il nous faut aujourd'hui. (Il prit la liste dans ses doigts boursouflés et la lut avec soin.) Je vois que Mrs Trotman va préparer l'une de ses spécialités. Je reviens dans une minute.

Il se dirigea d'un pas lourd vers l'arrière-boutique.

En attendant, Eleanor admira les rayons de condiments délicats et de sauces. Dans les trois vitrines, des morceaux de viande coupés à la perfection étaient disposés comme des œuvres d'art, séparés par une mince rangée d'herbes aromatiques. Des pâtés en croûte de toutes sortes étaient exposés dans une partie de la vitrine, rivalisant avec des colliers de saucisses encadrant les étals.

Penry revint à l'avant du magasin, chargé de paquets enveloppés avec soin.

— C'est presque tout, madame. Il ne manque plus que nos excellentes côtelettes.

Eleanor saisit sa chance sans hésiter une seconde (ce n'était pas son genre).

— Les habitants de Little Buckford ont beaucoup de chance d'avoir un magasin aussi bien pourvu que le vôtre. Dites-moi, livrez-vous à la périphérie du village aussi ?

— Eh bien, Mrs Penry fait la tournée avec notre camionnette, deux fois par semaine. Les mercredis et les samedis.

— Et va-t-elle au-delà de Henley Hall ? Je suis passée devant une carrière, je pense, l'autre jour.

— Une carrière ? La plupart de nos clients à l'extérieur de la commune sont au sud du village. De l'autre côté, nous n'allons pas au-delà du manoir. On pourrait dire que votre oncle était notre client le plus au nord, vous voyez ?

Il rit de sa plaisanterie qui échappa complètement à Eleanor. Une fois calmé, il reprit :

— Je ne connais pas bien les carrières. Je sais juste qu'il y en a plusieurs mais que l'activité a cessé ces six derniers mois.

— J'ai croisé Mr Cartwright sur ce chemin, la carrière est située sur ses terres. Vous le connaissez ?

Penry se raidit en entendant ce nom.

— Thomas Cartwright n'a pas besoin de ma boucherie.

Il passa la ficelle autour du dernier paquet et serra tout particulièrement le nœud.

Les yeux d'Eleanor se mirent à briller. Apparemment, Mr Cartwright n'était pas très apprécié à Little Buckford.

— Vraiment Mr Penry ? Je trouve très étonnant que Mr Cartwright n'ait pas besoin de votre excellente boucherie. Peut-être est-il végétarien ?

— Grands dieux non ! (Penry secoua la tête.) Tout va bien de ce côté-là pour Thomas Cartwright. Il a encore toutes ses dents et peut parfaitement mâcher la viande.

Eleanor esquissa un sourire.

— Je pensais que les végétariens évitaient la viande pour des raisons morales et non à cause de problèmes dentaires, Mr Penry.

Le boucher parut mal à l'aise.

— Je ne voudrais surtout pas vous contredire, madame, mais vous ne pensez tout de même pas qu'un homme en pleine possession de ses facultés mentales renoncerait volontairement à manger toutes sortes de viandes. Le pauvre mourrait dans l'année !

Eleanor sentit qu'il était temps de revenir à la question qui la préoccupait.

— Dans ce cas, si Mr Cartwright n'est pas végétarien, pourquoi n'a-t-il pas besoin de votre boucherie ?

Penry dansa d'un pied sur l'autre derrière son comptoir.

— À vrai dire, peu importe que Thomas Cartwright ait besoin ou non de ma boucherie, il n'est pas le bienvenu ici. Je ne comprends peut-être pas la morale de ces « végétaux » modernes, euh, pardon, ces…

— Végétariens, Mr Penry ?

— Merci madame, de ces végétariens, mais je comprends encore moins la morale de Thomas Cartwright ! (Il posa les paquets sur le comptoir.) Oh, j'allais oublier le paquet le plus important.

Le sujet Thomas Cartwright était clos. Il enveloppa un énorme os de jarret dans du papier brun et le tendit à Eleanor.

— Pour maître Gladstone.

— Merci Mr Penry. J'ai été ravie de faire votre connaissance. À présent, je dois continuer ma promenade.

— Vos pieds vous mèneront toujours là où est votre cœur.

Elle se retourna vers lui, surprise.

Il sourit.

— C'est une expression galloise, madame. Bon après-midi.

*

Sur le chemin du retour, elle fit part de ses réflexions à Gladstone.

— On dirait que Mr Penry considère Mr Cartwright comme un homme dépourvu de morale. Au point de commettre un meurtre ? C'est la question. Il faut que nous établissions où se trouvait précisément Mr Cartwright au moment du meurtre. Nous devons poursuivre notre enquête. Tu sais, Gladstone, je crois que les femmes sont naturellement douées pour le travail de détective. Je pense t'avoir déjà dit que les forces de l'ordre les plus évoluées du pays comptent quelques femmes dans leurs rangs. (Elle s'arrêta de marcher et fixa son bouledogue avec un air méprisant.) Mais on m'a dit que les policières doivent patrouiller dans les rues par deux et accompagnées de… (elle crachota) de deux policiers qui marchent quelques pas derrière elles.

Elle décida que son compagnon s'était montré suffisamment choqué.

— Exactement !

Elle se remit à marcher. Gladstone secouait la tête derrière elle, incrédule, à moins qu'elle n'ait un peu trop tiré sur sa laisse.

— On dit que derrière chaque grand homme se cache une femme. Mais apparemment, derrière chaque policière moderne se cache un chaperon masculin.

Les réflexions d'Eleanor sur la police britannique furent interrompues par un bruit de sanglots quand elle franchit la porte du manoir.

— Polly, mais qu'est-ce qui se passe ? Quelqu'un est blessé ?

La jeune domestique qui se balançait d'un pied sur l'autre bafouilla :

— Oh Seigneur, madame !

La pauvre fille était sous le choc. Pouvait-on gifler ses domestiques quand ils étaient hystériques ? Eleanor regretta de ne pas avoir plus d'expérience en la matière. Si elle s'était trouvée dans le bush avec un de ses guides dans l'état de Polly, elle lui aurait certainement donné une claque, mais là ?

Clifford apparut, lui évitant de prendre une décision inconsidérée.

— Pas blessé, madame, mort.

Polly se mit à pleurer de plus belle. Clifford la chassa d'un claquement de langue. Elle détala dans le couloir.

— Mort ? hoqueta Eleanor. Dites-moi qu'il ne s'agit pas d'un membre de notre personnel ?

Elle ne savait pas comment procéder pour engager de nouvelles recrues. Quel désastre ! Devait-elle prendre les choses en main et servir du thé sucré à ses domestiques pour calmer leurs nerfs ? Pouvait-on servir du brandy à son personnel ? Elle secoua la tête. *Tu as tellement de choses à apprendre, Ellie.* Elle reporta son attention sur Clifford qui attendait patiemment.

— Euh, qui est mort exactement, Clifford ?

— Mr Spencer Atkins. Une terrible perte !

Ouf, ce n'était pas un membre du personnel. Elle n'eut pas le temps de se réjouir car elle comprit aussitôt qu'elle faisait preuve d'indélicatesse.

— Vous connaissiez cet homme, Clifford ?

— Oui, madame, Mr Atkins était un grand ami de feu votre oncle.

Un souvenir refit surface. Bien sûr, elle se souvenait de lui. Un homme grand, au visage anguleux dont l'expression sérieuse ne cadrait pas avec ses yeux bleus pétillants et sa touffe de cheveux indisciplinés qui ne se laissaient pas dompter par de la brillantine.

Plusieurs fois, alors qu'elle séjournait au manoir, il était venu dîner et jouer aux cartes avec son oncle. Et il s'était toujours donné beaucoup de mal pour l'inclure dans la conversation. Naturellement pas quand ils se retiraient pour fumer le cigare et boire du porto mais dans ses souvenirs, c'était un personnage beaucoup plus sympathique que son oncle. Ainsi, un été, alors que son oncle avait été absent pendant toutes les vacances, il était venu par un après-midi pluvieux avec un puzzle. Eleanor et lui avaient passé plusieurs heures agréables assis par terre dans le petit salon, à assembler les pièces du puzzle.

— Mais que s'est-il passé Clifford ?

— C'était un accident apparemment. Mr Atkins nettoyait son fusil quand le coup est parti.

Eleanor se figea. La scène de la veille au soir lui revint à l'esprit.

— Clifford, avez-vous des photographies récentes de Mr Atkins ?

— Bien sûr, madame.

Elle attendit avec impatience son retour. Il réapparut avec une photo dans un cadre.

Eleanor fixa le cliché. Oui, il avait le visage plus ridé que dans ses souvenirs. Ses cheveux étaient plus clairsemés, il était plus mince. Mais l'homme qui souriait sur la photo était bien celui avec qui elle avait passé cet après-midi insouciant, au milieu des pièces de puzzle qui jonchaient le sol.

Et assurément l'homme qu'elle avait vu tomber sous les balles dans la carrière.

# 7

La nouvelle de la mort de Mr Atkins avait profondément affecté les habitants du manoir. Clifford affichait son air détaché habituel, qui seyait sans doute à sa fonction, mais la cuisine était anormalement calme et quand Eleanor avait croisé Polly dans le vestibule, elle avait remarqué ses yeux rouges. Eleanor aurait aimé prendre la jeune fille dans ses bras mais elle avait déjà enfreint suffisamment de règles et se dit que Polly aurait sans doute été plus gênée que réconfortée.

En réalité, Eleanor était elle aussi touchée par la mort d'Atkins, d'autant qu'elle doutait qu'il fût mort accidentellement en nettoyant son arme. Elle pensait qu'il avait été assassiné, peut-être par le mystérieux motard, à la carrière. Elle avait essayé d'apprendre plus de détails sur la mort d'Atkins en interrogeant Clifford, mais la police s'était contentée de dire que le corps avait été découvert à 7 heures du matin par l'intendante de Mr Atkins quand elle avait pris son service.

Comme Clifford était absent, vaquant sans doute à ses occupations de majordome (Eleanor se demandait bien lesquelles), ce fut l'intendante qui se chargea de servir le petit déjeuner le lendemain matin. Bien que plus sombre qu'à l'accoutumée, Mrs Butters se montra fort aimable et malgré l'ambiance un peu pesante, elles discutèrent agréablement tandis que l'intendante s'affairait avec ses plateaux.

— Dites-moi, Mrs Butters, savez-vous à quand remonte la dernière visite de Mr Atkins au manoir ?

L'intendante, qui s'assurait que les saucisses étaient suffisamment chaudes, s'arrêta quelques secondes.

— Laissez-moi réfléchir. Je crois que Mr Atkins est venu dîner quelques jours seulement avant… (Elle marqua une pause et secoua tristement la tête.) Avant la mort de votre oncle.

Mrs Butters était bouleversée.

Eleanor hésita à parler mais si la police pensait qu'il s'agissait d'une mort accidentelle, elle était la seule à pouvoir rétablir la vérité. Elle le devait à l'homme qui avait pris la peine de s'intéresser à elle, lors de ses visites au manoir. Il fallait que justice soit faite et que son assassin soit arrêté.

— Quel genre de liens entretenaient mon oncle et Mr Atkins ? Étaient-ils associés ou juste amis ?

Mrs Butters remit la cloche sur le plateau de saucisses.

— Mr Atkins travaillait à Londres la plupart du temps, dans une administration quelconque. J'ignore laquelle. Mr Clifford saura vous renseigner. Votre oncle le connaissait parce qu'ils étaient voisins. Enfin presque. La maison de Mr Atkins est en haut de la rue, après la ferme de Cartwright. Je crois qu'ils se sont rencontrés à une partie de chasse au manoir de Langham.

— Je vois. Mr Atkins était-il un bon tireur ?

— Je ne saurais vous dire, madame. Demandez plutôt à Mr Clifford, il le sait certainement.

— Merci, Mrs Butters, je lui demanderai à son retour. Une dernière question. Le travail de Mr Atkins était-il en lien avec des carrières ?

— Des carrières ? Je n'aurais jamais pensé qu'un homme de sa condition pût être retrouvé mort dans un tel endroit, madame.

*Et pourtant si, Ellie !*

Elle but une gorgée de café et décida de retourner immédiatement sur les lieux du crime pendant que les événements étaient encore frais dans son esprit.

— Merci pour ce merveilleux petit déjeuner, Mrs Butters. Et remerciez de ma part Mrs Trotman. Je vais finir mon assiette et en rester là pour ce matin. Si je me laisse tenter par autre chose, je vais exploser.

Mrs Butters rit.

— Votre oncle disait exactement la même chose, et la plupart du temps, dès le petit déjeuner.

Elle déposa une pile d'assiettes sur un plateau en argent ovale.

— Eh bien j'ai besoin d'un bon coup de fouet après cette montagne de saucisses, dit Eleanor en agitant sa fourchette pleine, et Clifford n'est pas là pour me reprocher de bousculer les horaires des repas, donc, si ça ne vous dérange pas trop, je vais m'absenter un peu et je reviendrai quand j'aurai terminé, dit-elle en souriant.

— Quelle excellente idée, madame. Profitez de votre journée. Quelle que soit l'heure à laquelle vous rentrerez, nous pourrons vous préparer à manger en un clin d'œil.

Et tout en portant un plateau surchargé, Mrs Butters partit en souriant et ferma la porte derrière elle avec le bout de sa chaussure.

— Gladstone, mon ami, je crois que tu vas devoir rester ici. Tu pourras rattraper tes heures de sommeil, comme ça.

Les battements de sa queue lui apprirent qu'il était d'accord.

Elle lui donna un morceau de tartine qu'elle avait gardé pour lui.

— Tu sais Gladstone, si la vie m'a bien appris une chose, c'est qu'il faut se débrouiller tout seul. Je le sais depuis que je suis orpheline, je pense. Il est évident que personne ne me croit quand j'affirme avoir vu un homme se faire tirer dessus à la carrière, alors pourquoi leur dire que c'était

Mr Atkins puisqu'ils pensent tous qu'il est mort accidentellement ?

Le bouledogue était trop occupé à lécher des miettes tombées de ses bajoues pour répondre.

Eleanor prit son silence pour une approbation tacite.

— Exactement, et de toute façon, on n'est jamais mieux servi que par soi-même. Mr Atkins a été très gentil avec moi les rares fois où je l'ai vu, plus gentil que mon oncle et ce collet monté de Clifford. Il faut que justice soit faite, je lui dois bien ça.

Gladstone leva les yeux vers elle et lui lécha le nez. Elle donna une petite tape sur sa tête.

— C'est bon d'avoir un allié, Gladstone, même s'il abuse des coups de langue. J'ai comme l'impression que je vais avoir besoin de ton aide pour résoudre ce mystère.

Quand elle ferma la porte du manoir derrière elle, l'aube chargée de givre cédait la place au soleil du matin qui réchauffait l'air. Le ciel d'un bleu profond était plein de promesses, laissant entrevoir l'arrivée prochaine d'un été sans fin. Une fois qu'elle eut quitté le domaine, elle prit la direction de la « Carrière du meurtre », comme elle l'avait surnommée.

Tout en marchant, elle se demanda si elle était vraiment capable d'élucider un meurtre. Certes, elle s'était déjà retrouvée dans des situations délicates auparavant mais elle n'avait pas la moindre idée de la marche à suivre pour résoudre un meurtre. *Par où faut-il commencer, Ellie* ? La scène de crime serait un bon départ et elle pourrait immédiatement cocher cette case, puisqu'elle s'y rendait justement. Contente d'elle, elle compta sur ses doigts les questions auxquelles il fallait trouver des réponses : pourquoi Atkins se trouvait-il à la carrière cette nuit-là ? Avait-il rendez-vous avec l'homme qui l'avait tué ? Était-ce le motard qui avait failli la renverser ? Auquel cas, l'assassin d'Atkins et le mystérieux motard seraient une seule et même personne. Il lui suffisait donc de retrouver la moto qui la conduirait au motard et au meurtrier.

Elle se donna mentalement une petite tape dans le dos. C'était finalement plus facile qu'elle ne l'avait imaginé. Puis elle repensa à la question suivante qui n'avait toujours pas trouvé de réponse : où était passé le corps ?

Tout en avançant, elle tourna et retourna le problème dans sa tête. Au bout de quelques minutes, souffrant de céphalées et n'ayant pas trouvé de réponse satisfaisante, elle s'attela à la question des suspects. Certes, c'était un peu tôt pour le dire mais Mr Cartwright semblait être un candidat sérieux. Pourquoi avait-il dit que le portail de la carrière était toujours fermé ? Il était bien verrouillé quand elle était arrivée le lendemain avec cet incompétent de sergent Wilby et l'agent Lowe. Mais la veille au soir…

Eleanor hâta le pas. Elle avait décidé qu'elle allait montrer à la police comment il fallait procéder et interroger Thomas Cartwright elle-même. Après tout, si elle laissait l'enquête entre les mains incompétentes de Wilby et de ses acolytes, le meurtrier d'Atkins ne serait jamais arrêté.

Peut-être devrait-elle également prévoir une autre expédition à Little Buckford en se servant des courses de Mrs Butters comme prétexte. Elle devait découvrir pourquoi Cartwright était *persona non grata* chez certains habitants de Little Buckford.

Alors qu'elle poursuivait sa route vers la ferme de Cartwright, les haies bruissaient du gazouillis de différents oiseaux. Ils s'en donnaient à cœur joie. Eleanor aurait été bien incapable de les identifier hormis le téméraire rouge-gorge qui voletait autour d'elle, curieux.

Ah ! En parlant d'oiseaux, il y avait comme un problème : les méchantes oies de Cartwright. Eleanor avait passé sa petite enfance et une grande partie de sa vie d'adulte dans des pays où la plupart des animaux essayaient soit de vous tuer, soit de vous manger (ou les deux.) Comme, le temps que vous décidiez si l'animal était dangereux ou non, il vous avait déjà tué ou transformé en casse-croûte momifié, Eleanor avait une vision plutôt sombre de la vie sauvage en général.

Elle repéra au sol un robuste rameau d'aubépine qu'elle s'empressa de ramasser. Elle cingla l'air avec.

— Parfait, voyons si ces animaux nuisibles oseront jouer leurs jeux d'oies avec moi maintenant.

Une demi-heure plus tard, elle se tenait devant l'entrée de Pike's Farm. La ferme en elle-même était un bel exemple de maison en silex des Chilterns : une grande bâtisse aux toits tout en angles avec des dépendances. Le mur le plus proche était percé d'une petite fenêtre ronde entourée d'un cercle de briques rouges et flanquée de chaque côté de deux entretoises en fer fraîchement repeintes.

Elle regarda dans la cour étonnamment déserte : pas la moindre oie sifflante et prompte au coup de bec à l'horizon. Une rangée de granges hétéroclites bordait le flanc droit tandis que l'allée centrale filait en ligne droite vers un portail robuste qui protégeait le premier des champs de Cartwright.

Comment s'y prendre pour chercher un fermier sur sa propriété ? Eleanor n'en avait pas la moindre idée. Elle balaya la cour du regard, écartant d'emblée la maison. Il était peu probable que Cartwright soit en train de boire un thé, les doigts de pied en éventail. Était-ce la saison de l'agnelage ? Mais Cartwright avait-il au moins des moutons ? Ou s'agissait-il d'une simple exploitation agricole ? Eleanor n'avait pas la patience de s'intéresser à ces questions et décida d'inspecter les granges à la place.

Dans la première remise, elle trouva une pile de meules de foin et un chat-huant qui la regardait depuis son perchoir en hauteur sur un chevron. Dans la deuxième, il y avait de la nourriture pour volaille et un rat mort.

— Charmant.

Elle s'apprêtait à sortir de la deuxième grange mais se replia tout à coup à l'intérieur en retenant son souffle. Elle repéra une planche fendue qui laissait passer un rai de lumière sur le côté du bâtiment. Elle se pencha et regarda à travers la fente : elle voyait parfaitement les dépendances à l'autre bout de la cour. Dans l'ombre de la plus grande, elle aperçut un homme qui tendait à Cartwright un gros paquet enveloppé dans du papier kraft en échange d'une somme d'argent.

Elle ne pouvait pas voir le visage de l'homme car il lui tournait le dos mais elle distingua parfaitement la moto appuyée contre le mur à l'intérieur de la grange. L'engin ressemblait à la moto qui avait failli la renverser. Quant à l'homme avec le paquet, elle n'aurait su dire si c'était le motard qu'elle avait croisé. Ce soir-là, il faisait nuit noire, le vent soufflait en rafales et le motard portait une cape de pluie informe et ample et des lunettes de protection.

Cartwright et le mystérieux étranger levèrent les yeux au son d'un avion qui volait à basse altitude. Eleanor s'aplatit contre le mur de la grange. Pourvu qu'ils ne l'aient pas vue ! Une fois l'avion passé, elle regarda à travers la fente mais la porte de la grange tout au bout avait été fermée et les deux hommes avaient disparu.

— Je suppose que vous êtes venue découvrir la vie à la ferme, lady Swift ?

Cartwright apparut dans l'embrasure de la porte, pas vraiment impressionné par cette visite à l'improviste. N'ayant pas de meilleure idée, Eleanor fit mine d'être absorbée dans la contemplation du rat mort.

— Il y a des pièges dans la grange d'à côté. Vous voulez les voir ? proposa-t-il.

Elle se tourna.

— Oh Mr Cartwright, c'est une excellente idée ! Et j'apprécie votre sollicitude. Mais en tant que voisine, je ne veux pas abuser de votre temps précieux. Vous avez mieux à faire que me montrer le fonctionnement de votre ferme modèle. Vous avez tout un village à nourrir non ?

— Vous avez raison sur ce point. Dans ce cas, pourquoi me faites-vous l'honneur de votre gracieuse visite ? C'est encore à cause de ce fameux meurtre ?

— Comme vous êtes perspicace, Mr Cartwright !

Pourquoi ne semblait-il pas surpris de sa visite ? Eleanor était déconcertée. Savait-il qu'elle avait vu son manège louche avec le mystérieux visiteur ?

— Les gens m'appellent Thomas en général.

— Parfait ! Mr Cartwright, les policiers sont-ils venus vous poser d'autres questions ?

— Non ? Pourquoi seraient-ils venus ? Je ne vois pas la carrière depuis la cour. Le champ du milieu est en pente. Il bouche la vue.

Eleanor ne trouva rien à redire à cet argument. Au loin, des agneaux bêlèrent. Ah, mystère résolu. Une ferme d'élevage de moutons.

— Je sais que vous avez fort à faire Mr Cartwright, pardonnez-moi de vous retenir.

Elle se hasarda à sourire. L'expression de Cartwright resta aussi froide que le mur en pierre auquel il était adossé. Eleanor haussa les épaules. Elle n'était pas là pour se lier d'amitié avec lui.

— Lors de ma dernière visite avec le sergent Wilby, vous avez dit quelque chose qui m'a laissée perplexe.

Cartwright changea de position.

— Quoi donc ?

— Comme vous le savez, lorsque vous nous avez rejoints à la carrière, celle qui borde les terres de mon… mes terres, le portail était effectivement fermé. Pourtant, la veille au soir, vers 22 h 30 je pense, j'ai pu franchir ce même portail sans problème. Comment est-ce possible ? Ça m'étonne après coup car je crois vous avoir entendu dire qu'il était toujours verrouillé.

— Aucune idée. Ça me regarde pas. Comme je vous l'ai dit, j'ai loué cette parcelle à la société qui exploite la carrière il y a longtemps. Ce qu'ils font là-bas ne me concerne pas tant qu'ils ne dérangent pas mon bétail. Ils ont dit qu'il fallait verrouiller le portail pour empêcher les idiots (il regarda Eleanor avec insistance) de tomber dans les fosses et de toucher aux machines.

— Quelle chance que je ne sois pas une idiote alors, Mr Cartwright, car le portail était bien ouvert ce soir-là.

— Si vous le dites.

— En effet, Mr Cartwright. Et je me demandais si vous aviez une moto, Mr Cartwright ?

Le fermier la dévisagea d'un air interrogateur.

— Qu'est-ce que vous voulez que je fasse d'une moto ? On ne peut pas rassembler une douzaine de moutons et les ramener à la ferme avec une fichue moto, si ?

— Non en effet, mais vous pourriez en avoir une comme ça, pour le plaisir.

— Je suis un fermier, lady Swift, pas un de vos amis titrés. Je ne possède rien pour le plaisir. Tout ce que je possède doit avoir sa raison d'être et une moto n'a rien à faire dans une ferme.

— Très bien, Mr Cartwright. J'aurais une dernière question. Où étiez-vous le soir du meurtre entre… disons, 22 heures et 23 h 30 ? Vous avez peut-être vu ou entendu quelque chose ?

Cartwright lui lança un regard noir.

Elle serra un peu plus fort le bâton qu'elle destinait aux oies. En cas d'urgence, elle était tout à fait capable de se défendre en crevant l'œil d'un homme avec une telle arme mais les yeux de Cartwright, fixés sur elle, ne se sentaient nullement menacés, elle y perçut même une lueur amusée.

— Puisque vous voulez tout savoir, j'ai bu ma tisane avec ma femme puis j'ai aiguisé quelques outils devant le feu.

— Donc vous êtes resté à l'intérieur toute la soirée.

Cartwright hocha la tête puis montra la route.

— Maintenant, si vous voulez bien débarrasser le plancher, je dois me remettre au travail.

— Merci de m'avoir accordé ces quelques minutes, Mr Cartwright. Vous m'avez beaucoup aidée dans mon enquête pour meurtre.

— Un bien drôle de meurtre si vous voulez mon avis. Pas de corps, pas de douille sur les lieux du crime.

Zut ! Elle n'avait pas pensé à ça.

— Insinuez-vous qu'il n'y a pas eu de meurtre ?

— Ni ça ni le contraire. Je n'étais pas là après tout. Je dis juste que ça paraît peu probable. Maintenant, comme je vous l'ai dit, je dois me remettre au travail.

Elle hocha la tête.

— Bien sûr. Je vous ai suffisamment retenu.

Elle fit mine de se tourner puis s'arrêta.

— Au fait, vous avez appris pour ce pauvre Mr Atkins ?

Cartwright plissa les yeux.

— Je suis déjà au courant. Cet homme a toujours été un idiot.

Eleanor se raidit.

— Ce n'est pas une façon de parler des morts, Mr Cartwright. Vous étiez voisins, je crois.

Le fermier la regarda froidement.

— Lady Swift, je dis ce que je pense. Cet homme était mon voisin. Et je n'aurais pas pu avoir pire voisin. Je n'ai pas été surpris quand j'ai entendu qu'il ne savait même pas se servir d'une arme à feu.

— Mais vous, vous savez vous en servir, Mr Cartwright. Surtout d'un fusil, je pense, puisque vous êtes fermier.

Cartwright hocha la tête.

— Maintenant, pour la troisième fois, j'aimerais me remettre au travail.

Eleanor avait très envie de lui demander pourquoi Mr Atkins était un si mauvais voisin mais pour Cartwright, le sujet était clos. Elle demanderait à Clifford. Il saurait certainement. Il savait tout.

Le ronflement d'un avion vint interrompre le cours de ses pensées. Cartwright leva le poing vers l'engin qui passait au-dessus d'eux, rasant le toit de la ferme.

— Il va y avoir un vrai meurtre un de ces jours s'il n'arrête pas son petit manège !

Eleanor avait mis sa main en visière pour protéger ses yeux du soleil. Elle suivit du regard l'avion qui vira au-dessus d'un champ quelque part derrière les granges.

— Qui est-ce ?

— C'est ce jeune idiot qui loue le champ d'à côté pour faire joujou avec son avion. Mais s'il continue avec ses bêtises, je vais devoir mettre fin à notre arrangement. Il s'amuse à effrayer mes bêtes avec son engin, j'en suis sûr. C'est dommage parce qu'il paie bien. (Cartwright s'égaya tout à coup.) C'est lui que vous devriez interroger. Ce morveux plein aux as ! De là-haut, il voit tout. Il sort toujours son nez crochu du cockpit pour lorgner ma femme. Si quelqu'un sait ce qui se passe à la carrière, c'est bien lui.

— Excellente idée, Mr Cartwright. Je vous suis très reconnaissante.

— Moi, je vous serais très reconnaissant de ne plus fouiner autour de mes granges à l'avenir, lady Swift. Je laisserai mes oies dehors, désormais.

Cartwright tourna les talons sans un mot et remonta l'allée centrale à grandes enjambées.

Eleanor frémit en imaginant les oies de Cartwright foncer sur elle, sifflant et battant de leurs ailes affreuses. Ne confondait-elle pas avec les dindes ? Quoi qu'il en soit, elle préférait encore affronter un rhinocéros, au moins les rhinos ne vous chargeaient pas en troupeau.

— Quel type charmant, ce Cartwright, dit-elle à l'adresse du rongeur mort. En tout cas, il est tout en haut de ma liste de suspects.

À vrai dire, il était son seul suspect à part le mystérieux motard. Mais peut-être allait-elle bientôt en ajouter un autre à sa liste ?

# 8

Eleanor traversa le champ en pataugeant dans la boue et repéra immédiatement la piste d'atterrissage de fortune. Elle cherchait un moyen d'y accéder quand elle avisa un trou dans la haie, là où deux buissons d'aubépine n'avaient pas entremêlé leurs rameaux. Elle se faufila à travers, protégeant ses yeux d'une main, tenant son chapeau de l'autre. En regardant ses bottines maculées de boue et sa robe déchirée, Eleanor se demanda si Mrs Butters était dotée d'une patience supérieure à la moyenne.

De l'autre côté de la haie, le soleil semblait plus vif et sa robe, plus déchirée encore. Elle regarda l'avion en plissant les yeux. Ah ! Il y avait du mouvement. Elle n'était pas arrivée trop tard. Elle traversa la bordure du champ, avançant dans l'herbe haute et le cerfeuil sauvage, puis hâta le pas quand elle atteignit la piste d'atterrissage rudimentaire où l'herbe avait été coupée ras. Elle ne tarda pas à atteindre l'avion.

D'un bleu éclatant, doté d'hélices en bois finement sculpté, l'appareil resplendissant semblait aussi majestueux et délicat qu'une libellule. Logé entre les deux paires d'ailes larges et courtes, le cockpit avait la forme d'une larme. Quand Eleanor cria un « Bonjour » pour attirer l'attention du pilote, elle n'obtint comme réponse qu'un bruit métallique assourdi, provenant d'outils qu'on manipulait, supposa-t-elle. En contournant l'avant de l'avion, elle vit un pantalon vert en flanelle, dont le bas était emprisonné dans des bottes en cuir brun clair, et un torse penché sur le cockpit.

— Bonjour, disais-je, essaya-t-elle à nouveau.

— Dites donc ! Maintenant, c'est une bonne journée en effet ! dit-il en riant.

En voyant le corps athlétique, les larges épaules et le beau visage de l'homme en face d'elle, Eleanor jugea elle aussi que la journée s'annonçait beaucoup mieux que prévu.

— Pardonnez-moi de vous interrompre, cria-t-elle. J'aimerais vous demander quelque chose.

— Je descends tout de suite.

Il sauta en arrière et atterrit tout près d'elle.

— Lancelot ! dit-il en tendant une main tandis qu'il enlevait son casque de l'autre.

Les pointes de ses mèches blondes ébouriffées frémirent dans la brise.

— Eleanor.

— Je suis désolé pour votre oncle.

Évidemment, il savait qui elle était comme tous les habitants du coin. Tout en échangeant une poignée de main avec lui, elle ne put s'empêcher de fixer ses yeux si singuliers, gris métallique… à moins qu'ils ne fussent bleus. Dans tous les cas, son foulard en soie les mettait superbement en valeur.

— Vous avez entrepris une véritable expédition pour venir me trouver au milieu de cette campagne chic, dit-il en montrant le champ d'un geste du bras. (La manche de sa chemise était remontée jusqu'à la pliure du coude.) Ce que vous avez à me demander doit être terriblement excitant.

— Oui, plutôt. Excitant, oui… non. (*Reprends-toi Ellie !*) L'autre nuit, j'ai vu un homme se faire tirer dessus, là-bas dans la carrière. Je pense qu'il est mort.

À sa grande surprise, Lancelot ne réagit pas. *Les meurtres sont-ils fréquents au point d'être banals dans la région ?*

Elle indiqua la direction de la carrière. Il prit doucement son poignet et le fit glisser vers la droite.

— Là-bas, peut-être ?

Le contact de la main de Lancelot sur sa peau nue était grisant et son pouls qui s'affola tout à coup menaçait de la trahir.

— Ne faites pas exprès de ne pas comprendre. Vous savez très bien ce que je veux dire. Vous pouvez tout voir de là-haut. Même Mrs Cartwright, apparemment.

Lancelot s'esclaffa.

— Je constate que vous avez parlé avec Cartwright.

— Il préfère qu'on l'appelle Thomas.

— Absolument. Cartwright est un vrai casse-pieds, il faut toujours qu'il fasse des histoires. D'abord, c'étaient ses moutons chéris, puis son toit et maintenant, sa femme. Cet homme est un fléau mais j'ai besoin de son champ.

— Pour « faire joujou avec votre avion », rien de moins !

— Quel plaisir de constater que vous avez parlé de moi avant même que nous ne nous soyons rencontrés. (Il passa la main dans ses cheveux.) Mais vous n'êtes pas venue jusque-là pour vous entretenir de Cartwright avec moi. Que vouliez-vous me demander à propos de ce meurtre extraordinaire ?

Eleanor s'arracha à la contemplation des cheveux de Lancelot et revint à son enquête.

— Oh, je me disais que vous aviez peut-être remarqué une certaine activité autour de la carrière. Cartwright a dit à la police qu'il n'y avait pas eu d'excavation depuis un certain temps mais cette nuit-là il y avait beaucoup d'activité, vous pouvez me croire.

Lancelot rejeta la tête en arrière et se mit à rire.

— Vous êtes décidément une créature fascinante. Vous déambulez dans les champs pour accoster des types fringants que vous ne connaissez pas, vous vous ébattez dans des carrières servant de décor à d'horribles meurtres, puis vous jouez au détective et menez l'enquête toute seule. Je devrais vous appeler Sherlock ! Dites-moi, Sherlock, quel tour avez-vous en réserve pour cet après-midi ? Avez-vous l'intention de vous introduire au Parlement, déguisée en Premier ministre, pour lire son discours de 16 heures ?

Elle eut la désagréable impression qu'il se moquait d'elle.

— Les femmes politiques ont de l'avenir. Et vous êtes d'une suffisance et d'une sottise insupportables.

— Nous ferions une belle paire tous les deux, ma chère. (Eleanor n'eut pas le temps de réfléchir à une réponse adéquate que déjà il poursuivait.) Que puis-je vous dire à propos de cette carrière ? Hormis le fait qu'elle est située au nord-ouest et non au sud-ouest… Il y a beaucoup d'excavations dont certaines sont très profondes et des trous dangereux que les dames distinguées devraient éviter. Quoique… (Il contempla sa tenue boueuse et déchirée.) On dirait bien que ce genre d'endroit est un terrain de jeu pour vous. Malheureusement, je n'ai vu aucune activité dans la carrière, pas depuis un certain temps, comme Cartwright vous l'a dit. Quant au soir de votre meurtre… pouvez-vous me préciser le jour et l'heure ?

— Samedi soir vers 22 h 15.

— Navré de vous décevoir mais j'étais à un bal masqué.

— Où avait lieu ce bal masqué ? Pouvez-vous m'indiquer l'heure de votre arrivée et l'heure de votre départ ?

Il rit.

— Secret-défense, j'en ai bien peur.

Eleanor fronça les sourcils.

— C'est sérieux. Pouvez-vous prouver que vous étiez à ce bal ?

— Oui, mais quel intérêt aurais-je à vous en fournir la preuve ? Vous auriez toutes vos réponses et vous n'auriez plus besoin de m'interroger plus tard.

Eleanor prit une profonde inspiration.

— Il n'y a donc aucune chance que vous ayez été à la carrière entre 22 heures et 23 heures samedi soir.

Lancelot lui adressa un sourire exaspérant.

— Aucune chance.

— Aucune chance non plus que vous ayez vu quelqu'un transporter un corps ?

Lancelot lui lança un regard interrogateur et tout à coup, il comprit.

— Il n'y a pas de corps, c'est ça ? Oh, c'est vraiment exquis ! Êtes-vous certaine d'avoir vu un meurtre ?

Le pilote charmeur avait diverti Eleanor jusqu'à présent, mais elle se hérissa en entendant sa remarque.

— Plutôt certaine, oui. Je suis sûre de ce que j'ai vu. Comme la police est trop paresseuse pour faire quoi que ce soit, il est d'autant plus important que je continue à « jouer les détectives », pour reprendre vos propres termes. Avez-vous une moto ?

Il la prit doucement par les épaules et la fit pivoter. Une moto se trouvait à quelques mètres de là de l'autre côté de l'avion. Il possédait bien une moto mais il n'avait pas cherché à s'en cacher. Qu'est-ce que ça signifiait ? Elle soupira discrètement. Jouer les détectives n'était pas si simple, finalement.

Une idée lui vint à l'esprit.

— Avez-vous déjà vu Cartwright sur une moto ?

Lancelot s'esclaffa.

— Cartwright ? Sur une moto ? J'aimerais bien voir ça !

— J'en conclus que c'est non, donc. Dernière question puis vous pourrez vous remettre au travail.

Il hocha la tête.

— Je suis tout ouïe.

— Connaissiez-vous Spencer Atkins ?

Lancelot reprit son sérieux.

— J'ai appris, pauvre homme. Mais à vrai dire, je ne suis pas vraiment surpris. Il n'était pas très doué pour le maniement des armes à feu.

Le cœur d'Eleanor s'emballa.

— Vous le connaissiez donc ?

— Pas vraiment, mais… attendez, pourquoi me parlez-vous de lui ?

Eleanor comprit soudain que ce n'était sûrement pas une bonne idée de dire à un potentiel suspect qu'elle savait que la mort d'Atkins n'était pas un accident et que le corps disparu était le sien.

— Oh, juste comme ça. J'ai juste été attristée par la nouvelle, je le connaissais… un peu. Quoi qu'il en soit, qui aurait pu commettre le meurtre à la carrière, à votre avis ?

Lancelot se caressa le menton tout en réfléchissant.

— Ça pourrait être l'œuvre du fameux Gang du sable. Vous pourriez enquêter sur le gang pour commencer.

Enfin une piste.

— Le Gang du sable ? De quoi s'agit-il ?

— Une bande de mafieux locaux impitoyables. Si la police ne vous prend pas au sérieux, vous n'avez pas d'autre option que de mener votre enquête toute seule. Allez-vous signaler le meurtre à une instance supérieure ? C'est une véritable exclusivité, après tout.

Elle prit sa remarque pour un défi.

— Oui, c'est exactement ce que j'ai l'intention de faire. Mais qui est l'instance supérieure ? Vous avez une idée ?

— Je dirais le maire Kingsley. Chipstone est la plus grande ville à des kilomètres à la ronde.

— En effet. Je vous remercie pour votre aide et m'en vais de ce pas trouver monsieur le maire Kinsey.

Lancelot rit.

— Kingsley, rectifia-t-il. (Il la regarda.) Vous êtes à pied ? Chipstone est à plusieurs kilomètres d'ici.

— J'ai l'habitude de parcourir de grandes distances à pied.

Elle se retourna pour partir.

— Attendez Sherlock, dit-il. Je vais en ville, je vais vous déposer.

Il monta d'un bond sur l'aile, puis se pencha pour atteindre l'intérieur du cockpit. Il réapparut avec un blouson jeté sur son épaule et un autre casque qu'il lança vers elle.

— On y va en avion ? demanda Eleanor en écarquillant les yeux dans son enthousiasme.

— Oh, vous êtes trop drôle ! Il faut absolument que vous veniez me voir plus souvent pour me distraire. Bien sûr que non. Nous n'allons pas nous rendre en ville à bord de Daphne. À moins que les autorités aient aménagé une piste d'atterrissage devant l'hôtel de ville. Non, ça m'étonnerait. Nous en sommes donc réduits à prendre mon autre fidèle machine.

*Daphne ? Il a baptisé son avion Daphne ?*

— Attendez une minute.

Lancelot disparut dans le cockpit. Il revint quelques instants plus tard avec une autre paire de lunettes. Eleanor retint son souffle. Avec ses lunettes de protection et son casque d'aviateur, Lancelot lui paraissait dangereusement familier. Était-ce lui, le mystérieux motard de l'autre soir ? Difficile à dire, puisqu'elle n'avait pas vu à quoi ressemblait le motard, mais Lancelot était souvent là, à moins d'un kilomètre des lieux du crime et il possédait – elle regarda par-dessus l'aile de l'avion – une moto.

Pourtant, elle avait été sûre en la voyant que la moto de Pike's Farm était celle qu'elle avait croisée sur la route de la carrière. En tout cas, elle lui ressemblait. Mais celle de Lancelot aussi. À vrai dire, toutes les motos se ressemblaient. Elle regarda à nouveau l'engin. Oh, inutile de faire comme si elle y connaissait quelque chose ! Elle était incapable de distinguer une moto d'une autre. Elle n'était montée qu'une fois sur un tel engin, pour traverser les étendues sauvages de Perse. Et elle n'avait aucune idée du modèle de la moto. En tout cas, Cartwright n'était plus le seul à figurer sur la liste des suspects.

Néanmoins, elle rejeta toute idée de danger. Même si ce fringant pilote était le meurtrier, il n'allait pas l'éliminer en plein jour. De plus, tout le comté semblait la connaître. Il serait vraiment bête de croire qu'il pourrait s'en tirer comme ça.

Elle regarda Lancelot à la dérobée. Vêtu de son blouson, coiffé de son casque, il mit ses lunettes à l'envers et rit de sa blague. *En même temps Ellie, tu pourrais bien être en danger !*

*

Lancelot avait dit à Eleanor d'enrouler ses bras autour de sa taille et de le serrer bien fort parce que l'embrayage lui jouait des tours en ce moment. Peut-être à cause d'un accident récent, pensa-t-elle. La jupe coincée entre les jambes, elle appréciait cette sensation de vitesse et le vent qui fouettait son visage. Le ronflement du moteur et le rabat des casques rendaient toute conversation impossible. Eleanor espérait que Lancelot était aussi innocent qu'il le paraissait. En même temps, elle était pleinement consciente de l'effet qu'il lui faisait. Mieux valait rester sur ses gardes, sinon la vie à Little Buckford pourrait briller d'un éclat tout aussi neuf qu'indésirable.

Elle secoua la tête et desserra le plus possible son étreinte. *Ressaisis-toi Ellie. Tu n'as pas parcouru des milliers de kilomètres pour tomber encore amoureuse. Surtout pas d'un assassin !*

# 9

Était-ce l'imprudence qu'elle avait commise en chevauchant cette machine puissante conduite par un homme qu'elle venait tout juste de rencontrer qui lui faisait battre le cœur ? À chaque coup d'accélérateur qu'il donnait, elle le serrait un peu plus fort, tout en essayant de ne pas sourire bêtement.

Les dix kilomètres jusqu'à Chipstone défilèrent dans une succession floue de haies, de portails de fermes, de bâtisses à l'écart de la route, desservies par des chemins de terre. Bientôt, ils traversèrent en trombe la périphérie de la ville, passant devant des rangées de maisons mitoyennes un peu décrépites, devant lesquelles jouaient des enfants et des chiens. Ils débouchèrent dans la rue principale animée. Les bannes gonflaient au vent au-dessus des étals devant lesquels des dames chargées de sacs de provisions discutaient. Après avoir évité de justesse un fox-terrier qui volait un petit pain dans la charrette du boulanger, la moto s'arrêta finalement devant l'hôtel de ville avec son beffroi aux couleurs vives.

— Vous voilà arrivée à destination ! cria Lancelot pour couvrir le bruit du moteur qui tournait au ralenti.

Eleanor enleva le casque d'aviateur en cuir et les lunettes que Lancelot lui avait prêtés et secoua ses boucles rousses.

— Merci, gentil monsieur, dit-elle en singeant une révérence.

— Tout le plaisir a été pour moi. Je suis ravi de pouvoir apporter ma petite contribution à une enquête, dit-il avec un clin d'œil. Nous nous reverrons au Manoir ?

— Le Manoir ?

Personne ne lui avait parlé d'un manoir.

— Quand vous viendrez manger au Manoir de Langham, idiote.

Eleanor fronça les sourcils.

— Personne ne m'a invitée à déjeuner.

— Oh, ne vous inquiétez pas pour ça. Mère veillera à ce que l'invitation vous soit transmise.

— Lancelot… ?

Elle prit conscience qu'elle ignorait son nom de famille.

— Fenwick-Langham.

Elle fronça les sourcils.

— Oh ! Alors vous devez être… lord Fenwick Langham aussi ?

Lancelot rit.

— Officiellement, oui. Mais vous savez sans doute que « lord » est uniquement un titre de courtoisie. Il est donné à tous les fils de lord. C'est mon père, le vrai lord. Je n'hériterai réellement du titre que lorsque mon vieux aura cassé sa pipe.

Elle hocha la tête comme si elle l'avait toujours su.

— Et vous devez être lady Swift. Peut-être préféreriez-vous que je vous appelle ainsi ?

Eleanor rougit.

— J'en conclus que je peux continuer à vous appeler Eleanor tout comme vous pouvez m'appeler Lancelot… sauf devant les domestiques.

Eleanor ne savait jamais s'il plaisantait ou s'il était sérieux, ce qui l'agaçait au plus haut point. C'était pourtant un trait de caractère qu'on lui avait souvent reproché.

— Je n'ai pas encore accepté l'invitation de vos parents. Il se peut que je sois prise.

Lancelot ricana.

— Il est impossible de dire « non » à ma mère, croyez-moi. Ce n'est pas la peine de lutter. Au revoir, Sherlock.

Après un salut insolent, il s'engagea dans la rue, juste devant la charrette d'un marchand de charbon, répondant aux protestations furieuses de l'homme par un signe enjoué de la main.

*Pourvu que ça ne soit pas lui l'assassin, Ellie !* Elle soupira et gravit les marches de l'hôtel de ville.

Eleanor et la bureaucratie faisaient aussi bon ménage qu'un dépôt de munitions et une allumette allumée, si bien qu'au bout de quelques secondes, des tirades enflammées emplirent le hall de l'hôtel de ville.

— Comment ça, je ne peux pas voir le maire ? Écartez-vous tout de suite.

— Monsieur le maire ne reçoit pas de visiteurs non sollicités par ses soins, répéta l'employé tout de tweed vêtu.

— Le maire… euh, monsieur le maire manquerait gravement à son devoir s'il refusait de me recevoir.

— Mais monsieur Kingsley, notre maire…

— A-t-il un prénom ? Êtes-vous autorisé à l'appeler par son prénom en secret ?

L'employé parut horrifié.

— Pardonnez-moi, madame, mais je vous demande de parler de monsieur le maire avec respect sans quoi je n'aurai pas d'autre choix que de…

Le grondement d'une voix grave et le martèlement furieux de chaussures sur le parquet couvrirent ses mots.

— Que diable se passe-t-il ici ?

Un homme rond sortit du bureau, les veines saillaient sur son cou épais.

— Perkins, pouvez-vous m'expliquer la raison de ce tapage ?

L'employé n'eut pas le temps de répondre car le maire remarqua Eleanor et changea d'attitude en un clin d'œil. Il lissa ses cheveux départagés par une raie sur le côté, geste bien inutile car la brillantine empêchait toute mèche de s'échapper.

— Tiens, tiens, une visiteuse. Faites entrer la dame, Perkins.

Il sourit à Eleanor avant de repartir.

— Un instant, ma chère.

Une fois devant la porte du bureau du maire, l'employé l'ouvrit juste assez pour faire entrer Eleanor et annonça :

— Euh…

— Lady Swift, vint-elle à la rescousse.

— Lady ? Oh, je ne m'étais pas rendu compte.

Kingsley le réduisit au silence d'un geste de la main.

— Bonjour lady Swift.

Il sortit une montre à gousset ressemblant à s'y méprendre à celle de son oncle.

— Oh, je vois qu'il est bientôt midi. Perkins, du thé, immédiatement, et bien chaud. Je m'occuperai de vous plus tard.

— Oui, monsieur.

Perkins sortit à toute vitesse, sans regarder Eleanor.

— Asseyez-vous je vous prie.

Kingsley montra un fauteuil en cuir capitonné dans l'embrasure d'une fenêtre.

— Quel plaisir de vous rencontrer. Je vous présente mes excuses pour le traitement grotesque qu'on vous a réservé à votre arrivée.

Eleanor balaya ses excuses d'un geste.

— Merci mais c'est à moi de m'excuser pour me présenter ici sans avoir sollicité une entrevue. Je ne vous dérangerais pas ainsi s'il ne s'agissait pas d'un problème urgent.

— J'en suis certain ma chère. Mettez-vous à l'aise d'abord.

Quelqu'un toqua timidement à la porte.

— Entrez, brailla Kingsley, faisant sursauter Eleanor.

Une femme à la physionomie de lapin s'aventura à l'intérieur en poussant un chariot à thé de ses mains tremblantes. Elle posa les tasses et les rafraîchissements sur la table en bois de rose sculpté.

— Le manteau, empotée ! Prenez le manteau de lady Swift !

Eleanor, qui tournait le dos à la pauvre créature, laissa glisser son manteau de ses épaules. Une fois munie du manteau, la femme sortit à toute vitesse. Dans le coin opposé, Eleanor remarqua un mannequin en faction sur une portion de parquet à chevron, paré de la robe rouge vif bordée d'hermine du maire. Un bicorne en soie orné de plumes noires était posé sur son cou. Dans une vitrine fermée accrochée au mur étaient exposées la masse en argent de la ville avec son pommeau doré étincelant et l'épée civique. *Pourquoi les hommes ressentent-ils le besoin de se déguiser comme des enfants* ? songea Eleanor.

Perché sur le bord de son bureau en chêne, Kingsley signa un ou deux documents avec un grand geste avant de poser son stylo.

— Pardonnez-moi ma chère, la vie d'un maire n'est pas de tout repos.

Il franchit la courte distance qui le séparait d'Eleanor et s'installa dans le fauteuil juste à côté d'elle. Fauteuil à peine assez large pour contenir sa corpulence.

— Je n'en doute pas. C'est pourquoi je vais immédiatement entrer dans le vif du sujet.

Il se pencha en avant.

— C'est toujours un plaisir de consacrer un peu de temps à une dame avec une approche aussi professionnelle.

— En effet, monsieur le maire, j'apporte de mauvaises nouvelles. Il y a eu un meurtre.

Il se raidit.

— Un meurtre ?

Il s'extirpa du fauteuil et se mit à arpenter la pièce.

— Mais c'est extrêmement grave. Un meurtre ? Dans l'ensemble, mes électeurs sont plutôt respectueux des lois. Je suppose donc que le coupable venait du comté voisin. (Il se rassit.) Les gens de l'Oxfordshire sont des fauteurs de troubles.

— Peut-être, monsieur le maire. J'aimerais pouvoir dire que la police a des pistes qui vont dans ce sens. Malheureusement, incompétents comme ils le sont, les policiers n'ont pas pris la peine d'enquêter.

Kingsley changea de position et croisa les jambes, enlevant une peluche imaginaire de son costume.

— C'est très grave en effet. Donnez-moi toutes les informations dont vous disposez, ma chère.

Elle commença son histoire au moment où l'orage se déchaînait et où elle avait vu de la lumière dans la cabane d'ouvrier de la carrière. Kingsley l'écouta en silence. Tout juste poussa-t-il quelques grognements surpris lorsqu'elle décrivit la scène des coups de feu.

— Quand je suis enfin arrivée dans la cabane, il n'y avait personne. Pas même l'homme que j'avais vu tomber sous les balles. Il n'y avait pas de corps. Il avait tout simplement disparu, conclut-elle.

Il passa la langue sur ses lèvres.

— Lady Swift, quelle incroyable histoire ! Et quelle femme intrépide vous êtes ! (Il secoua la tête.) Maintenant, racontez-moi ce qu'a dit la police.

— Ils m'ont bien fait comprendre qu'à leur avis c'était une pure invention de ma part, comme si j'étais une vieille folle qui cherchait à attirer l'attention sur elle.

— Une invention ! (Il tapa du poing sur l'accoudoir.) Soyez assurée, lady Swift, que je ne partage pas du tout leur point de vue. Pour moi, il est évident que vous êtes une dame équilibrée et observatrice. (Il but une gorgée de thé, l'air songeur.) Dites-moi ma chère, auriez-vous vu des détails utiles pour l'enquête, comme le visage de l'assassin ou celui de la victime ?

— Comme je vous l'ai dit, je n'ai pas vu le meurtrier et j'ai juste aperçu la victime.

— Donc vous ne pourriez identifier aucun des deux si vous les revoyiez ?

Penché en avant, il la fixait.

— Hélas non, pas avec certitude.

Elle avait décidé de ne pas parler de son hypothèse selon laquelle Atkins était la victime tant qu'elle n'aurait pas de preuve tangible. Il était peu probable qu'on la prenne au sérieux sinon.

Kingsley se cala à nouveau dans son fauteuil et l'observa.

— Et puis il y a l'absence de corps. C'est comme si l'événement n'avait jamais eu lieu.

Elle hocha la tête.

— Je suppose que vous avez écarté l'idée qu'il ait pu être simplement blessé.

— Vu la quantité de sang, oui.

— Du sang ?

— J'ai trouvé une grosse tache là où l'homme a été abattu. Personne n'aurait pu survivre après avoir perdu une telle quantité de sang.

— C'est une énigme en effet. (Il soupira.) C'est comme si l'événement n'avait jamais eu lieu, répéta-t-il en posant les coudes sur les bras bien rembourrés du fauteuil. Toutefois ma chère, vous avez été traitée avec le plus grand mépris par nos représentants de la loi. Je vais m'en occuper immédiatement. Je veillerai à ce qu'ils soient sévèrement réprimandés.

— Merci, mais tout ce qui m'importe, c'est le meurtre.

— En effet. Je vais m'assurer que la police lance une véritable enquête sur les événements dont vous avez été témoin. (Il leva le doigt en l'air et pinça les lèvres.) Et je surveillerai personnellement l'avancée de l'enquête.

Elle était impressionnée. Cet homme, malgré sa brusquerie, méritait d'être applaudi pour son approche directe. Elle se leva pour partir.

— Merci, monsieur le maire, d'avoir pris le temps de me recevoir.

— Tout le plaisir a été pour moi, ma chère.

Ils traversèrent la pièce et une fois à la porte, il lui tendit la main.

— Merci de m'avoir alerté sur ces événements. C'est très gentil à vous.

Elle lui serra la main puis elle commença à traverser le vestibule quand elle s'arrêta.

Elle se retourna et demanda :

— Oh, une dernière question, monsieur le maire.

Il leva les yeux de son collier de maire qu'il était en train d'ajuster.

— Où peut-on acheter une… (Elle regarda ses jambes courtaudes, son corps rond, ses joues et son nez rouges.) Oh, peu importe…

# 10

L'horloge de l'hôtel de ville de Chipstone sonna une heure et quart. Eleanor se repassait l'entretien qu'elle venait d'avoir avec le maire. *Enfin un homme qui prend une femme au sérieux ! Enfin un homme en phase avec son époque ! Si le maire s'intéresse à l'affaire, les choses devraient bouger, Ellie.*

Elle s'interrompit dans ses réflexions et regarda autour d'elle. Qu'avait dit l'homme croisé devant l'hôtel de ville quand elle lui avait demandé où se trouvait Bevan Brothers, déjà ? Ah oui, le magasin était situé à l'extrémité sud de la ville, juste après un virage serré à l'est. Ou était-ce à l'ouest ? Des années durant, Eleanor avait parcouru une grande partie du monde civilisé et non civilisé, seule sur sa fidèle bicyclette. Elle maîtrisait à la perfection l'art de demander son chemin, même quand elle ne parlait pas la langue locale, mais elle avait aussi pris l'étrange habitude d'oublier instantanément les directions qu'on lui donnait.

Elle regarda autour d'elle.

— À l'est ou à l'ouest ? C'est ridicule ! Dans des trous perdus comme Chipstone, on n'a pas besoin de partir en expédition pour s'acheter une bicyclette d'habitude. N'est-ce pas pour ça qu'on y vit ? Parce que tout est à portée de main ?

Chipstone, qui s'enorgueillissait d'être une bourgade animée au cœur des Chilterns, aurait très mal pris qu'on la traite de « trou perdu ».

Mais Chipstone étant dans l'incapacité de se défendre, Eleanor put continuer à décharger sa bile.

— Pourquoi tout le monde s'entête-t-il à parler d'est et d'ouest ? N'est-ce pas plus simple de dire à gauche ou à droite ?

— J'pourrais pas vous dire, madame, répondit une voix enjouée.

Eleanor baissa les yeux. Un jeune garçon d'environ dix ans, se tenait devant elle, une casquette à la main. Il portait un gilet propre et net auquel il manquait toutefois deux boutons.

— Pardon ?

— J'ai cru que vous me posiez une question… vu qu'y a personne d'autre ici, m'dame.

— Oui, je comprends ce qui t'a fait croire ça. Il se trouve que j'ai bien une question pour toi. Deux en fait. Comment t'appelles-tu ?

— Alfie, m'dame.

Eleanor prit conscience qu'elle avait déjà utilisé une des deux questions auxquelles elle avait droit. Peu importe, le garçon ne le remarquerait certainement pas.

— Dis-moi Alfie, tu aimerais gagner un penny ?

Le garçon se tapa les cuisses.

— Un peu !

— Parfait ! Dans ce cas, peux-tu m'indiquer où se trouve Bevan Brothers ?

— Pardon m'dame, mais ça fait trois questions. C'est un penny pour chacune ou un penny pour les trois ?

Voilà un garçon qu'il ne fallait pas sous-estimer. Si elle avait besoin d'une équipe de gamins des rues comme Sherlock Holmes, Alfie ferait un leader parfait.

L'enfant la regardait, plein d'espoir.

— Pour répondre à ta question, c'est un penny pour les trois. Marché conclu ?

— Marché conclu !

Le garçon tendit sa petite main étonnamment propre. Eleanor la serra.

— Bon, dit-il. Vous voulez savoir comment aller chez Bevan Brothers. C'est simple. (Il se tourna dans la direction opposée à celle d'où elle était venue à moto avec Lancelot.) Vous voyez la cheminée, là-bas ? La grande qui crache de la fumée ?

Eleanor hocha la tête et, se penchant vers le petit garçon, elle regarda l'endroit qu'il indiquait en plissant les yeux.

— Oui.

— C'est l'usine de peinture Barnes. Mon paternel travaillait là-bas avant. Parfois, j'donne un coup de main. Maintenant, suivez mon doigt, vous voyez où le bâtiment s'arrête ?

— Je vois.

— Le dernier toit, c'est celui de Bevan.

— Excellent ! (Eleanor se redressa.) Tu m'as été d'une grande aide. Voilà un penny bien mérité, jeune homme.

Eleanor ouvrit son porte-monnaie et lui tendit la pièce en souriant.

— Merci m'dame. Vous avez besoin d'autre chose, m'dame ?

Elle secoua la tête.

— Non merci, Alfie.

Mais comme il s'apprêtait à partir, elle glissa une autre pièce dans sa main.

Alfie regarda le penny, les yeux écarquillés.

— C'est pour quoi ?

— Prends ça comme un acompte. Si la prochaine fois que je viens à Chipstone, j'ai besoin d'un renseignement, je saurai où m'adresser.

— Merci m'dame. Mais le marché, c'était un penny. On a scellé notre accord par une poignée de main.

Le garçon lui rendit la pièce et dévala une ruelle qui longeait l'un des côtés de l'hôtel de ville.

*Quel garçon incroyable !*

Elle reporta son attention sur le magasin Bevan Brothers.

Et maintenant, direction les cheminées, puis le dernier toit.

— Rien de plus facile !

Elle jeta un coup d'œil à la montre à gousset de son oncle. 2 h 20, voilà une heure qu'elle avait prononcé ces paroles fatidiques. Eh bien, il était apparemment facile de se perdre dans les ruelles de Chipstone. Où était passée cette fichue cheminée ? Elle avait tout bonnement disparu quand Eleanor avait traversé la rue pour regarder la vitrine d'une boutique de vêtements où un magnifique foulard en soie, couleur émeraude, avait attiré son regard. La vue de cette superbe pièce avait fait battre son pouls aussi fort que sa récente virée sur la moto de Lancelot. Malgré son apparent désintérêt pour la mode, elle enviait parfois l'élégance naturelle des dames qu'elle avait vu parader dans les rues de Paris, Londres et Milan. Un peu plus loin, elle avait repéré une autre magnifique boutique d'accessoires. Les ruelles sinueuses de Chipstone recelaient bien des trésors.

En sortant de la dernière boutique, munie d'un nouvel article parfaitement emballé, elle s'imagina dans un endroit très chic, avec son foulard d'organza et son chapeau assorti, au bras d'un charmant cavalier. Un homme avec des cheveux blonds ébouriffés et des yeux gris-bleu peut-être ? Elle enleva le ruban doré du paquet et le noua autour de son poignet en gloussant.

Eleanor s'arracha à ses rêveries pour se concentrer sur l'instant présent. *Ne t'entiche pas d'un ennemi potentiel, Ellie !* Lancelot figurait toujours sur la liste des suspects.

Postée sur le trottoir, elle scruta le ciel à la recherche d'une cheminée ou d'un toit qui pourrait être celui du magasin Bevan Brothers. Ne voyant ni l'une ni l'autre, elle choisit une rue au hasard et déboucha quelques instants plus tard sur la grande rue, en face du poste de police de Chipstone, avec sa lampe bleue caractéristique au-dessus de la porte.

La quête du magasin de vélos fut aussitôt reléguée au second plan. Le maire avait promis qu'il s'occuperait des policiers mais l'occasion était trop belle. Elle n'allait pas la laisser filer, si elle avait une chance de faire progresser l'enquête. *Après tout, il ne faut jamais envoyer un homme, si serviable soit-il, accomplir une mission de femme, Ellie !* Elle se dirigea vers le bâtiment, plus décidée que jamais.

En approchant de l'entrée, Eleanor exprima sa désapprobation lorsqu'elle vit un petit groupe d'hommes en uniforme fumer dans la ruelle adjacente.

— Je suis ravie de constater qu'il n'y a pas de crimes dans cette ville, messieurs, cria-t-elle avant de gravir les marches qui menaient à la porte.

« Veuillez sonner avant d'entrer », indiquait un écriteau. Ignorant l'injonction, elle poussa la porte et entra.

— Sergent Wilby, s'il vous plaît.

Les deux policiers derrière le comptoir firent semblant d'être réveillés et occupés.

— La sonnette ne marchait pas madame ? lança le plus mince des deux.

— Je n'en ai pas la moindre idée. À présent, j'aimerais parler au sergent Wilby.

— Je ne pense pas que le sergent Wilby apprécierait d'être dérangé sans raison, hasarda son collègue plus enveloppé.

— Je n'en doute pas. Dois-je aller le chercher moi-même ?

Elle s'engagea dans le couloir, puis ouvrit la première porte sur son chemin.

— Madame ! Asseyez-vous s'il vous plaît. Le sergent Wilby va venir vous chercher dans une minute !

Le premier policier montait déjà l'escalier quatre à quatre.

— Très bien.

Eleanor revint vers le guichet et attendit en arborant le plus beau des sourires.

Quelques instants plus tard, elle entendit une voix reconnaissable entre toutes.

— Qu'est-ce que ça signifie ?

Elle se tourna vers le sergent qui hésita à approcher quand il reconnut son interlocutrice.

— Brice, Fry, disparaissez et n'essayez pas d'écouter en vous cachant dans l'escalier, aboya Wilby. Lady Swift, grogna-t-il, que me vaut le plaisir de votre visite ?

À en juger par son expression, la seule chose qui lui aurait fait plaisir aurait été de la jeter dehors.

L'une des grandes forces d'Eleanor, c'était sa détermination. Malheureusement, cette qualité était contrebalancée par son incapacité à anticiper. À présent qu'elle se trouvait devant le sergent Wilby, elle ne savait pas comment lui soutirer des informations utiles. *Réfléchis, Ellie, réfléchis !*

Ah ! Elle repensa aux paroles de Lancelot. Le maire était la plus haute autorité de la ville. Un homme comme Wilby devait avoir une peur bleue de ce personnage autoritaire. Elle le regarda froidement, droit dans les yeux.

— Je voulais vous parler de ma récente entrevue avec le maire.

— Le maire ? Monsieur Kingsley ?

— Vous avez plusieurs maires ?

Wilby secoua la tête.

— C'est bien ce qui me semblait. D'où l'inutilité de votre question ! Quoi qu'il en soit, monsieur le maire était furieux d'apprendre que vous n'aviez pas pris mon témoignage au sérieux. J'ai été témoin d'un meurtre, je vous rappelle ! Il va engager une série de mesures pour que ça ne se reproduise plus. Et je peux vous dire qu'il vous aura à l'œil dorénavant. J'ai préféré vous prévenir. Vous ne voudriez pas vous attirer les foudres du maire, si ? Il a un caractère redoutable, il me semble !

Le sergent Wilby était blême.

— Je vais immédiatement appeler monsieur le maire pour lui dire ce qu'il en est réellement.

Il se dirigea vers le guichet.

— Inutile, bluffa Eleanor. Il est sorti. Sans doute pour alerter vos supérieurs.

Wilby se tortilla.

— Mais lady Swift…

— Mais rien du tout ! J'ai quelques questions très simples à vous poser. Vous pensez que c'est à votre portée ?

Wilby hocha la tête d'un air boudeur.

Une fois encore, Eleanor se garda de dire qu'elle était persuadée que l'homme abattu dans la carrière et celui prétendument mort accidentellement chez lui n'étaient qu'une seule et même personne. De plus, elle ne faisait pas confiance au sergent Wilby, mais cette méfiance était largement imputable à son éducation. La disparition de ses parents et l'indifférence de son oncle à son égard l'avaient conduite à se méfier de l'humanité en général. Sa nature positive s'opposait à cette défiance instinctive, et souvent tiraillée entre les deux, elle hésitait à accorder sa confiance à quelqu'un.

— Y a-t-il eu d'autres décès signalés ces dernières vingt-quatre heures, hormis celui de Mr Atkins ?

— Non.

— Vous semblez très sûr de vous. Comment pouvez-vous en être aussi certain ?

— Parce que j'ai été deux fois de garde dans ce laps de temps.

— Ah, voilà qui explique votre apparence négligée.

Wilby regarda son uniforme.

Eleanor tressaillit légèrement. Elle réfléchit à toute vitesse. Peut-être la réticence de Wilby à donner suite à son appel la nuit du meurtre avait-elle une explication ? Et si c'était lui, l'assassin ? Elle l'avait peut-être dérangé pendant qu'il nettoyait son uniforme maculé de… sang ? Après tout, il avait refusé de se déplacer la nuit du meurtre et ne l'avait pas prise au sérieux le lendemain, à la carrière. Mais pourquoi assassiner Atkins ? Pour l'heure, elle n'en avait aucune idée toutefois Wilby venait de faire son entrée sur la liste des suspects.

Elle fixa le sergent.

— L'un de vos subordonnés est-il retourné à la carrière pour y chercher des indices confirmant que le lieu a été le théâtre d'un meurtre ?

— Non, répondit Wilby entre ses dents.

— L'un de vos subordonnés a-t-il cherché tous les propriétaires de moto enregistrés dans la région et les a-t-il interrogés ?

— Non, lady Swift.

— Hum ? Y a-t-il une chance que grâce à ma déposition vous ayez pu établir l'heure de la mort ? Ou l'arme utilisée ?

Un son qui ressemblait à un échappement de gaz la prévint que le sergent Wilby s'apprêtait à exploser.

— Non, rien de tout ça puisqu'il n'y a pas eu de meurtre.

— Pouvez-vous attester que la mort de Mr Atkins est accidentelle ? N'avez-vous pas trouvé des indices permettant d'établir le contraire ?

Wilby soupira.

— Nous avons enquêté avec soin sur la mort d'Atkins et en avons conclu qu'elle est tout ce qu'il y a de plus accidentelle. Mr Atkins est mort entre 19 h 30 après le départ de son intendante et 4 heures du matin, chez lui, pas dans une fichue carrière.

Elle décida de jouer le tout pour le tout.

— Ah mais il aurait très bien pu être assassiné à la carrière et transporté ensuite chez lui. Sa mort aurait pu être maquillée en suicide. Je ne pense pas que la maison de Mr Atkins soit très loin de la carrière, rien n'est très loin de tout par ici et sur une petite route de campagne la nuit, le meurtrier avait peu de chances de tomber sur…

Wilby se pencha.

— Une fouineuse qui n'a rien d'autre à faire que…

Eleanor leva la main pour le faire taire. Elle constata que le sergent n'était plus blême mais cramoisi. À l'évidence, elle ne pourrait rien tirer de lui alors autant s'amuser un peu.

— … qui n'a rien d'autre à faire que montrer aux policiers de Chipstone qu'il est temps de se mettre à la page et d'embaucher des femmes.

Wilby explosa.

— Lady Swift, je ne vous raccompagne pas !

Il montra la porte d'un geste brusque du bras.

Eleanor rejeta la tête en arrière.

— Je dois faire un compte rendu de cette entrevue à monsieur le maire. Il ne va pas être content. Je vois que je n'ai pas d'autre option qu'élucider le meurtre moi-même !

Elle traversa le hall d'entrée et sortit par la porte sans oublier d'actionner la sonnette en sortant.

# II

Quelle joie de se déplacer plus vite qu'à pied ! Eleanor quitta la ville par le sud (elle le savait à présent) en pédalant. Elle avait atteint son objectif. En sortant du commissariat, elle n'avait eu aucune difficulté à trouver Bevan Brothers Cycles. Le magasin de vélos n'était qu'à deux pas du poste de police.

Elle n'avait pas écouté les conseils des frères Bevan qui avaient tenté de lui vendre une bicyclette pour dames à la mode. Elle savait ce qu'elle voulait : un vélo robuste, simple et tout-terrain. Le moyen de transport idéal pour mener son enquête.

En réalité, le moyen de transport idéal, c'était plutôt la Rolls. Malheureusement, ce n'était pas celle dont elle se souvenait mais un modèle plus récent, beaucoup plus imposant, une Silver Ghost, apparemment. De plus, elle n'avait pas appris à conduire et elle préférait se passer des commentaires désobligeants de Clifford si elle lui demandait de l'accompagner. Il ne restait donc que l'option de la bicyclette.

Mais qu'allait-elle faire de son nouvel acolyte Gladstone ? Le panier devant le guidon pouvait tout au plus supporter le poids d'un lapin… nain.

Le revêtement de la route étant de piètre qualité, le trajet fut beaucoup plus pénible que prévu. D'autant qu'Eleanor avait un peu perdu l'habitude du vélo. Ces dernières années, elle avait exploré de nouveaux itinéraires pour l'agence de voyages qui l'employait. Elle avait créé de nouveaux circuits à travers la Perse, la Chine, l'Inde et dernièrement l'Afrique du Sud pour les touristes fortunés. Malheureusement, elle avait dû renoncer à se déplacer sur sa fidèle bicyclette là-bas. Le vélo était trop lent et les routes, trop chaotiques. Les guides locaux à qui elle devait faire appel préféraient la vitesse et la sécurité relatives d'un véhicule motorisé. Ainsi, elle avait un peu perdu de sa condition et au bout de quelques kilomètres, elle était en sueur et n'avait plus rien d'une dame distinguée. Tout juste parvint-elle à préserver sa pudeur ou ce qu'il en restait. Les frères Bevan lui avaient judicieusement donné des pinces à linge pour qu'elle pût fixer les extrémités de sa jupe de chaque côté du cadre de la bicyclette. Plusieurs d'entre elles s'étaient détachées et jonchaient désormais la route, là où Eleanor avait appuyé plus fort sur les pédales pour franchir une côte. Une voiture noire la dépassa en faisant un gros écart sur la route.

Malheureusement pour Eleanor, le comté était célèbre pour ses collines. La dernière montée pour rejoindre le manoir était incontestablement la plus redoutable de toutes. *Allez Ellie, tu es arrivée jusqu'ici, plus qu'un petit effort à fournir.* Elle franchit le portail à la vitesse de l'escargot et, se cramponnant au guidon, elle remonta l'allée en haletant puis s'arrêta toute chancelante. Elle se demanda si le portail du manoir était toujours ouvert ou si Joseph ou Silas le fermaient la nuit. Peut-être fallait-il le verrouiller puisqu'il y avait un meurtrier dans la nature mais il n'avait aucune raison de s'en prendre aux habitants du manoir…

— Félicitations, très impressionnant, dit un homme aux épaules larges.

Vêtu d'un manteau bleu en laine, il tenait son chapeau melon dans sa main gantée. La voiture noire qui avait dépassé Eleanor était garée devant les marches du perron.

— Merci.

Eleanor descendit de sa bicyclette tout en tentant de contrôler sa respiration.

— Je suis le commissaire divisionnaire Seldon. Police judiciaire d'Oxford. Pardonnez-moi, madame, mais je n'ai pas le souvenir de vous avoir déjà rencontrée ?

Eleanor applaudit. Lasse d'être reconnue partout où elle allait depuis son arrivée, elle fut ravie de constater que ce monsieur ignorait son identité.

— Lady Eleanor Swift, dit-elle en tendant la main à travers le guidon après l'avoir essuyée sur sa jupe.

Le commissaire divisionnaire quitta son gant droit et lui serra la main. Il avait une sacrée poigne. Depuis son retour en Angleterre, Eleanor avait constaté que beaucoup d'hommes serraient la main d'une femme comme s'il s'agissait d'un objet fragile en porcelaine. Le commissaire ne prenait pas de telles précautions.

— Qu'est-ce qui vous amène, monsieur le commissaire ? Euh pardonnez-moi, monsieur le commissaire divisionnaire.

— En fait, je suis venu voir lord Henley. (Il sourit.) Et « commissaire », ça va très bien.

— Dites-moi, vous devez être très en retard à votre rendez-vous.

— Pardonnez-moi mais je n'ai pas pris rendez-vous. C'est plutôt une visite à l'improviste.

— Dans ce cas, puis-je vous suggérer de prendre rendez-vous à l'avenir ? Mon oncle, lord Henley, est décédé en février.

À son honneur, le commissaire divisionnaire Seldon garda son calme malgré l'impair qu'il venait de commettre.

— Je vous présente mes excuses. Je suis en poste à Londres actuellement. Mes sincères condoléances. Quelle indélicatesse de ma part !

— En effet. Quoi qu'il en soit, quel qu'ait été l'objet de votre visite, c'est à moi désormais que vous aurez affaire. Entrez, je vais juste m'asperger le visage pour faire disparaître toute trace de mon excursion campagnarde et je serai de retour avant même que vous n'ayez eu le temps de vous asseoir.

Eleanor appuya sa bicyclette contre les marches et fit signe au commissaire de la suivre.

Mrs Butters ouvrit la porte. Eleanor en conclut que Clifford était absent, sans doute parti faire une course relative à sa fonction de majordome.

— Madame, avant que je n'oublie, le révérend Gaskell est venu se présenter. C'est le pasteur de Saint-Winifred. Comme il ne pouvait pas rester, il a dit qu'il repasserait une prochaine fois.

— Très bien Mrs Butters, puis-je vous demander de nous apporter du thé ? Nous avons un visiteur.

— Tout de suite, madame.

Mrs Butters partit en toute hâte et refit le nœud de son tablier en marchant.

— Commissaire, dit Eleanor en montrant la porte en chêne, j'espère que vous aimez les chiens.

Quelques minutes plus tard, Eleanor revint, les joues brillantes après les avoir vigoureusement frottées.

— Je vois que vous avez fait la connaissance de Gladstone.

Le commissaire divisionnaire Seldon grogna et montra Gladstone vautré sur ses genoux. Le chien avait une savate en cuir dans la gueule.

— Je suis sûre, commissaire, que vous n'avez jamais reçu un tel accueil canin, dit Eleanor en riant.

Elle s'assit dans la méridienne en face de lui.

— Sans parler des coups de langue, grommela-t-il.

— Je suis désolée, il n'a pas vraiment appris les bonnes manières. Et je doute qu'il apprenne à son âge. Mais passons aux choses sérieuses.

L'inspecteur fronça les sourcils.

— Sauf votre respect, lady Swift, je doute que vous puissiez m'aider dans mon enquête. Sauf erreur de ma part, vous ne connaissiez pas très bien Mr Spencer Atkins ?

— Non, je ne le connaissais pas très bien mais... (Elle hésita. Contrairement au maire, Mr Kinsley, et au sergent Wilby, cet homme lui inspirait confiance.) Mais je l'ai côtoyé durant mon enfance, lors de mes séjours au manoir. J'ai été triste d'apprendre sa mort.

— Je suis désolé, dit Seldon en passant la paume de sa main sur le flanc de Gladstone.

— Monsieur le commissaire, auriez-vous l'obligeance de m'expliquer pourquoi...

Elle s'interrompit lorsque Mrs Butters toqua doucement à la porte pour annoncer l'arrivée du thé. L'intendante posa le plateau sur la table d'appoint entre Eleanor et le commissaire puis repartit.

— Une tasse de thé, commissaire ?

— Merci, dit-il sans grand enthousiasme.

Eleanor lui servit une tasse de thé qu'elle poussa vers lui.

— Prenez du lait et du sucre.

Elle se creusa la tête quelques secondes.

— Où en étions-nous ? Ah oui. Aurais-je été mal informée quant aux causes de la mort de ce pauvre Mr Atkins ? Un accident avec un fusil, d'après ce que j'ai entendu.

— Oui, il s'est blessé mortellement en nettoyant son fusil. Le coup est parti.

— En nettoyant son fusil ? Vraiment !

— Oui, c'est très imprudent. Les gens agissent parfois de façon inconsidérée.

— Vous arrive-t-il d'agir de façon inconsidérée, commissaire ?

— Non, pas du tout, répondit-il d'un ton guindé. (Il remua les pieds et se tortilla sur son siège, tentant de trouver une position plus confortable pour supporter le poids de Gladstone.) Il me semble que vous vous intéressez de près à cette affaire, lady Swift.

— Puis-je me permettre de vous poser une question un peu directe ? Pourquoi un commissaire divisionnaire de votre trempe enquête-t-il sur une mort accidentelle ? À moins que vous ne suspectiez un acte criminel, bien sûr…

Il regarda son chapeau et ses gants aplatis sous les pattes de Gladstone.

— Mr Atkins était un homme influent. Dans un tel cas, la police doit faire une enquête de routine.

Elle plissa les yeux en entendant sa réponse très politique. Beaucoup de mots sans aucune substance. Elle trouva cependant matière à l'interroger.

— Sa position ?

Clifford n'avait pas parlé des activités d'Atkins.

— Oui, c'était un fonctionnaire de l'administration très influent.

— Continuez commissaire, l'encouragea-t-elle.

Il hésita un instant.

— Puis-je vous demander, lady Swift, depuis combien de temps vous êtes à Henley Hall ?

Elle leva les yeux vers le plafond.

— Depuis trois, non, quatre jours, je pense.

— Et vous avez l'intention de rester à Little Buckford ?

Encore une fois elle hésita, ne sachant toujours pas si elle devait rester ou non. Ensuite, elle se souvint qu'elle avait un meurtre à élucider.

— J'ai l'intention de rester au moins jusqu'à ce que j'aie terminé ma propre enquête.

Seldon fronça les sourcils.

— Votre enquête ?

Eleanor considéra l'homme assis en face d'elle et remarqua soudain ses yeux marron chaleureux, ses mains délicates, sa voix bourrue. Elle retint son souffle. Y avait-il quelque chose dans l'eau de la campagne ? Qu'est-ce qui lui arrivait ? Ce n'était pas son genre de s'enticher du premier homme venu, elle n'était pas une de ces femmes écervelées serrée dans son corset au point de ne plus pouvoir respirer. Elle était venue ici pour des raisons bien différentes.

Elle était pourtant sûre d'avoir raison. Cet homme était digne de confiance. À tel point qu'elle décida de revenir sur la résolution qu'elle avait prise récemment, ne dévoiler à personne qu'elle était persuadée que l'homme abattu à la carrière était Atkins.

— Je ne pense pas que Mr Atkins soit mort accidentellement chez lui, je pense qu'il est mort ailleurs, des mains d'un autre homme.

Seldon fixa longuement Eleanor avant de reposer sa tasse de thé en soupirant.

— Je vois, bon, pourriez-vous m'expliquer sur quoi repose votre théorie ?

— Je crois qu'il a été assassiné dans la carrière qui jouxte le domaine de Henley Hall. C'est le corps que je n'ai pas trouvé ce soir-là.

Le commissaire ne parvint pas à cacher son irritation.

— Le corps que vous n'avez pas trouvé ? Pourriez-vous, je vous prie, vous exprimer plus clairement ?

— Clairement ? Si les policiers avaient pris la peine de se déplacer ce soir-là, ils auraient peut-être appréhendé le coupable à l'heure qu'il est et tout serait parfaitement clair.

— Lady Swift, pouvons-nous revenir un peu en arrière ? J'ai du mal à vous suivre. (Le commissaire se tortilla jusqu'au bord du fauteuil et fit glisser Gladstone de ses genoux.) Désolé mon gars, mais j'ai les jambes engourdies, marmonna-t-il. (Il se tourna à nouveau vers Eleanor, il se tenait plus près d'elle à présent. Elle sentit ses joues s'empourprer.) Reprenons depuis le début : quelle nuit ? Quel crime ? Quels policiers ?

— Le meurtre dans la carrière que j'ai signalé il y a trois jours.

Seldon sortit son carnet de la poche de sa veste.

— Avez-vous signalé l'incident à la police de Little Buckford ou de Chipstone ?

— De Chipstone. Il n'y a qu'un agent à Little Buckford et apparemment il a été retenu par l'arrivée inopportune de trois rejetons en l'espace d'une demi-heure.

Pour la première fois, il réprima un sourire.

— Comme je vous l'ai dit, lady Swift, je suis basé à Oxford et parfois à Londres. Les procès-verbaux locaux atterrissent rarement sur mon bureau à part lorsqu'il s'agit d'une affaire sérieuse.

— Et qu'est-ce qui fait qu'une affaire est « sérieuse » commissaire ? Y a-t-il des affaires insignifiantes ?

— C'est ce qu'on dit dans le jargon de la police quand on dispose de suffisamment d'éléments pour ouvrir une enquête pour meurtre. Nous sommes des fonctionnaires de l'État, nous avons des comptes à rendre. Nous devons tout justifier : notre emploi du temps, notre utilisation des ressources, les missions que nous confions au personnel. Je suppose que les policiers de Chipstone ont jugé que votre déposition ne contenait pas assez d'éléments probants pour ouvrir une enquête.

Lasse de devoir expliquer sans cesse ce qu'elle était sûre d'avoir vu cette nuit-là, elle répondit d'une voix tendue :

— Ma déposition était parfaitement claire : j'ai vu un homme se faire tuer par balles dans la cabane d'ouvrier de la cour de la carrière à environ 22 h 15 samedi. Quand je suis arrivée dans la cabane, il y avait une grosse flaque de sang mais pas de corps. Oh, et un homme à moto a failli nous écraser, alors que ce pauvre Gladstone et moi essayions de rentrer à la maison.

— Pas de corps, vous dites ? Et le sang ?

— Quand les policiers ont enfin daigné se déplacer le lendemain matin, il n'y avait plus de trace de sang. Tout avait disparu comme par enchantement.

Seldon prit une profonde inspiration.

— Et avez-vous trouvé d'autres traces du meurtre ? L'arme du crime, des douilles ? (Il tendit les mains.) N'importe quoi.

Eleanor soupira.

— Non.

— C'est sans doute le manque d'éléments qui explique que l'affaire n'ait pas été jugée sérieuse.

— Tout ça, c'est parce que les policiers ne sont qu'une bande de pitres affublés d'un badge.

— Je suis policier. Suis-je pour autant un pitre avec un badge ?

Eleanor rit. Ce commissaire commençait à lui plaire.

— C'est trop tôt pour le dire, commissaire. Il faudrait que nous fassions plus ample connaissance.

Elle réfléchit trop tard à ce qu'elle venait de dire. Où était-elle allée chercher ça ?

Seldon posa sa tasse.

— Ça ne va pas être possible aujourd'hui car j'ai déjà un emploi du temps bien chargé. Si vous voulez bien me répéter ce que vous avez dit à la police, je lancerai une enquête plus tard si ça vous convient ?

Alors qu'Eleanor s'apprêtait à répondre, on toqua à la porte.

— Oui, dit-elle.

Clifford entra dans la pièce et s'inclina.

— Pardonnez-moi de vous interrompre madame. Je voulais simplement vous annoncer mon retour. Avez-vous besoin de quelque chose ?

— Non merci, Clifford. Je crois que le commissaire et moi avons terminé.

Seldon se leva.

— Merci pour votre accueil, lady Swift, et pour votre contribution à mon enquête. Au revoir lady Swift.

Il prit son chapeau cabossé et ses gants. Les deux hommes quittèrent la pièce.

Une fois la porte refermée, Gladstone rejoignit Eleanor sur la méridienne. Eleanor se servit une autre tasse de thé et prit une tranche de cake préparé par Mrs Trotman. Elle se blottit contre Gladstone.

— Ça ne te dérange pas ?

Gladstone lui fit comprendre que ça ne le dérangeait pas si elle se poussait un peu et lui donnait encore du cake.

— C'est moi qui suis censée être le chef de meute, Gladstone. Même si je suis sûre que Clifford pense que c'est lui qui commande. (Elle se pencha et caressa le ventre du chien.) En même temps, tu te dis sans doute que c'est toi qui devrais être le chef de meute ? Je pense qu'on pourrait se partager le titre.

Elle lui donna le dernier bout de cake non sans s'être assurée qu'il n'y avait pas de raisin sec.

— Mrs Trotman m'a dit que tu aimais bien les raisins mais qu'ils ne te faisaient pas du bien. (Eleanor se cala à nouveau contre le dossier de la méridienne et soupira.) Je crois que j'ai le même problème avec les hommes, Gladstone !

Eleanor entendit la voiture du commissaire redescendre l'allée. Piquée au vif par son manque d'intérêt pour son enquête, elle était en train de ressasser son entrevue avec lui, quand Clifford revint au salon.

— Alors Clifford, vous avez bien ri avec le commissaire de mon histoire de « meurtre à la carrière » je suppose ?

Clifford la regarda, impassible.

— Non madame, cela aurait été inapproprié étant donné que…

Elle fronça les sourcils.

— Étant donné quoi Clifford ?

— Que je suis sûr que les événements se sont déroulés comme vous l'avez dit, madame.

Eleanor cligna des yeux.

— Quoi ? Vous voulez dire que vous me croyez pour le meurtre de la carrière ? Vous êtes bien le seul !

Clifford hocha la tête.

— Peut-être madame, mais je suis persuadé que vous avez raison.

Elle fut touchée d'apprendre que quelqu'un la croyait, et pas n'importe qui : Clifford !

— Mais alors pourquoi vous êtes-vous montré aussi guindé et pourquoi n'avez-vous rien dit jusqu'à présent ?

— Je suis majordome, madame, répondit Clifford comme si cela expliquait tout.

Eleanor rit.

— C'est tout à votre honneur. Mais lorsque nous ne sommes que tous les deux, vous n'avez pas besoin d'être aussi strict.

— Merci, madame. J'y penserai.

— Bon, maintenant que c'est réglé, revenons au problème majeur qui nous préoccupe. Puisque tout le monde me prend pour une menteuse et une folle, comment pouvez-vous être si certain que j'ai toute ma tête ?

— Puis-je en appeler à votre indulgence, madame ? Il y a beaucoup de choses sur lesquelles nous pourrions nous entretenir mais il se fait tard. Un plateau pour le dîner et un bain seraient sans doute indiqués, si vous me permettez.

Eleanor envisagea de répliquer, piquée au vif par ses commentaires sur le bain qui s'imposait et son allusion aux heures des repas qu'elle ne respectait jamais. Puis elle se souvint qu'elle lui avait donné la permission de ne pas tenir sa langue. Elle pourrait regretter sa décision !

Clifford reprit :

— Nous pourrions reprendre cette conversation demain après un bon petit déjeuner préparé par Mrs Trotman, le ventre plein et l'esprit ouvert.

Fatiguée par son épique trajet à vélo et par les émotions de la soirée, elle concéda :

— Comme vous voudrez Clifford, c'est vous le chef.

# 12

— Clifford, je dois dire que vous m'avez surprise.

— En quoi vous ai-je surprise madame ?

Clifford couvrit les quelques saucisses qui restaient.

— Oh, cette confiture d'oignons maison est tout simplement divine ! dit Eleanor en se resservant.

Clifford attendait patiemment.

Enfin, elle s'interrompit dans son entreprise de démolition du délicieux petit déjeuner de Mrs Trotman.

— Vous m'avez surprise, Clifford, parce que vous croyez que j'ai bien vu quelqu'un se faire tuer l'autre soir à la carrière et que ce quelqu'un était ce pauvre Mr Atkins.

Clifford lui présenta un plateau avec des champignons braisés, elle en prit quelques-uns à l'aide de sa fourchette.

— Je ne crois pas à votre version des faits sans raison, madame.

Eleanor agita sa fourchette.

— Je vous écoute.

Il reposa le plateau sur la desserte et se posta à côté d'elle.

— Mr Stanford, le majordome de Langham Manor, que vous rencontrerez sans doute quand vous irez déjeuner avec lord et lady Fenwick-Langham demain, a une nièce, Miss Abigail, qui travaille comme dactylo au poste de police de Chipstone. C'est une jeune dame délicieuse et plutôt… observatrice.

Eleanor sourit.

— Vous avez donc une taupe au poste. Voilà qui pourrait être très utile car j'ai quelques soupçons concernant le sergent Wilby mais nous y reviendrons tout à l'heure. Continuez.

Clifford s'inclina légèrement.

— Merci, madame. Vous voyez, moi aussi j'ai pensé que c'était une étrange coïncidence : vous êtes le témoin d'un meurtre à la carrière et un corps est découvert le lendemain matin à moins d'un kilomètre de là.

Eleanor tressaillit.

— J'ignorais qu'il habitait aussi près d'ici.

— La propriété de Mr Atkins jouxte les terres de Cartwright au nord, tout comme le domaine de Henley les jouxte au sud. Il était donc relativement facile de transférer le corps de Mr Atkins de la carrière à son domicile. C'est à huit cents mètres, tout au plus.

— Et comme il faisait nuit, il était peu probable que quelqu'un voie quelque chose.

— En effet, il n'y a pas beaucoup d'autres propriétés dans le coin.

Eleanor fronça les sourcils.

— Mais que vient faire Abigail dans cette histoire ?

— C'est Miss Abigail qui est chargée de taper les procès-verbaux à la machine, aucun des policiers n'est capable de le faire, ils ne tapent qu'avec deux doigts. Elle s'est donc occupée du rapport concernant la « mort accidentelle » de Mr Atkins. (Il toussa. Eleanor pensa que c'était sans doute la version « majordome » de la pause théâtrale.) Quand on a découvert le corps de Mr Atkins, il tenait un flacon d'huile de lubrification pour pistolet dans la main droite.

Eleanor cligna des yeux.

— Et alors ?

— Comme il venait souvent au domaine, j'ai eu maintes fois l'occasion de constater que Mr Atkins était gaucher.

Eleanor tapa sur la table, renversant sa fourchette chargée de champignons, qu'elle envoya valdinguer dans la pièce. Elle vit Clifford grimacer.

— Bien joué ! Si Atkins avait essayé de nettoyer son arme avec la mauvaise main pour ainsi dire…

— Exactement. Même un mauvais tireur sait qu'il est dangereux d'utiliser une arme à feu qui n'est pas correctement lubrifiée. Je pense que l'assassin a commis une erreur. Il a eu l'arrogance de croire que la réputation de mauvais tireur de Mr Atkins permettrait de conclure à une mort accidentelle. *Id est* qu'un homme qui ne sait pas se servir de son arme dans les champs s'y prendrait tout aussi mal pour nettoyer les résidus de poudre dans le canon. Toutefois, il a mis l'huile de lubrification dans la mauvaise main.

Eleanor hocha la tête sans relever le « *id est* ». Elle chercherait la signification de la locution plus tard. Pour l'heure, elle était forcée d'admettre qu'avec son savoir encyclopédique, sa logique implacable et son sens de l'observation, Clifford serait d'une grande aide pour l'aider à résoudre le meurtre de la carrière. À condition, bien sûr, qu'il ne fût pas l'assassin.

— Humm. (Elle pianota sur la table.) Clifford, je vois que vous avez des capacités qui vont bien au-delà des qualités réglementaires… d'un… majordome pour ainsi dire.

— Si c'est un compliment, merci madame.

Elle sourit.

— Bien sûr que c'en est un ! À présent, essayons de revenir sur les derniers instants de ce pauvre Atkins. Qu'est-ce que vous en pensez ?

Elle vit à l'expression de son visage qu'il hésitait. S'était-elle montrée trop familière avec son majordome ? Pleurait-il toujours la disparition de son oncle et la fin de leur relation si particulière ? Ou était-ce autre chose ?

— Oui, madame.

— Quoi ? (Elle revint subitement à la réalité, renonçant à supposer et supputer.) Désolée… oh, oui.

Clifford prit une profonde inspiration puis rajusta les manchettes de ses gants.

— Peut-être pourrions-nous commencer par l'événement en lui-même ?

— L'événement ?

— Le meurtre, dit-il avec ce ton qui signifiait « C'est évident voyons » mais elle préféra ne pas relever.

— Absolument. Nous pensons tous les deux qu'Atkins a été abattu sur le site de la carrière et que sa mort a été maquillée en accident. La question qui se pose à présent, c'est… pourquoi ?

— En effet, c'est ça l'énigme à résoudre. Pourquoi le meurtrier a-t-il pris la peine de transporter le corps jusqu'au domicile de la victime ?

— La réponse est d'une aveuglante évidence : parce qu'il voulait faire passer sa mort pour un accident.

— Dans ce cas, pourquoi l'assassin n'a-t-il pas commis ce terrible meurtre dans la maison ?

Elle gratta l'arrière de sa tête.

— Hum… Ah ! Trop risqué. Quelqu'un aurait pu entendre le coup de feu.

— Madame, nous sommes en pleine campagne. Tout le monde possède un fusil par ici, d'où le succès de la tourte aux pigeons dans le coin. Les terres de Mr Atkins sont bordées à l'est par les bois de Poddington et au sud par les champs de Cartwright. Personne ne prête attention aux coups de feu.

— Mais le personnel d'Atkins aurait certainement prêté attention à un tir de fusil dans la maison !

— En temps normal oui, mais Mrs Campbell, l'intendante, est le seul membre du personnel. Ce soir-là, elle était absente car elle rendait visite à sa sœur malade.

— Mais comment l'assassin pouvait-il le savoir ? C'est donc forcément quelqu'un du coin.

— Donc à ce stade, notre liste de suspects comprend tous les habitants du coin en possession d'un fusil, ce qui revient à soupçonner quasiment tout le monde, madame.

Clifford avait raison.

— Nous y reviendrons plus tard. De plus, j'ai déjà établi une liste de suspects, merci. Tout d'abord, une question me taraude depuis un moment : comment a fait le meurtrier pour attirer Atkins dans la carrière ? Il a dû user d'une ruse particulièrement convaincante. N'êtes-vous pas d'accord, vous qui le connaissiez bien ?

Clifford hocha doucement la tête.

— Cette question a aussi hanté mes pensées. Mr Atkins n'aimait guère sortir le soir. Il est très étonnant qu'il ait accepté de se rendre dans une carrière abandonnée. Mais il est vrai que les hommes acculés peuvent faire des choses très étranges.

— Je suppose qu'il connaissait son assassin. Pendant que vous me resservez d'œufs, vous pourriez peut-être m'en dire davantage sur Atkins.

— Mr Atkins était un homme droit et honnête. Votre oncle le tenait en haute estime.

— Ça veut dire qu'il n'avait pas beaucoup d'ennemis ?

— Pas nécessairement. Un homme d'honneur ne se laisse pas acheter ni corrompre. Il peut au contraire se faire beaucoup d'ennemis, voire plus qu'un homme qui renoncerait à sa morale pour l'argent et le pouvoir.

— C'est vrai malheureusement. Et lui connaissiez-vous des ennemis alors ?

Il hésita quelques secondes avant de répondre.

— Malheureusement non, madame.

— Il était marié ?

— Non. Il s'était résigné au célibat après une déception amoureuse. Une jeune femme, une connaissance de votre oncle. Apparemment, il y avait incompatibilité entre eux deux car elle a épousé un autre gentleman et s'est installée dans le Devon, d'après ce qu'on m'a dit.

Elle fronça les sourcils.

— Il faut que nous en sachions plus sur son emploi du temps de la soirée.

Clifford remplit la tasse d'Eleanor.

— Son intendante, Mrs Campbell, m'a bien renseigné. Elle m'a dit que Mr Atkins était sorti en fin d'après-midi et qu'il était rentré juste avant 18 heures. Elle a préparé son dîner puis est partie à 19 h 30 pour passer la soirée et la nuit aux côtés de sa sœur malade. Elle est revenue à 7 heures le lendemain matin et c'est alors qu'elle a découvert le corps. D'après Miss Abigail, dans le rapport qu'elle a tapé, il était noté qu'il n'y avait pas de signe d'effraction.

Eleanor finit de manger avant de répondre :

— Honnêtement, ces policiers sont vraiment des incapables ! Il n'est pas étonnant que les criminels du Buckinghamshire s'en sortent aussi bien. Même le plus obtus des hommes portant l'uniforme pourrait en avoir conclu qu'Atkins avait les clés de la maison sur lui.

— En effet et c'est peut-être ainsi que le meurtrier a compris que l'intendante était sortie.

— Bonne déduction Clifford.

— Merci, madame. Je pense toutefois que ce n'est qu'une hypothèse pour l'heure.

Eleanor fronça le nez.

— Abigail a-t-elle pu transmettre d'autres informations ?

— Seulement qu'il n'y avait pas d'autres empreintes que celles de Mr Atkins sur le fusil retrouvé à côté du défunt.

— Et le fusil ? L'ont-ils montré à un spécialiste des armes à feu qui sait de quoi il parle ?

— Un expert en balistique, vous voulez dire ? La réponse est non. Ils partent sans doute du principe que le fusil retrouvé à côté du défunt est l'arme du crime. De toute façon, il est très difficile de différencier les fusils et les cartouches du même modèle les uns des autres. Vous reprendrez des saucisses ? Des œufs ? Du bac…

Eleanor leva la main.

— Certainement pas. Je crois que je vais exploser si j'avale une bouchée de plus. (Elle regarda son ventre.) Je vais devoir faire beaucoup d'exercice si Mrs Trotman continue à me régaler ainsi.

Tout en débarrassant les couverts d'Eleanor, Clifford proposa qu'ils s'intéressent désormais aux suspects qu'elle avait identifiés.

— Ainsi, je pourrais peut-être nommer un ou deux mobiles pour chacun étant donné que je connaissais mieux Mr Atkins que vous.

— D'accord, Clifford, mais attelons-nous à cette tâche autour d'un café dans le petit salon. J'ai besoin d'un changement de décor pour réfléchir efficacement.

Il hocha la tête.

— Certainement, madame. Peut-être devriez-vous opter pour le circuit le plus long, sortir par les jardins pour rentrer par la cuisine, ça soulagerait certainement votre système digestif trop sollicité.

Elle leva les yeux au ciel.

— Dans ce cas, le mieux serait de sortir par les jardins et de rentrer par Londres !

# 13

Vingt minutes plus tard, Eleanor revint, revigorée par sa promenade dans les jardins. Elle se sentait désormais capable de rester assise, plutôt qu'allongée pour faire descendre son copieux petit déjeuner, et retrouva Clifford dans le petit salon. Il lui tendit un café tandis qu'elle caressait les oreilles de Gladstone.

— Peut-être devrais-je dire à la cuisinière de préparer des repas plus légers et moins copieux à l'avenir ?

— N'y songez même pas ! Je vais me dépenser en courant après nos suspects pour compenser.

Comment faisait Clifford pour afficher un air à la fois incrédule et désapprobateur ? Elle était impressionnée, ce n'était pas rien.

Il interrompit le cours de ses pensées.

— Pour en revenir aux suspects, pouvons-nous reprendre notre discussion ?

— Absolument. Nous devons parler du sergent Wilby, de ce malotru de Cartwright et de… Lancelot. (Elle s'éclaircit la voix.) Commençons donc par cet idiot de Wilby.

— Est-ce parce que vous le soupçonnez plus que les autres ?

— Non, c'est parce que c'est lui qui m'est le plus antipathique. Jusqu'à ce que je me trouve devant Cartwright. À partir de là, mon cœur balance entre les deux.

— Dans ce cas, madame, nous devrions peut-être commencer par un autre suspect pour envisager les choses avec un état d'esprit plus objectif.

Elle parvint à réprimer son envie de lui tirer la langue.

— Très bien. Commençons par Cartwright. Comme je l'ai dit, il est tout aussi désobligeant.

Il laissa échapper un petit grognement qu'elle ignora.

— Non seulement il s'est montré très récalcitrant mais il a aussi menti en prétendant que le portail de la carrière était toujours verrouillé. Et comme il a des terres, il a certainement un fusil, c'est un fermier. Il possède également une moto, du moins l'ai-je vu faire de drôles de transactions avec un homme possédant une moto identique à celle qui a failli me renverser. Oh, et Mr Penry, le boucher, semble le détester.

— Je doute qu'un juge se laisse convaincre par d'aussi maigres éléments, madame. Surtout par le fait que Cartwright ne soit pas très aimé de certains habitants du village. C'est typiquement le genre de personnage qui ne fait pas l'unanimité, dit Clifford en ajustant les manchettes de ses gants.

Elle battit des mains.

— Oh pour l'amour du ciel, ne me dites pas que cet homme ne vous horripile pas ! Il serait capable de se battre avec son ombre !

— Je ne saurais vous dire, madame, mais supposons que ça soit le cas, ça ne fait pas de lui un meurtrier. Quand vous avez parlé avec lui, vous a-t-il donné un alibi ?

— Oui, mais son alibi ne tient pas vraiment la route. Il a dit qu'il était chez lui à l'heure du crime, en train d'aiguiser des outils devant la cheminée. Et qui peut confirmer son alibi à votre avis ? Sa femme bien sûr !

— Humm, sans vouloir être désobligeant avec Mrs Cartwright, les épouses couvrent systématiquement leur mari dans les communautés rurales. Il faut que nous établissions l'emploi du temps exact de Mr Cartwright cette nuit-là. En attendant, nous pourrions nous concentrer sur des mobiles possibles.

Eleanor hocha la tête tout en buvant une gorgée de café.

— Et c'est là que vous entrez en jeu, Clifford. Je n'ai aucune idée de ce qui a pu énerver Cartwright au point de le pousser à tuer. Je tâtonne dans le noir. Y avait-il des conflits entre Atkins et Cartwright ?

— Malheureusement oui. Ils n'avaient pas des rapports de voisinage très cordiaux.

— Oh, avant de me raconter tous les potins croustillants, servez-moi un café s'il vous plaît.

— Je vais vous rapporter les faits dont j'ai connaissance mais m'abstenir de les qualifier de « potins croustillants ».

Elle sourit et prit sa tasse pleine. Elle tapota le fauteuil à côté d'elle pour que Gladstone vienne près d'elle puis écouta Clifford. Quelques minutes plus tard, elle émit un sifflement.

— Alors comme ça, Cartwright déversait le lisier de son bétail sur les terres d'Atkins ?

Clifford hocha la tête.

— Il a nié l'avoir fait volontairement. Je me souviens qu'il a parlé d'un tuyau de drainage fendu.

— Quoi ? Trois fois en l'espace de sept mois ? Allons, allons !

— Il faut dire que Mr Cartwright a surpris Mr Atkins en train de chasser sur ses terres sans autorisation plusieurs fois. La clôture séparant leurs terres était un autre sujet de discorde. Les bêtes les plus hardies de Mr Cartwright se promenaient souvent sur le domaine de Mr Atkins. D'après lui, Mr Cartwright faisait exprès de ne pas réparer la clôture.

— Ce que l'on gagne d'un côté, on le perd de l'autre. Mais ces incidents se sont-ils produits récemment ?

— Je dirais que la dernière fois, c'était il y a un mois. Mais bien sûr, il y en a peut-être eu d'autres dont je n'ai pas connaissance. Je crois que la police s'est déplacée une fois parce que les deux hommes en étaient venus aux mains. Pour que Mr Atkins, d'ordinaire si calme et doux, en arrive à de telles extrémités, c'est vraiment qu'il a dû se sentir offusqué.

Elle fronça les sourcils.

— Et vous pensez que l'un de ces incidents peut constituer un mobile assez fort pour commettre un meurtre ?

— Les hommes sont capables de tuer pour beaucoup moins que ça, je pense que vous le savez, madame. Tous ces incidents accumulés peuvent très bien conduire au meurtre.

— Dans ce cas, Mr Cartwright avait un mobile, une colère qui couvait et qui pouvait se muer en violence à la moindre étincelle. Il avait les moyens de passer à l'acte, car il possède à coup sûr une arme à feu.

— Et comme la carrière se trouve sur ses terres, il en avait aussi l'opportunité. Toutefois, nous devons réinterroger Mr Cartwright pour établir plus précisément son emploi du temps entre 22 heures et 23 h 30 le soir du meurtre au moins.

— En attendant, vous conviendrez que son alibi ne tient pas la route et il a même la clé du portail qui était ouvert cette nuit-là. Il pourrait bien détrôner cet idiot de Wilby, zut !

— Je n'ai pas demandé combien de suspects comprenait votre liste, madame ?

— Euh trois, dit-elle en regardant ses mains. Nous pourrions nous pencher sur Lancelot à présent. Espérons que nous pourrons l'exclure de la liste plus rapidement ou du moins le reléguer tout en bas.

— Comme vous voudrez. Puis-je vous demander ce qui vous a conduite à considérer le jeune lord Fenwick-Langham comme un suspect ?

— Premièrement, il a une moto. Deuxièmement, il a logiquement des lunettes et un casque identiques à ceux portés par le type qui a failli nous écraser, Gladstone et moi. Ou trop ressemblants pour faire la différence. Troisièmement, il loue un champ tout près de la carrière pour son avion. Quatrièmement, il n'a pas eu l'air très surpris quand je lui ai dit qu'il y avait eu un meurtre. (Une idée lui traversa l'esprit.) Oh quelle gourde, j'avais complètement oublié ! Le Gang du sable ! Lancelot a suggéré que le meurtre pourrait être l'œuvre d'un gang local mais peut-être cherchait-il juste à détourner mon attention de sa personne.

Clifford toussa à nouveau. Eleanor répliqua par une toux feinte.

— Voilà encore une habitude à laquelle vous pourriez renoncer, Clifford. Cette toux ! Quand nous sommes seuls et que vous souhaitez exprimer votre désaccord, il est inutile de faire comme si vous aviez subitement une laryngite.

— Merci, madame. Je crains que le jeune lord Fenwick-Langham ne vous ait fait une blague avec son allusion au Gang du sable.

— Sable ? Gang ? Je ne vois pas… oh non ! grommela-t-elle. (Elle était si obtuse parfois, surtout quand il y avait un séduisant jeune homme dans l'histoire.) Sable, comme dans une carrière. Zut, il a vraiment dû me trouver ridicule. Comment ai-je pu gober ça ?

— Il faut du courage pour se ridiculiser.

— Shakespeare ?

— Chaplin.

Eleanor avait du mal à suivre.

— Charlie Chaplin, madame.

— On dirait que mon oncle et vous passiez la majeure partie de vos journées à regarder les exploits de cow-boys héroïques ou des films muets sur le grand écran ?

— D'une certaine façon, oui.

Bien que curieuse d'en apprendre plus sur les excentricités de son oncle défunt, elle reporta son attention sur l'affaire.

— La question est de savoir si Lancelot cherchait juste à me taquiner avec son histoire de Gang du sable ou s'il essayait de me mettre sur une fausse piste.

— Connaissez-vous son alibi pour la nuit en question ?

— Oui, il m'a dit qu'il était à un bal masqué et que ses amis pourraient le confirmer.

— Nous n'aurons aucun mal à trouver le bal dont il s'agit et à vérifier son alibi.

— Parfait mais à vrai dire je ne vois pas quel pourrait être le mobile de Lancelot à moins qu'il ne trempe dans une affaire louche et que Mr Atkins l'ait découvert.

— Je ne connais pas suffisamment lord Fenwick-Langham junior mais comme je vous l'ai dit, je connais bien Mr Sandford, le majordome de Langham Manor. Votre oncle était ami avec lord et lady Fenwick-Langham. Sans vouloir être indiscret, je me souviens que Mr Sandford m'a dit que lady Fenwick-Langham s'inquiétait des fréquentations de son fils et de son appartenance à un vrai gang.

— Un gang ! Quoi, un gang criminel ? Une mafia quelconque ? Les triades chinoises ?

Clifford haussa les sourcils.

— Je pense que lady Fenwick-Langham faisait plutôt référence à une sorte de gang social. D'autres jeunes aristocrates comme lui, mais aussi des artistes menant une vie de bohème.

— Et ce gang a-t-il un nom ?

— Non mais je crois qu'il a pour modèle les Bright Young Things.

— Ah ces bons à rien trop privilégiés et trop riches qui se rebellent contre leurs parents et cherchent à choquer la population et à régaler la presse.

— C'est une interprétation possible, madame, mais je ne prétendrais jamais être l'auteur d'une telle définition.

— Peut-être devrais-je rejoindre le gang de Lancelot ? J'ai l'occasion de jouer à la petite fille de riche gâtée. (En voyant l'expression polie mais désapprobatrice de Clifford, elle balaya d'un geste ses objections.) Non, inutile de rejeter cette confession. Je suis consciente de la chance que j'ai.

— Si vous me permettez, madame, c'est précisément pour cette raison que le gang du jeune lord Fenwick-Langham ne vous conviendrait pas. Pas du tout.

— Mais vous ne me connaissez pas, pas du tout Clifford.

Eleanor se rendit compte avec surprise que sa voix tremblait.

— En effet, madame, nous n'avons pas eu l'occasion de faire vraiment connaissance jusqu'à votre arrivée récente. Quand vous étiez plus jeune, vous veniez rarement au manoir, puis vous êtes partie à l'étranger…

Il s'interrompit.

— Et ensuite mon oncle est mort.

Il prit une profonde inspiration.

— Si je peux me permettre, madame, votre oncle regrettait de ne pas vous voir plus souvent.

Elle sentit la colère monter. Elle retrouva l'usage de la parole mais pas son calme.

— Vraiment, ça m'étonne ! Parce qu'il s'est empressé de m'envoyer en pension et ne m'a jamais fait de place dans sa vie. Où était-il durant toutes ces années où j'ai grandi sans parents ?

En voyant Clifford se raidir un peu plus, elle comprit qu'il regrettait de ne pas avoir tenu sa langue.

— Peut-être une autre fois, madame.

— Peu importe ! (Elle but une gorgée d'eau dans l'espoir de noyer sa colère avant qu'elle n'empoisonne leur discussion.) Mais nous sommes là pour résoudre un meurtre.

— Oui, madame. (Il saisit la perche qu'elle lui tendait et s'empressa de revenir sur un terrain plus sûr.) Nous pourrions nous pencher sur le sergent Wilby à présent. Quels soupçons nourrissez-vous à son égard ? Qu'est-ce qui vous a poussée à le faire figurer sur votre liste ?

— En bref, quand j'ai signalé le meurtre dont j'avais été témoin, il a refusé de se déplacer et a attendu le lendemain matin pour se présenter, ce qui lui a laissé largement le temps de faire disparaître toutes les traces du crime. C'est sûrement une raison suffisante en soi. Toutefois, il y a deux autres bonnes raisons de le soupçonner. Premièrement, quand il est enfin venu le lendemain, il a tout fait pour se débarrasser de moi au plus vite. Et il a refusé de noter la majeure partie de ma déposition. Ensuite, lors de sa visite, le commissaire Seldon m'a dit que Wilby n'avait pas communiqué le procès-verbal de ma déposition aux instances supérieures.

— C'est loin d'être idéal, madame. Mais je crains que son comportement ne soit lié à son incompétence, à sa paresse, à son côté rustre surtout avec les femmes, qui expliquerait son refus de prendre au sérieux votre témoignage.

Eleanor se hérissa en y repensant.

— C'est possible.

— Comme il a décroché le téléphone au poste de Chipstone quand vous avez appelé, nous pouvons en déduire qu'il était là-bas à…

Eleanor réfléchit.

— Il était bien là-bas quand j'ai appelé mais c'était longtemps après les faits. Comme je l'ai dit, j'ai consulté ma montre environ cinq ou dix minutes avant qu'Atkins ne soit abattu, si bien que le crime a dû avoir lieu entre 22 h 15 et 22 h 20. J'étais plutôt… perdue, je dois dire, aussi ai-je mis beaucoup de temps à retrouver mon chemin pour rentrer au manoir. Gladstone en avait assez et a traîné tout le long. Ensuite, j'ai eu le plus grand mal à joindre la police.

Clifford plissa le front.

— Malheureusement, je n'ai pas noté l'heure précise de votre retour, madame. J'étais parti à votre recherche et je ne suis rentré que quelques minutes avant votre arrivée. Toutefois, je vous ai entendu parler au téléphone, donc nous pouvons être certains que le sergent Wilby était au poste de police de Chipstone et répondait au téléphone vers minuit et demi. Nous devons établir s'il était bien à son poste dans les heures qui ont précédé le meurtre. Nous pourrions avoir du mal à vérifier son alibi s'il en a un. Il va falloir faire preuve de discrétion.

— Inutile de prôner la discrétion à tout prix, Clifford. En général, je trouve qu'une approche directe est beaucoup plus efficace.

— Je propose que nous demandions à Miss Abigail de découvrir ce qu'elle peut sans éveiller les soupçons. Il serait dommage d'alerter le meurtrier potentiel.

— Très bien, dit-elle en soupirant. Avez-vous un mobile pour Wilby, vous qui savez tellement de choses ?

— Tout ce que je sais, grâce aux bruits qui courent au village, c'est que Mr Atkins a vu le sergent Wilby il y a une semaine. Et apparemment il ne s'agissait pas d'une visite de courtoisie.

Eleanor dressa l'oreille. C'était exactement ce qu'elle cherchait.

— Vous savez quel était l'objet de leur entrevue ?

— Malheureusement non. Je sais toutefois que Mr Atkins a rencontré un certain nombre de membres des forces de l'ordre et du conseil municipal. Haut gradés comme simples employés.

— Peut-être a-t-il été chargé par Whitehall d'éradiquer l'incompétence et la paresse ? Peut-être a-t-il passé un savon à Wilby ? Ça lui ferait un mobile : sauver ses fesses avant qu'Atkins n'intervienne.

— C'est possible, madame, mais ce ne sont que des conjectures pour le moment.

— Je suis d'accord. Je crois que nous n'avons pas d'autre option que de réinterroger Wilby, Cartwright et Lancelot. Ensemble, nous parviendrons peut-être à leur extorquer des informations intéressantes.

Elle remarqua l'expression peinée de Clifford.

— Bon très bien, va pour leur soutirer discrètement des informations. D'accord ?

Il hocha la tête et s'apprêtait à partir quand elle leva la main. Il s'arrêta.

— Clifford, quelle idiote j'ai été. Entre mon changement de vie depuis mon arrivée et cette enquête pour meurtre, j'ai négligé votre peine. Vous avez dû être très affecté par la mort de mon oncle.

Clifford déglutit avec peine.

— J'irais jusqu'à dire, si vous permettez, que votre oncle ne me considérait pas seulement comme un serviteur mais aussi comme un ami fidèle malgré notre différence de statut social.

Eleanor lui adressa un sourire chaleureux. Pour tenter de le réconforter, elle dit :

— Puis-je faciliter la transition même s'il n'y a pas cette familiarité entre nous ? Peut-être souhaiteriez-vous que je développe un penchant pour les films de cow-boys ou que je me mette aux comédies pour raviver le souvenir de mon oncle ?

Clifford ne cilla pas.

— C'est gentil à vous madame mais puis-je vous suggérer un moyen plus approprié pour honorer la mémoire de votre oncle ?

— Suggérez. Si je peux aider…

— Nous pourrions travailler sur le respect des horaires de repas ? Votre oncle a toujours été extrêmement ponctuel, une qualité très appréciée du personnel. Peut-être pourriez-vous suivre ses traces.

Eleanor sourit.

— Ça suffit Clifford. C'est une chose d'honorer la mémoire de quelqu'un, c'en est une autre de le singer.

# 14

L'après-midi, Clifford avait de nouveau disparu. Eleanor décida d'en apprendre plus sur son énigmatique majordome et ses mystérieuses absences.

À l'étage, elle enfila sa culotte de flanelle, un pull mi long dont la couleur sauge ne jurait pas trop avec le pantalon puis choisit dans sa garde-robe un foulard en soie à motifs. Après avoir ouvert la porte de la chambre, elle chercha ses bottines.

— Gladstone ?

Pas de réponse. Elle devrait se passer de ses chaussures pour aller voir Mrs Trotman.

Elle descendit à pas feutrés et poussa la porte de la cuisine.

— Mrs Trotman ?

— Madame ? Vous avez besoin de quelque chose ?

La cuisinière, qui était en train de fariner une grande planche en bois, s'arrêta.

— Mrs Trotman, je suis désolée de vous déranger.

— Mais non, madame, pas du tout.

Eleanor remarqua que la cuisinière était toujours immobile, les mains en suspens au-dessus de la planche.

— Je ne veux surtout pas vous interrompre. Je crains que les oreilles de Mr Clifford ne se mettent à fumer si je bouscule encore une fois les horaires des repas.

Mrs Trotman se mit à rire.

— Mr Clifford a une horloge interne, madame. Je crois que si toutes les pendules s'arrêtaient dans la maison, il saurait malgré tout à quel moment précis servir le déjeuner.

Eleanor appréciait la personnalité chaleureuse de sa cuisinière. C'était un peu la grand-mère idéale.

— Savez-vous où est Mr Clifford, Mrs Trotman ?

La cuisinière secoua la tête.

— C'est votre oncle, madame. Il a été élevé comme un gentleman mais n'a jamais voulu s'entourer d'une armée de domestiques. Il disait que ça lui donnait l'impression de ne pas savoir faire ses lacets tout seul. Les Henley ont toujours été très autonomes, madame.

— Bien sûr, Mrs Trotman, mais quel est le rapport avec les absences fréquentes de Mr Clifford ?

— Eh bien dans un grand manoir comme celui-ci, il y a normalement d'autres domestiques, des valets de pied par exemple, qui s'occupent des courses, mais si Mrs Butters ou moi-même sommes en train de faire le linge ou la cuisine, c'est à Mr Clifford de se charger des provisions.

— Et Polly alors ?

La cuisinière gloussa.

— Polly c'est… Polly. Vous pouvez l'envoyer faire une course mais vous n'êtes pas sûre qu'elle revienne ou qu'elle revienne avec ce que vous l'avez chargée de rapporter…

Elle leva les mains en l'air.

— Mais Mr Clifford ne trouve-t-il pas rabaissant de faire les courses lui-même ? demanda Eleanor en pensant à l'attitude dédaigneuse du majordome.

Mrs Trotman lui lança un regard interrogateur.

— Je ne devrais peut-être pas dire ça, mais je pense, madame, que vous ne connaissez pas encore très bien Mr Clifford.

Eleanor chercha un moyen de rompre le silence légèrement embarrassant.

— Mais quelle est cette odeur délicieuse ?

Mrs Trotman parut soulagée de revenir sur un terrain plus familier.

— Ce sont sûrement le lard et les oignons. Je prépare le plat préféré de votre oncle, une tourte au lard et à la graisse de rognon de bœuf.

— Je ne connais pas mais ça a l'air délicieux.

— C'est une vieille recette du Buckinghamshire, ça ressemble un peu à un feuilleté à la saucisse géant avec les extrémités repliées. Il faut trois heures de préparation mais le résultat en vaut la peine. En tout cas, c'est ce que disait votre oncle, paix à son âme.

Elle regarda par la fenêtre, avec mélancolie.

Eleanor fut encore une fois frappée par l'amour et le respect que témoignaient les villageois et le personnel chaque fois qu'ils parlaient de son oncle.

Mrs Trotman se tourna à nouveau vers Eleanor.

— Remarquez, vous avez dû manger des choses étranges lors de vos voyages, madame.

Eleanor rit.

— Eh bien voyons… J'ai mangé de la chèvre, du buffle, du kangourou, de l'alligator… et du yack.

— Qu'est-ce que c'est que le yack, madame ?

— C'est une sorte de vache géante himalayenne. Ils font aussi du thé au beurre de yack.

— Du thé au beurre de vache ? Je n'ai jamais entendu une chose pareille. Certains ont un faible pour l'écureuil dans nos contrées mais je n'ai jamais entendu parler de thé d'écureuil.

Eleanor décida de ne pas parler à Mrs Trotman des « mets » encore plus exotiques qu'elle avait mangés durant ces voyages et changea de sujet.

— Continuez à cuisiner s'il vous plaît. Je suis fascinée. J'espère que je n'encombre pas votre espace de travail ?

— Pas du tout, madame. C'est très agréable d'avoir de la compagnie.

Mrs Trotman secoua adroitement la casserole contenant le lard et les oignons qui grésillaient et aussitôt une odeur alléchante parvint jusqu'aux narines d'Eleanor. La cuisinière déposa ensuite un paquet enveloppé dans un linge, une autre planche en bois et un grand couteau sur la table.

Elle ouvrit le paquet et en sortit quatre énormes pommes de terre qu'elle coupa en bâtonnets de taille égale. Des volutes de vapeur s'élevaient chaque fois qu'elle entamait la chair de la pomme de terre. Elle prit un pot de lait dans le garde-manger. Après en avoir versé une bonne quantité dans un plus petit pot, elle remplit un verre qu'elle posa devant Eleanor en souriant.

Eleanor en but une gorgée, tandis que la cuisinière continuait à s'affairer. Mrs Trotman descendit deux immenses saladiers (Eleanor n'en avait jamais vu d'aussi grands). En un clin d'œil, la farine, le beurre découpé en morceaux et le lait furent transformés en une boule de pâte bien lisse dans le premier saladier.

— Que se passe-t-il ensuite ?

— À présent, nous allons nous attaquer à la garniture.

— La garniture ?

Comment diable faisait-on une garniture ? Comme si elle avait lu dans les pensées d'Eleanor, la cuisinière reprit :

— Mais pour ça, il faut d'abord tamiser la farine.

— Je peux ?

Eleanor prononça ces mots sans réfléchir.

La cuisinière sourit et lui tendit un tablier et un tamis avant de pousser vers elle un petit sac de farine.

Eleanor eut le plus grand mal à le soulever.

— Je devrais peut-être me mettre à la cuisine, comme ça, je ferais de l'exercice en même temps.

La cuisinière s'approcha d'Eleanor en riant.

— L'astuce, madame, c'est de loger le bas du sac dans le pli du coude et de l'incliner vers l'avant tout en ajustant l'ouverture de l'autre main.

Eleanor appréciait la compagnie de Mrs Trotman et en voyant la cuisinière s'affairer autour d'elle et lui prodiguer des conseils, elle comprit que c'était réciproque.

La partie « garniture » s'avéra plus compliquée que ce qu'Eleanor avait escompté. Une fois qu'Eleanor eut tamisé la farine et enlevé ce qui était tombé à côté du saladier, la cuisinière lui montra comment ajouter la graisse de rognon coupée en lanières et l'eau en proportions égales.

— Je crains que la précision ne soit pas mon point fort, Mrs Trotman, dit Eleanor en regardant le contenu du saladier.

— Ne vous tracassez pas, madame, il y a toujours un moyen de compenser l'excédent d'eau. Mais ce n'est pas uniquement en ajoutant de la farine, comme certains le pensent.

Elle prit une sorte d'immense salière et saupoudra une fine couche de chapelure dans le saladier d'Eleanor. Elle ajouta ensuite une bonne poignée d'herbes finement coupées.

— Ça me rappelle la ballade « Scarborough Fair », s'exclama Eleanor.

— Presque, madame. Sauf qu'il n'y a pas de romarin dans la tourte au bacon et à la graisse de rognon. Juste du persil, de la sauge et du thym.

Eleanor finit le lait dans son verre.

— Et les herbes aromatiques viennent du jardin ?

— Bien sûr que oui ! Mr Clifford a veillé à ce que Joseph les apporte avant de partir.

Clifford ! Elle était venue pour interroger Mrs Trotman sur Clifford. Pas pour prendre des cours de cuisine !

— Clifford a-t-il dit où il allait ?

— Mr Clifford a dit qu'il avait des courses à faire en dehors du village mais qu'il serait de retour à temps pour servir le dîner si madame était à la maison.

La cuisinière fit un clin d'œil à Eleanor tout en étalant la pâte qui avait suffisamment reposé dans le saladier.

— C’est un homme fascinant. Je sais qu’il a été très longtemps au service de mon oncle, bien avant ma naissance même. Et vous avez raison, je ne le connais pas vraiment. Je n’étais qu’une enfant quand je venais ici.

— Mr Clifford, c’est l’exemple même de la loyauté. Votre oncle, paix à son âme, a eu beaucoup de chance de l’avoir à son service pendant toutes ces années.

— En effet. Clifford a-t-il des amis au village ?

— Des amis ? Eh bien tout le monde le connaît. Mais il est plutôt secret et réservé même si ça lui arrive de boire un coup avec Mr Sandford.

— Clifford semblait très contrarié quand je suis arrivée à l’improviste le premier jour.

— Il était un peu agité sous son col amidonné mais seulement parce qu’il voulait vous accueillir dans les règles, à la gare, comme il convient d’accueillir la nouvelle maîtresse de maison.

La cuisinière baissa les yeux et fixa la cuillère dans le saladier. Eleanor se dit qu’elle semblait embarrassée. *Oh, tu es décidément incapable de maintenir la bonne distance avec ton personnel, Ellie.* Elle regarda ses mains couvertes de farine et son verre de lait vide. Elle était consciente d’avoir sérieusement dépassé les limites cette fois.

Après avoir décidé que le personnel devrait s’habituer à sa façon d’être, elle posa une question qui la turlupinait depuis un certain temps.

— La nuit de l’orage, quand je suis rentrée un peu…

— Ébouriffée, madame ?

Les deux femmes échangèrent un sourire. La cuisinière continua à ficeler adroitement la pâte.

— Oui. Où était Clifford ? Était-il à la maison pendant mon absence ?

— Au départ, oui, madame, mais pas longtemps parce que le vent s’est vite levé et la pluie s’est mise à tomber très fort. Il a fait démarrer la Rolls puis il est allé trouver Mrs Butters.

— Que voulait-il à Mrs Butters ?

— Eh bien Mr Clifford craignait que vous ne vous perdiez, madame, comme vous veniez tout juste d'arriver. Mrs Butters est descendue me dire de faire bouillir beaucoup d'eau et de préparer du thé et une soupe pour pouvoir les servir à tout moment. Ensuite, j'ai vu Mr Clifford partir en voiture.

— Et quand est-il revenu ?

— Oh, à peu près en même temps que vous, madame. Quelques minutes avant, peut-être.

— C'était très gentil à vous tous. Je vous ai donné bien du tracas tout juste après mon arrivée.

— Mais non madame, nous sommes là pour ça, après tout.

— Sans doute, oui.

Eleanor défit son tablier.

— Oh laissez-le là. J'ai bientôt fini de ficeler la tourte. Je vais tout nettoyer et ranger en un clin d'œil et ensuite je commencerai la compote de pommes.

— Merci, Mrs Trotman. J'ai passé un moment très agréable et très instructif avec vous. À quelle heure la tourte sera-t-elle servie ?

— Comme elle sera la star du dîner, je dirais 20 heures si cela vous convient, madame ? À vrai dire, elle peut être mangée à n'importe quelle heure de la journée, elle s'adaptera sans mal à votre emploi du temps.

— À 20 heures, donc. Mes papilles sont déjà impatientes. Merci encore, Mrs Trotman.

— Avec plaisir, madame.

Pour la première fois depuis son arrivée à Henley Hall, Eleanor décida qu'elle pourrait bien s'y sentir chez elle un jour.

# 15

Le lendemain matin, Eleanor pensa qu'une promenade avec son fidèle acolyte à travers les bois derrière le domaine calmerait ses nerfs car elle appréhendait le déjeuner à Langham Manor. Mais rien n'y fit.

— Oh zut Gladstone, pourquoi ai-je accepté cette horrible invitation ? Un vrai cauchemar. Je vais devoir supporter tous ces chichis et ces bonnes manières.

Élevée à l'étranger par des parents bohèmes, elle était plus à l'aise dans une parade nuptiale ouïgoure ou une danse des roseaux zouloue que dans un bal guindé de la haute société anglaise. Son oncle, conscient de son éducation peu conventionnelle, l'avait envoyée dans un pensionnat onéreux pour jeunes filles après la disparition mystérieuse de ses parents. La prestigieuse école avait tenté de lui inculquer les bonnes manières mais à l'époque elle était déjà un esprit libre invétéré et l'enseignement victorien avait glissé sur elle comme l'eau sur les plumes d'un canard.

Gladstone prit un bâton qu'on aurait presque pu qualifier d'arbre, et le déposa aux pieds d'Eleanor.

— Je ne peux pas te lancer ça, idiot. Je t'assommerais certainement avec.

Après avoir mis son véto au lancer de bâton, elle se promena tranquillement tandis que le bouledogue pourchassait des écureuils. Eleanor avait besoin de faire part de ses réflexions à quelqu'un et comme Clifford avait à nouveau disparu ce matin, elle se rabattit sur Gladstone.

— Je n'ai pas franchement l'impression d'avoir beaucoup progressé dans mon enquête, Gladstone. Qui ai-je comme suspects ? Cartwright s'est montré peu coopératif et son histoire de portail toujours verrouillé ne tient pas. Sans parler de sa mystérieuse « transaction » avec notre homme tout aussi mystérieux. Il y avait une moto dans sa remise mais je n'ai pas entendu si l'homme était parti avec à cause du bruit de l'avion de Lancelot qui passait juste au-dessus. Peut-être la moto est-elle toujours dans la remise ? En tout cas, Cartwright est notre suspect numéro un. Vient ensuite le fringant pilote, Lancelot. Il traîne autour de la carrière et possède une moto et des lunettes de protection. Je suppose que ça fait de lui mon suspect numéro deux.

Gladstone avait trouvé une flaque d'eau trouble au pied d'un arbre. Tournant ses bajoues vert algue vers sa maîtresse, il la regarda.

— Beurk ! D'accord, j'ai compris. La prochaine fois, je prendrai de l'eau.

Elle continua à réfléchir tout en s'engageant sur le sentier de gauche.

— Quant au sergent Wilby, c'est incontestablement le suspect numéro trois.

Elle soupira. Ainsi, le nombre total de suspects s'élevait à trois. Et elle devait encore établir un mobile, aussi mince soit-il, pour chacun des trois.

Elle plaqua la main contre sa bouche. Oh mon Dieu ! Clifford ! Pourquoi n'avait-elle pas pensé à lui plus tôt ? Il connaissait Atkins et ses étranges absences s'étaient multipliées depuis la mort du pauvre homme. Elle repensa à ce que Mrs Trotman lui avait dit : la nuit du meurtre il était parti au volant de la Rolls après son départ. *Réfléchis Ellie, réfléchis !* Clifford était rentré peu avant elle et il était pour le moins agité pour quelqu'un d'aussi flegmatique. Il aurait eu le temps de se rendre jusqu'à l'entrée de la carrière et… elle regarda derrière elle avant de se tourner de nouveau vers Gladstone à qui elle murmura :

— Et de commettre le crime !

Elle réfléchit à ce suspect inattendu. Clifford avait peut-être les moyens et l'occasion mais, comme les autres suspects, quel mobile pouvait-il avoir ? Son oncle lui avait fait confiance pendant toutes ces années. Pouvait-il s'être trompé à ce point sur son compte ?

— À vrai dire, Gladstone, je n'ai jamais vraiment connu mon oncle. (Elle se pencha et chatouilla l'oreille de Gladstone.) En réalité, je ne sais vraiment pas à qui faire confiance, à part à toi, mon chien.

Elle consulta la montre de son oncle et grogna.

*Il est temps de se préparer, Ellie. Je ne peux plus me dérober maintenant !* Elle cligna des yeux et secoua la tête. *Se dérober* ? *Mais où est passée l'Ellie d'avant* ?

Alors qu'elle rebroussait chemin pour retourner au manoir avec Gladstone qui trottinait à ses côtés, elle se demanda ce qu'il était advenu de l'Ellie intrépide et espiègle qui aurait profité de la moindre occasion pour s'amuser.

De retour dans sa chambre, elle eut beau essayer de se dépêcher, son corps semblait aussi réticent que son esprit à se préparer pour le déjeuner à Langham Manor.

Elle contempla les trois robes qu'elle avait jetées sur le lit.

— Humm, aucune d'elles ne semble vraiment indiquée pour ce genre d'événement mondain. Qu'est-ce que tu en penses Gladstone ?

Elle obtint un ronflement pour toute réponse.

Après avoir passé la robe la plus chic, elle se regarda dans le miroir en pied. Elle pivota à gauche, à droite, essayant de se voir de derrière. À quoi bon ? Cette tenue ne faisait pas l'affaire. La robe à pois noirs et blancs convenait aux dames qui avaient rendez-vous avec des fournisseurs ou qui rendaient visite à une vieille parente et lui apportaient du bouillon de poule. Elle n'était pas appropriée pour un déjeuner dans la haute société.

Toujours optimiste, elle passa la robe en soie crêpée avec son grand col et sa patte blanche asymétrique qui allait de l'encolure à la taille. Elle enfila ensuite ses oxfords marron confortables. Elle était en train de faire ses lacets quand on toqua à la porte.

— Votre voiture, madame. (Clifford regarda Eleanor de la tête aux pieds.) Puis-je vous demander combien de temps doit attendre Jenkins, le chauffeur de Langham Manor ?

— Attendre ? Comment ça ?

— Le temps que vous vous habilliez pour le déjeuner.

— Mais je suis habillée. (Elle lissa le devant de sa robe et fit dépasser la pointe de sa chaussure.) Je suis prête.

— Si vous permettez, madame, vous pourriez changer d'avis.

Il ouvrit la porte de l'armoire.

Eleanor laissa échapper un hoquet de surprise. De magnifiques robes en soie pailletée ou à plumes remplissaient l'espace.

— Clifford, ce sont…

— Les robes de votre mère, oui, madame.

Elle avait la gorge trop serrée pour parler. Les larmes aux yeux, elle s'approcha de l'armoire et passa la main sur la rangée de manches.

Clifford s'éclaircit doucement la voix.

— Je suis désolé de vous avoir causé un tel choc. J'espérais que vous les trouveriez par vous-même.

Elle hocha la tête, les yeux toujours rivés sur cette précieuse tranche de vie, suspendue devant elle.

— Je vais dire à Jenkins que vous serez prête dans vingt minutes.

Clifford ferma la porte, la laissant seule avec ses émotions et ses questions.

Les robes de sa mère ? Comment étaient-elles arrivées jusqu'ici ? Son esprit s'emballait. Elle tendit la main et toucha la robe la plus proche. Elle était si familière au toucher, si douce, faisant ressurgir des bribes de souvenirs qu'elle avait enfouis au fond de son esprit. Elle avait le cœur serré mais il battait un peu plus fort aussi. Ces manches avaient recouvert les bras qui l'avaient serrée bien fort, qui l'avaient chatouillée, ou qui la relevaient quand elle tombait.

Elle revit sa mère. Son sourire aimant, ses yeux verts perçants, qui semblaient toujours savoir ce que pensait Eleanor. Alors qu'elle passait la main sur sa joue, elle se rappela que sa mère faisait le même geste avant de l'embrasser.

— Bonne nuit, fais de beaux rêves.

Et puis un matin, elle avait disparu.

Eleanor prit conscience qu'elle chancelait. Elle appuya le bout de ses doigts sous ses yeux pour contenir ses larmes et prit la robe en soie grise, la préférée de sa mère. Elle passa les mains sur les oiseaux bleus brodés sur le bustier et les pivoines délicates au milieu d'un motif de graminées qui ornait le bas de la jupe. Elle enleva la pauvre tenue qu'elle portait et enfila la robe en retenant son souffle. Les manches en dentelle fine s'arrêtaient juste au-dessus de ses coudes et la taille enserrait parfaitement la sienne.

Devant le miroir, elle ne put contenir ses larmes plus longtemps, elles roulèrent sur ses joues. Elle reconnut, dans son reflet, les traits de sa mère, et cette vision l'attrista tout autant qu'elle la réconforta. Elle enroula ses bras autour d'une silhouette imaginaire et entendit la voix forte et rassurante de sa mère. « Ellie, tu ne peux pas te laisser aller ma chérie. » Sa mère avait raison comme toujours. Elle pourrait laisser libre cours à ses émotions plus tard, mais pas maintenant. Elle avait un assassin à attraper.

Après avoir ajusté le châle assorti sur ses épaules, elle s'essuya le visage avec un mouchoir. Elle refit un trait de khôl à la base des cils et appliqua une touche de rouge sur ses joues, puis elle ouvrit la porte en prenant une grande inspiration.

Polly et Mrs Butters regardèrent par-dessus la rampe Eleanor qui descendait l'escalier.

— Elle est si belle, murmura Polly qui fut réduite au silence par un « chut ».

Clifford attendait Eleanor en bas de l'escalier. Il hocha la tête sans dire un mot et se retourna. Le cœur battant la chamade, elle le suivit jusqu'à la voiture qui attendait.

# 16

— Bienvenue à Langham Manor, lady Swift, dit le majordome dont les yeux noisette pétillèrent.

— Ah, Sanford, je présume.

Il s'inclina légèrement, adoptant la posture parfaite du majordome, que n'aurait pas reniée Clifford. Quand il se pencha, Eleanor réprima un gloussement. Comme elle le dépassait de quelques centimètres, elle vit sa calvitie naissante, la peau brillait à l'endroit où il n'avait plus dc cheveux. Ceux qu'il avait encore sur le crâne étaient départagés par une raie bien droite.

— Lord et lady Fenwick-Langham reçoivent leurs convives dans la roseraie, madame. Si vous voulez bien me suivre.

Sandford la conduisit à travers le grand hall jusqu'à la terrasse. Eleanor admira les jardins. Chaque parterre de fleurs était entouré de buis taillé. Elle ferma les yeux quelques secondes, s'imprégnant de l'odeur intense des fleurs tandis qu'ils remontaient l'allée centrale jusqu'à un fossé étroit et circulaire rempli de lys en pleine floraison. Au centre se dressait une pagode en ferronnerie, suffisamment grande pour accueillir un groupe de trente personnes.

— Lady Swift, annonça Sanford depuis la terrasse au groupe qui se tenait à l'ombre d'un vélum en soie couleur crème.

Portant l'élégance de son titre avec une incroyable grâce, une grande dame, la soixantaine, descendit le sentier les bras tendus. Ses boucles denses et grisonnantes faisaient ressortir ses yeux bleu vif. Lady Fenwick-Langham était incontestablement une femme qui en imposait.

— Lady Swift, bienvenue ma chère. Nous étions impatients de faire votre connaissance.

— Lady Fenwick-Langham, enchantée, dit Eleanor en souriant. Je dois vous féliciter pour votre magnifique roseraie, je n'ai jamais vu quelque chose d'aussi délicat.

La maîtresse de maison se rengorgea.

— Merci ma chère. C'est mon projet personnel, mon refuge. Et pardonnez-moi. J'ai été affreusement négligente de ne pas vous avoir invitée à Langham Hall plus tôt.

Se tournant vers l'homme corpulent qui était apparu à côté de sa femme, Eleanor tendit la main, tout en essayant de ne pas fixer ses moustaches en guidon de vélo qui se prolongeaient jusqu'aux oreilles, se mêlant à ses favoris grisonnants et fournis.

— Lord Fenwick-Langham, je suppose ?

— Appelez-moi Harold ma chère et tout le plaisir est pour nous. Dire que mon épouse n'a pas songé à vous convier avant, c'est choquant ! (Il fit un clin d'œil et lui offrit son bras.) Et si nous présentions notre nouvelle invitée au reste de la troupe ? À moins qu'il n'y ait quelque chose de plus urgent au programme des mondanités ?

Eleanor gloussa. Lady Fenwick-Langham donna une petite tape sur l'épaule de son mari.

— Ignorez-le ma chère. Je crois que le champagne lui est déjà un peu monté à la tête. Prête ?

Elle montra les autres.

Sous le vélum, des bandes de soie colorée décoraient quelques fauteuils, laissant à penser qu'il s'agissait d'une réunion intime. Lady Fenwick-Langham tapa dans ses mains.

— Je vous présente lady Swift, notre nouvelle voisine. Nous sommes ravis de l'accueillir parmi nous. Lady Swift a repris Henley Hall après la mort tragique de lord Henley.

(Elle se tourna vers Eleanor.) Nous vous présentons nos sincères condoléances.

Eleanor se tourna vers l'assemblée.

— Merci à tous, c'est très gentil.

— Du champagne ma chère ?

Lord Fenwick-Langham fit signe au valet de pied qui servait les boissons.

— À votre place, j'en prendrais deux. Le pétillant enrobe superbement la langue si les conversations mondaines ne sont pas votre fort.

Il lui donna un petit coup de coude et partit tranquillement en lançant :

— Pudders, espèce de dépravé, votre verre est vide.

Sa femme secoua la tête en le regardant s'éloigner.

— J'aurais dû l'envoyer arpenter les champs avec son fusil préféré plutôt que de lui faire enfiler un costume et de l'infliger à nos invités, murmura-t-elle à Eleanor.

Lady Fenwick-Langham la prit par le bras.

— Et maintenant, passons aux présentations. Lady Swift, je vous présente le vicomte et la vicomtesse Littleton. (Elle baissa la voix et ajouta en tordant la bouche :) Son épouse américaine. De Boston.

Eleanor tendit la main à un gentleman vêtu d'un costume impeccable qui commença à se lever à leur arrivée. Sa femme était enveloppée de la tête aux pieds de soie violette tout en plis à la dernière mode parisienne.

— Enchanté.

Lorsque le vicomte se leva complètement, il heurta le bord du chapeau en dentelle empesée de sa femme.

— Tu ne peux pas faire attention ! siffla-t-elle entre ses dents avant d'arranger son chapeau pour qu'il ait l'angle parfait à la mode du moment, et de tripoter son ombrelle assortie pour cacher sa gêne. Bas les pattes ! Je te l'ai déjà dit.

L'accent américain de la vicomtesse parut offusquer la maîtresse de maison qui grimaça.

— Pardonnez-moi mes chers, je dois poursuivre les présentations.

Lady Fenwick-Langham entraîna Eleanor vers les autres invités.

— Lady Swift, je vous présente la comtesse douairière Goldsworthy et sa délicieuse nièce, Miss Cora Wynne, dit-elle en accompagnant ses paroles d'un grand geste.

— Bonjour, dit Eleanor en souriant à la vieille dame, admirant ses cheveux blancs parfaitement tirés, coiffés en chignon sous un bibi écossais à voilette.

— Enchantée de faire votre connaissance, lady Swift, répondit la comtesse douairière avec un fort grasseyement écossais.

Eleanor n'eut pas le temps de répondre qu'une voix puissante retentit.

— Vous devez être lady Wift ?

— Swift, avec un « s ». Franchement colonel ! s'agaça lady Fenwick-Langham en regardant l'homme en uniforme qui avait fait irruption dans leur conversation.

— Pudders n'a pas son pareil pour mettre les pieds dans le plat, dit lord Fenwick-Langham en riant alors qu'il passait par là pour aller chercher du champagne.

— Colonel Puddifoot-Barton, à votre service, salua le militaire.

— Enchantée, colonel, salua Eleanor à son tour.

— Et puis quoi encore, marmonna-t-il tout en continuant à la fixer.

Lady Fenwick-Langham serra le bras d'Eleanor et l'entraîna plus loin avec tact.

— Tous vos convives sont arrivés, lady Fenwick-Langham ? demanda Eleanor alors qu'elles s'engageaient sur le sentier à leur gauche.

— Oui, à moins que mon fils égaré ne nous fasse l'honneur de sa présence. Oh ma chère Eleanor, je ne sais vraiment plus quoi faire, pour qu'il finisse par se ranger et prenne sa vie en main.

Eleanor sourit et tapota la main de lady Fenwick-Langham.

— On m'a dit que tous les garçons finissaient par grandir un jour.

— Eh bien prions pour que ce jour arrive bientôt. Parlons plutôt des roses, ma chère, ça calmera mes nerfs.

Elle s'arrêta et sentit une fleur rose carmin vif.

— L'histoire de ces fleurs glorieuses me fascine. Elle est souvent très romantique. Celle-ci (elle prit la fleur dans le creux de la main), c'est la *Rosa gallica officinalis*, plus communément appelée rose des apothicaires ou versicolor. Rendez-vous compte, les croisés se sont battus pour rapporter cette fleur exceptionnelle du Moyen-Orient jusqu'en France !

Eleanor hocha la tête, distraite par une voix qui cria à travers le jardin :

— Eh, Sherlock !

Lady Fenwick-Langham haussa les sourcils.

— Quand est-ce que les garçons grandissent, déjà ?

Eleanor sourit et haussa les épaules en voyant Lancelot glisser sur la rampe en pierre de l'escalier, les bras tendus vers l'avant. Arrivé au bout, il sauta adroitement puis déposa un baiser sur la joue de sa mère.

— Bonjour, maman.

Lady Fenwick-Langham soupira.

— Lady Swift, je vous présente mon fils, Lancelot Germaine Benedict Fenwick-Langham.

Il passa la main dans ses cheveux et lui adressa un sourire insolent.

— Lady Swift et moi nous connaissons déjà. Elle m'a couru après d'une façon indigne d'une grande dame.

En voyant les joues rouges de sa mère, il la serra dans ses bras.

— Lancelot ! s'écria sa mère. Où sont passées tes bonnes manières ? Ma chère Eleanor, je suis vraiment désolée.

Eleanor rit.

— Ne vous en faites pas. Nous nous sommes effectivement déjà rencontrés mais je peux vous assurer que je ne lui ai nullement couru après.

— Pardon ? D'abord vous traversez la moitié du champ de Cartwright…

— Il préfère qu'on l'appelle Thomas, rectifia Eleanor.

— Ensuite, vous vous cramponnez à moi comme une sangsue alors que nous nous rendons à Chipstone à moto.

Bouche bée, lady Fenwick-Langham fixa Lancelot puis elle se tourna vers Eleanor.

— Il fallait que je me rende à l'hôtel de ville… et Lancelot y allait justement, bredouilla Eleanor.

— Harold, où est le champagne ? (Puis se tournant à nouveau vers son fils et Eleanor.) Si vous voulez bien m'excuser un instant…

Une fois qu'ils furent seuls, Eleanor donna un petit coup de coude dans les côtes de Lancelot.

— Et comment je fais, maintenant, pour impressionner votre mère si vous continuez à lui raconter des histoires sur mon compte ? Surtout si vous dites que je vous cours après et que je me balade avec vous sur votre moto je ne sais quoi. De quel nom idiot l'avez-vous affublée déjà ?

Lancelot gloussa.

— Allons Sherlock, soyez honnête. Vous étiez impatiente de me revoir depuis que vous avez reçu l'invitation.

Il haussa un sourcil et se caressa le menton en attendant sa réponse.

Eleanor le poussa malicieusement.

— En fait, vous n'étiez pas le clou de la journée.

— Menteuse !

Quand le gong retentit, annonçant que le déjeuner allait être servi, il lui prit le bras.

— Maintenant, vous avez une mission : me sortir des griffes de la délicieuse Miss Cora Wynne. Sa tante a des vues sur moi. Pour cette vieille bique radine, je suis le prétendant fortuné idéal.

— Lancelot ! Ça ne se fait pas de parler ainsi d'une veuve de combien… soixante-dix… quatre-vingts ans. Et Cora est ravissante.

— Une vraie chiffe-molle, vieille branche. J'aime les filles qui ont de l'esprit, dit-il en la jaugeant des pieds à la tête. Et qui ont une conception de la mode bien particulière ainsi qu'un penchant pour les bicyclettes. Allons manger, je meurs de faim.

Il la prit par la main et l'entraîna sur le chemin.

— Arrêtez, arrêtez ! Quelqu'un va nous voir, dit-elle en tenant son chapeau.

Malgré son désir de se conduire comme il faut pour ce déjeuner mondain, son âme de compétitrice prit bientôt le dessus et elle fit la course avec Lancelot pour gagner la salle à manger. Elle n'eut aucun mal à le distancer.

À l'entrée de la pièce, Lancelot serra doucement le bras d'Eleanor puis disparut sans explication.

Elle grogna.

— Les hommes !

Dès qu'on avait besoin d'eux, ils disparaissaient.

Elle soupira, afficha un sourire et entra dans la salle à manger.

# 17

— Eleanor, vous êtes assise à droite, à côté de la comtesse douairière, dit lady Fenwick-Langham en montrant une très longue table recouverte d'une nappe en lin ivoire et décorée de compositions florales du meilleur goût.

— Delia ma chère, vous êtes à gauche, à côté du colonel. Hector, vous êtes à gauche de la comtesse.

Comme il fallait s'y attendre, Lancelot n'était pas revenu. Pourtant, même son père avait fini par rejoindre les convives à table. Il attendait debout que les dames soient toutes assises. Il fit tinter sa coupe à champagne avec son couteau à poisson et annonça d'une voix autoritaire :

— Le repas va être servi. Prenez place.

— Harold, tu sais où est Lancelot ? demanda lady Fenwick-Langham en regardant son mari d'un air implorant.

— Aucune idée, soleil de ma vie, tu veux que je lance les chiens à ses trousses ?

Eleanor glissa un coup d'œil à Sanford qui regardait droit devant lui, esquissant un petit sourire.

Lady Fenwick-Langham soupira.

— Mesdames et messieurs, merci à tous pour votre présence. Quel plaisir de vous voir tous réunis. Profitons de ce merveilleux déjeuner entre amis.

Cora laissa son regard errer vers la place vide de Lancelot. Eleanor en fut presque contrariée. Elle prit tout à coup conscience qu'elle avait apprécié l'attention que lui accordait Lancelot et qu'elle fixait la porte depuis un moment dans l'espoir de le voir arriver. Sa simple présence lui procurait d'étranges sensations. Elle se ressaisit. *Tant que tu ne l'as pas éliminé de la liste de tes suspects, garde tes distances.*

La comtesse douairière se pencha vers lady Fenwick Langham.

— De dures journées de labeur, voilà ce qu'il lui faudrait ma chère Augusta. Vous avez beaucoup trop bichonné ce garçon.

— Eh bien, eh bien, intervint le colonel. Des jeunes livrés à eux-mêmes échappant à toute autorité deviennent facilement une menace pour la société. J'aurais vite fait de le remettre sur le droit chemin.

Lady Fenwick-Langham leva la main.

— Madame la comtesse, colonel… merci de me faire part de vos suggestions pleines de délicatesse mais Lancelot est un jeune homme très bien et au cas où vous ne l'auriez pas remarqué, c'est notre fils et c'est à nous qu'il revient de juger si…

À cet instant, les portes de la salle à manger s'ouvrirent en grand. Lancelot fit son entrée, juché sur un vélo, et entreprit de faire le tour de la table. Eleanor se couvrit la bouche avec sa serviette pour cacher son hilarité. Lors de son deuxième passage, Lancelot prit une poignée de petits paquets dans le panier accroché au guidon et les distribua à chaque convive.

— Des biscuits porte-bonheur ! jubila-t-il alors qu'il effectuait son dernier tour de table. Un de mes amis revient tout juste de San Francisco. Ces biscuits servis avec le thé font fureur en ce moment. J'ai pensé que c'était idéal pour donner le coup d'envoi des festivités. Un bel accompagnement pour les récits et anecdotes de voyage pendant le déjeuner.

Lord Fenwick-Langham sauva la situation en rompant le silence embarrassé qui suivit par un rire tonitruant.

— Quel esprit d'initiative, mon fils ! Qu'est-ce que c'est ? Des biscuits porte-bonheur, tu dis ?

— Ils se consomment à la fin du repas, Harold, dit sa femme en pinçant les lèvres. Merci Lancelot pour cette… surprise. Nous apprécions ton geste.

Le colonel laissa échapper un grognement dédaigneux.

— Pudders, le mit en garde lord Fenwick-Langham. Taisez-vous mon vieux.

Eleanor évitait soigneusement de croiser le regard de Lancelot, consciente qu'elle ne pourrait pas garder son sérieux.

— Lancelot a raison, s'enthousiasma la vicomtesse Littleton. Lady Augusta, ces biscuits porte-bonheur sont très en vogue. On en sert au parc du Golden Gate durant la cérémonie du thé à la japonaise. Quand Hector me ramènera enfin au « Centre de l'univers », c'est ainsi que nous, les Bostoniens, appelons notre ville, nous ferons un périple à travers tout le pays. C'est en bonne place sur notre liste de choses à faire, n'est-ce pas Hector ?

Le vicomte Littleton sourit sans enthousiasme puis s'adressa à Lancelot :

— J'ai apprécié votre entrée, mon vieux, très distrayant. Mais quelque chose m'échappe : pourquoi le vélo ?

Sa femme laissa échapper un *tss-tss* désapprobateur et croisa les bras. Eleanor grinça des dents. Dommage que Lancelot ne fût pas plus près, elle aurait pu lui donner un coup de pied sous la table.

— Pour saluer la présence de notre invitée d'honneur, voyons ! (Lancelot montra Eleanor en souriant.) Vous avez certainement entendu parler de ses périples en deux-roues ?

Craignant de gâcher le déjeuner, Eleanor regarda lady Fenwick-Langham, l'appelant silencieusement à la rescousse.

La maîtresse de maison lui tapota la main et sourit.

— Mes chers invités, nous pourrions commencer à manger maintenant que nous avons eu le spectacle. (Elle lança un regard noir à Lancelot.) Laissons lady Swift prendre des forces avant qu'elle ne nous régale avec ses histoires de voyage. Sandford, s'il vous plaît.

Elle fit un signe de tête au majordome.

Alors qu'on servait un bouillon accompagné de sherry, le vicomte Littleton se tourna vers son hôte.

— J'ai appris qu'un des types avec qui nous avons chassé la semaine dernière avait eu un drôle d'accident.

— Je vous avais dit de ne pas aborder ces sujets à table, c'est impoli, siffla la vicomtesse Littleton entre ses dents, tout en tapant sur la main de son mari.

Le vicomte sourit froidement.

— Nullement ma chère, je voulais juste présenter mes condoléances.

Sans réfléchir, Eleanor demanda :

— Vous le connaissiez bien, lord Fenwick-Langham ?

— Atkins ? J'ai fait sa connaissance par l'intermédiaire de votre oncle. Il est venu une ou deux fois au domaine pour participer à des parties de chasse. On ne peut pas dire qu'il était très doué pour le tir.

Lancelot rit.

— Il n'y a pas une huile de ce côté de l'Écosse qui n'ait pas participé à une partie de chasse sur les terres de Père. Tout vieil aristocrate pontifiant, doté d'un titre et d'un bureau étouffant lambrissé de chêne, met un point d'honneur à s'y montrer au moins une fois. Vous savez que Père est l'un des meilleurs tireurs du pays ?

Eleanor, qui avait l'impression d'être tout juste sortie d'une caverne, balaya son commentaire d'un geste de la main.

— Bien sûr, idiot.

Elle fronça les sourcils, se demandant comment elle pourrait continuer à se renseigner sur Atkins sans éveiller les soupçons. Ne trouvant pas de solution adéquate, elle se lança :

— Que faisait Mr Atkins ? Je me rappelle l'avoir vu au manoir quand j'étais enfant mais je ne sais presque rien de lui.

Lord Fenwick-Langham vida son sherry.

— C'était un gros bonnet à Whitehall, je crois. Aucune idée de ce que font ces types dans leurs horribles bureaux toute la journée.

Le vicomte Littleton regarda la tablée.

— Je lui avais posé la question lorsque nous avons chassé ensemble. Je crois qu'il a répondu qu'il était un genre d'enquêteur.

— Un enquêteur ? Quel genre d'enquêteur ? demanda la comtesse douairière d'un ton pince-sans-rire.

Le vicomte plissa le front.

— Je ne me souviens plus de sa réponse exacte. Quelque chose de très secret, je crois.

— Ces types de Whitehall se font passer pour plus importants qu'ils ne sont réellement, grommela lord Fenwick-Langham. J'imagine que c'était encore un de ces gratte-papier qui se croient capables d'utiliser un fusil correctement.

Lancelot rit.

— Je me demande s'il essayait de remplir son fusil d'encre quand le coup est parti ? Il était sûrement incapable de faire la différence.

— Lancelot ! le sermonna lady Fenwick-Langham en le fusillant du regard. Le pauvre homme est mort. Je suis d'accord avec la vicomtesse Littleton, je crois qu'il vaut mieux éviter ce sujet à table. (Elle se tourna vers la comtesse douairière.) Madame la comtesse, comment s'est passé votre voyage depuis les Highlands ?

La comtesse douairière finit sa cuillerée de bouillon.

— C'était affreusement inconfortable et terriblement long et ennuyeux. Je crois que c'est la dernière année que j'entreprends cet horrible voyage.

— Balivernes ! s'exclama lord Fenwick-Langham en agitant son verre dans sa direction. Ça fait quinze ans que vous nous dites que c'est la dernière fois.

— On dit que les voyages sont formateurs, en particulier à l'étranger, intervint la vicomtesse Littleton.

— Des sauvages ! Tous des sauvages, vous pouvez me croire. (Le colonel passa la main sur les médailles accrochées à sa veste.) Ce n'est pas un endroit pour les femmes.

— Et quel genre d'endroit conseilleriez-vous aux femmes ? demanda lady Fenwick-Langham en dévisageant froidement le colonel.

— Leur place est à la maison. Elles ne font que s'attirer des ennuis à l'étranger. Elles ne savent pas comment se comporter avec les hommes de ces contrées.

Lady Fenwick-Langham rougit de colère et regarda son invitée d'honneur.

— Dites-moi, ma chère lady Swift, aviez-vous besoin d'un homme pour voyager à l'étranger ?

La comtesse douairière se tourna vers Eleanor.

— Votre mari, peut-être ?

Eleanor soutint le regard de la comtesse.

— Je suis veuve. Mon mari a été tué pendant la guerre.

La comtesse douairière hocha la tête.

— Oui, comme beaucoup d'hommes. Vous avez été mariée longtemps ?

— Non, seulement quatre mois.

« Quelques mois de trop », aurait-elle aimé ajouter. Elle l'avait rencontré en Afrique du Sud. Peu de temps avant que la guerre n'éclate. Elle était tombée follement amoureuse du fringant officier. Jusqu'à ce qu'il disparaisse deux mois plus tard, pour échapper aux autorités sud-africaines qui le poursuivaient. Elle n'avait jamais vraiment su pourquoi mais elle avait appris par la suite qu'il avait été abattu par son propre camp parce qu'il vendait des armes à l'ennemi.

Lady Fenwick-Langham intervint, empêchant la comtesse douairière de poursuivre son interrogatoire.

— Je suis certaine qu'Eleanor n'a guère envie de parler de tout cela, peut-être pourrait-elle répondre à ma première question ?

Eleanor sourit à son hôte avec gratitude.

— Merci lady Fenwick-Langham. Et pour répondre à votre question, je ne peux pas dire que j'aie eu besoin d'un homme pour m'accompagner à l'étranger même quand j'étais mariée. Pour moi, tout l'intérêt des voyages, c'est de se confronter aux difficultés, de voir de quoi on est capable.

— Bravo, applaudit Lancelot. Un point pour Mère et Eleanor. Vous allez encaisser sans rien dire, colonel ?

À l'évidence, non.

— Bien sûr, il y a voyager et *voyager*. C'est bien joli de flâner dans les rues des grandes villes et de s'extasier devant quelque tableau de maître ou ruine romaine. Je faisais plutôt référence aux contrées sauvages au-delà des frontières de notre Europe civilisée.

Le vicomte Littleton, visiblement agacé par le ton pontifiant du colonel, demanda innocemment :

— Pardonnez-moi lady Swift, mais j'avais cru comprendre que vous aviez traversé des déserts et des jungles. Ai-je mal interprété ce qui se cachait derrière votre *tour à bicyclette* ? Je vous imaginais bien au-delà des frontières de l'Europe civilisée.

Eleanor lui sourit, ignorant le courroux de son épouse.

— Honnêtement, je ne voudrais pas vous ennuyer avec mes histoires sans importance.

— Oh, racontez-nous s'il vous plaît, supplia Cora.

Lord Fenwick-Langham et Lancelot tapèrent sur la table avec leur cuillère à soupe en criant :

— Un discours, un discours !

Le vicomte Littleton les accompagna en tapant des mains, ignorant le regard assassin de sa femme. Le colonel, quant à lui, se cala dans son siège tout en caressant sa moustache. Seule la comtesse douairière secoua la tête :

— Lady Swift, n'allez pas donner des idées à ma nièce, elle est très impressionnable. Je n'aimerais pas passer l'été à la dissuader de partir à l'aventure avec un sac de voyage et une liasse de billets.

— Tante Daphne, protesta Cora en claquant la langue. Je ne pense pas que les voyages de lady Swift ressemblent aux aventures fictives de Phileas Fogg dans *Le Tour du monde en quatre-vingts jours*.

— C'est bien vrai, renchérit Lancelot. Sherlock n'a jamais eu de Passepartout avec elle, n'est-ce pas ?

Pour éviter toute question embarrassante sur l'origine du surnom dont Lancelot l'avait affublée, Eleanor s'empressa de lui répondre :

— En réalité, la compagnie d'un serviteur aurait pu m'être utile à maintes occasions. Pour être tout à fait honnête, quand on voyage seule à bicyclette à travers le monde, il arrive qu'on souffre de cette solitude. Mais j'ai presque toujours entrepris mes périples seule, aussi bien en Europe qu'ailleurs.

— Presque toujours ? demanda Lancelot, beaucoup plus calme tout à coup.

Cora fronça les sourcils et se pencha en avant pour bien être dans son champ de vision.

Le colonel ne put se contenir plus longtemps :

— Zut ! Vous n'allez quand même pas nous dire qu'une femme a traversé le sous-continent à bicyclette !

Eleanor rit.

— Bien sûr que non, colonel. Je n'ai traversé que certaines parties du sous-continent à bicyclette… lors de mon tour du monde.

Il y eut un bref silence puis tout le monde se mit à parler en même temps autour de la table. La voix du colonel couvrit le vacarme ambiant.

— Une femme qui fait le tour du monde à bicyclette ? Allons, allons, c'est impossible !

Les convives se turent pour écouter la réponse d'Eleanor.

— En réalité colonel, je ne peux m'attribuer aucun mérite. Je n'ai fait que suivre les traces de l'infatigable Mrs Londonderry, première femme à faire le tour du monde à bicyclette en 1894. Je pense tout de même avoir parcouru une bien plus grande distance qu'elle en pédalant.

Bien que contrariée de s'être fait voler la vedette par Eleanor, la vicomtesse ne put contenir sa curiosité plus longtemps.

— Racontez-nous, lady Swift. Pouvons-nous vous demander ce que vous faisiez exactement lors de vos voyages ?

Lady Fenwick-Langham répondit à sa place.

— Delia ma chère, lady Eleanor est une vraie pionnière. Elle a travaillé pour Thomas Walker, c'est elle qui, en cherchant et traçant de nouveaux itinéraires, lui a permis de proposer ses premiers circuits en Inde. C'est un accomplissement remarquable.

Ses compliments touchèrent Eleanor.

— C'est très gentil à vous. J'ai rencontré Thomas Walker une fois mon tour du monde terminé. Il m'a effectivement proposé de trouver de nouveaux itinéraires pour lui. J'étais en train de travailler sur un nouveau safari en Afrique du Sud, la dernière destination de l'agence, quand j'ai appris le décès de mon oncle.

— Oh je vois, vous *travailliez*, lâcha la comtesse douairière en prononçant le mot « travailler » avec dédain.

— N'était-ce pas affreusement dangereux ? demanda Cora, les yeux écarquillés.

— Heureusement, jamais au point de devoir appeler la cavalerie de Sa Majesté à la rescousse, répondit Eleanor en souriant, défiant du regard le colonel.

— Je suis impatient de vous entendre nous expliquer comment vous avez pu traverser le désert en pédalant, railla ce dernier.

— Si vous insistez. Que préférez-vous ? Mon périple sur la Route de la soie à travers la Turquie, la traversée de l'Himalaya, la Vallée des rois en Égypte, mes explorations en Afrique du Sud pour organiser des safaris ?

— Oh, l'Afrique, roucoula Miss Wynne.

— La Chine, bien sûr, proposa la vicomtesse. Les soies sont tellement exquises.

— La Perse ! s'écria le vicomte Littleton. Je veux entendre les histoires du désert.

— Non, moi je vote pour la Turquie, objecta lady Fenwick-Langham. Je veux tout savoir sur l'endroit dont sont originaires mes magnifiques fleurs. Saviez-vous que les rois considéraient l'eau de rose comme une monnaie d'échange il y a trois cents ans ?

— La Route de la soie ! s'exclama lord Fenwick-Langham tout en faisant signe au valet de pied de remplir à nouveau les verres.

Lancelot se cala dans son siège en souriant. Il fit un clin d'œil à Eleanor. Lady Fenwick-Langham fit signe à Sandford de servir l'entrée pendant qu'Eleanor régalait les convives du récit de ses aventures.

La vicomtesse tapota les coins de sa bouche avec une serviette.

— Lady Fenwick-Langham, le homard était délicieux. Mes compliments au chef.

— Merci Delia. Les plus beaux spécimens de la pêche d'hier au large de l'île de Tiree. Ils ont été expédiés cette nuit en train.

Cette information tira la comtesse douairière de sa torpeur.

— Ils sont probablement partis de Hynish Pier à 8 heures pile. Ah, nos pêcheurs écossais sont les meilleurs du monde !

La conversation fut interrompue par l'arrivée du bœuf Wellington servi avec des oignons caramélisés et une sauce madère. On servit un bordeaux pour accompagner le plat.

Lord Fenwick-Langham se lécha les babines.

— Que le festin et les récits de voyage reprennent. Où nous emmenez-vous à présent, ma chère Eleanor ?

Par déférence pour son hôte, Eleanor proposa :

— La Turquie, le pays de la rose et des magnifiques Ottomans, un peuple fier et dynamique.

— Allez, racontez-nous tout, ma vieille ! Dites-nous dans quels pétrins vous vous êtes mise et comment vous vous en êtes sortie, murmura Lancelot.

Eleanor prit une inspiration et regarda les visages impatients autour de la table.

— Peut-être pourrais-je parler de mon séjour chez l'éminent sultan, Mehmed V. Voyez-vous, il avait besoin d'aide pour résoudre un problème.

— Et vous l'avez aidé ? demanda Cora en se penchant par-dessus son assiette.

— C'était juste un gros malentendu.

Le colonel grogna.

— Allez-vous nous faire croire que vous avez joué le rôle d'ambassadrice pour le gouvernement de Sa Majesté ?

— Mon Dieu non ! Je trouvais juste tragique que des vies soient sacrifiées à cause d'un simple malentendu. Voyez-vous, le sultan avait froissé sans le vouloir un chef puissant dans le sud du pays. Les Turcs sont un peuple extrêmement fier. Le sultan était un homme très gentil et doux, plus doué pour les études que pour le combat. Après avoir consulté ses conseillers, qui pensaient tous qu'un bain de sang était inévitable, il m'a demandé ce que, moi, l'étrangère, je ferais à sa place.

— Je l'ai interrogé sur ce qu'il possédait de plus précieux. À quoi il a répondu sans hésiter : « Muhteşeml ». Je dois préciser que les Turcs sont des cavaliers hors pair et qu'ils aiment leurs chevaux. Muhteşeml était le préféré du sultan. Un étalon turkmène, père de trois champions, rien de moins, dont la robe avait de magnifiques reflets dorés au soleil. J'ai répondu que la seule solution était d'offrir Muhteşeml à son adversaire. Et il l'a fait même si ça lui a brisé le cœur. Son adversaire, très touché par le geste du sultan, qui avait renoncé à son bien le plus précieux pour préserver leur amitié, a immédiatement mis fin aux hostilités. En réalité, le don de Muhteşeml n'a pas seulement permis de réunifier les deux régions, il est aussi à l'origine d'une course hippique interrégionale qui a lieu tous les ans depuis.

L'assemblée but ses paroles pendant le plat principal, un faisan rôti avec son accompagnement de légumes du jardin confits au miel issu des ruches du manoir. Entre autres exploits, Eleanor raconta son altercation avec les militaires persans dans le désert salé de Dasht-e Lout et les liens qu'elle avait pu créer avec les membres de la tribu hunza dans l'Himalaya. Elle relata ses aventures en Afrique du Sud alors qu'on servait les entremets : légumes en sauce, sardines aux épices, savarin de pêche avec fromage de chèvre. Au dessert, une tarte aux cerises et aux poires, elle parla à nouveau de la Route de la soie.

— Mais vous n'avez pas pu pousser votre bicyclette dans le désert pendant deux jours ? grogna la vicomtesse.

— Je n'ai pas vraiment eu le choix, expliqua Eleanor. C'était ça ou s'allonger dans le sable pour servir de festin aux urubus.

# 18

Un bruit étrange, une sorte de râle, provenait de la pièce que le personnel appelait curieusement le « coin douillet ». Eleanor n'avait jamais compris ce qu'il y avait de particulièrement douillet ou confortable dans cette pièce qui était certes dix fois plus petite que les autres. Elle passa la tête dans l'entrebâillement de la porte et vit Mrs Butters, les mains posées sur les flancs de Gladstone, essayer de déloger le bouledogue du canapé. L'intendante tira de toutes ses forces dans un dernier effort mais tomba à la renverse aux pieds d'Eleanor.

— J'ai bien peur que Gladstone ne devienne de plus en plus têtu avec l'âge, madame. Le problème, c'est que ses griffes abîment le canapé. La pauvre Polly a déployé beaucoup d'efforts la semaine dernière pour cirer et lustrer le cuir. Beaucoup d'huile de coude.

Eleanor rit et aida Mrs Butters à se relever.

— Peut-être pourrions-nous le laisser se reposer ? J'ai une idée pour éviter du travail inutile à Polly. Il y a une couverture rouge et bleue dans ma valise. C'est un mélange étrange de sergé et de tartan mais elle couvrirait parfaitement le canapé et protégerait le cuir des griffes de Gladstone quand il rêve qu'il est en train de pourchasser des lapins.

Mrs Butters rit à son tour.

— Merci mais nous avons sûrement quelque chose de moins précieux dans nos armoires à linge.

— Ne vous en faites pas. C'est une vieille couverture usée. Je l'ai rapportée avec moi par habitude… et peut-être aussi parce qu'elle avait une valeur sentimentale. Elle m'a été offerte par une adorable famille qui m'a aidée dans un petit village de montagne du Turkestan chinois. Je me suis perdue si souvent en essayant de suivre cette insaisissable Route de la soie. (Elle fit un grand sourire à l'intendante.) Je ne peux pas imaginer plus belle fin pour un merveilleux présent qui m'a tenu chaud… oui, essentiellement chaud pendant les nuits glaciales.

— Je vais aller la chercher, madame. Gladstone va croire qu'il est déjà arrivé au paradis. C'est gentil à vous de penser à Polly et de vouloir éviter qu'elle perde son temps.

Mrs Butters quitta la pièce après avoir fait une petite révérence.

Eleanor se pencha et gratta le ventre chaud et doux du bouledogue.

— Dors bien mon vieux. À plus tard.

*

— En voiture !

Eleanor ferma la portière côté passager avec beaucoup trop d'enthousiasme.

— Votre café vous a-t-il paru trop fort, madame ?

Eleanor ignora Clifford. Certes, il figurait vaguement sur la liste de ses suspects, occupant la quatrième place, mais elle n'avait pas d'autre option que de travailler avec lui. Après tout, il était le seul à la croire. De plus, elle n'avait pas encore trouvé de mobile, ou quelque chose qui y ressemble de loin, qui ait pu le pousser à tuer le vieil ami de son oncle. Aussi était-il essentiellement sur la liste pour l'étoffer car elle manquait cruellement de suspects.

— Je vais scruter chacun de vos mouvements pour apprendre à conduire cette machine infernale.

— Très bien, dit Clifford dont le visage resta impassible même si Eleanor était certaine d'avoir surpris un petit frémissement.

— Vous avez eu une excellente idée, Clifford. Cette opération commando va nous aider à dénicher le meurtrier. C'est comme si c'était fait !

Elle se frotta les mains.

— Ou la meurtrière.

— La meurtrière ? (Eleanor réfléchit à cette suggestion.) Vous croyez qu'il puisse s'agir d'une femme ? Je n'y avais pas pensé.

— Je n'ai aucune raison de le penser dans l'affaire qui nous occupe, madame, je voulais simplement rendre justice au beau sexe. Après tout, « la destruction se cache souvent dans les yeux des femmes » comme l'a noté Edward Counsel dans ses célèbres maximes. Et à l'époque où les femmes sont de plus en plus considérées comme les égales des hommes, il serait mal venu, puisqu'on leur a accordé le droit de vote, de leur refuser celui de tuer. Ou au moins de leur donner une chance de figurer sur la liste des suspects au même titre que les hommes.

— Très bien dit, Clifford, comme c'était victorien de ma part, même si je suis pratiquement certaine que cette égalité-là n'était pas la préoccupation principale des suffragettes, ces nobles dames Pankhurst et Fawcett. (Elle fronça les sourcils.) Mais nous savons que le meurtrier était un homme puisque je l'ai vu.

Le moteur de la voiture ronfla.

— C'est vrai, madame. Mais comme vous l'avez si bien montré, les femmes peuvent se faire passer pour des hommes sans aucun problème. En particulier en pleine nuit quand l'orage fait rage.

— Je vous l'accorde Clifford mais ça ne… (Elle s'interrompit pour digérer ce qu'elle venait d'entendre.) Qu'est-ce que… Clifford, comment avez-vous su ?

— Su quoi, madame ?

— Que je me suis fait passer pour un homme ? C'était à Ispahan.

La Rolls démarra et Eleanor se cala dans son siège. Comment Clifford avait-il pu savoir ? À moins que…

— Clifford, mon oncle a-t-il gardé un œil sur moi, après mon départ d'Angleterre ?

La voiture prit de la vitesse et Clifford passa une vitesse. Il affichait une expression énigmatique.

— Je ne pourrais vraiment pas vous dire, madame.

Eleanor faillit parler puis se ravisa. Si Clifford voulait lui raconter à son rythme, elle ne le presserait pas. Elle regarda le majordome de son oncle, ancien officier d'ordonnance et ami, se dit-elle. Elle ignorait presque tout de Clifford et de son oncle. L'inverse n'était pas vrai, à l'évidence.

Avant de se rendre à la carrière, ils s'arrêtèrent au village pour acheter les provisions demandées par Mrs Butters. Clifford n'eut pas le temps de réagir qu'Eleanor était déjà sortie de la voiture.

— Je vais chercher les provisions sur la liste de Mrs Butters, attendez-moi ici, Clifford. Ça me permettra de rencontrer d'autres villageois comme je suis la lady du manoir à présent.

Elle ne lui laissa pas le temps de répondre et traversa le trottoir pour entrer dans la boulangerie toute proche. La sonnette retentit quand Eleanor poussa la porte. Une délicieuse odeur de pain frais et de cannelle chaude vint chatouiller ses narines.

En regardant toutes les pâtisseries et viennoiseries exposées, elle se sentit dans la peau d'un enfant des rues qui aurait trouvé une pièce sur le trottoir. Des parts de génoise aux cerises, de gâteaux aux raisins secs, de tartes aux fruits étaient disposées sur des plateaux occupant tout le comptoir. Derrière se dressaient des rayonnages en bois chargés de pains de toutes les formes et de toutes les tailles. Des gerbes de blé sous verre ornaient les murs.

— Lady Swift, quel honneur ! dit un homme aux joues roses et bombées en essuyant ses mains farineuses sur son tablier.

Eleanor avait pris l'habitude d'être reconnue partout désormais.

— Bonjour Mr… ?

— Morace Shackley. Bienvenue dans notre merveilleux village. Little Buckford est en deuil depuis la mort de votre oncle. Mes sincères condoléances, madame.

— Merci, Mr Shackley. C'est très gentil. Mrs Butters m'a envoyée ici avec une liste très… longue.

— Elle vous a envoyée, vous ? Oh mon Dieu, c'est peu commun, madame. (Shackley rougit.) Mais… bienvenue. (Il prit la liste qu'Eleanor lui tendait et la regarda.) Je vois, les denrées habituelles plus quelques articles. Je n'en ai pas pour longtemps.

— Ne vous pressez pas, Mr Shackley. Peut-être pourrez-vous m'en dire un peu plus sur le village pendant que vous emballez la commande de Mrs Butters.

— Avec plaisir.

— Je sors tout juste du beau magasin de Mr Penry. (Un petit mensonge sans conséquences). Je crois que j'ai mis les pieds dans le plat. Voyez-vous, j'ai évoqué Mr Cartwright de Pike's Farm.

Shackley soupira.

— Oh oui, une conversation gênante, madame.

— Se battent-ils pour quelque chose en particulier ?

— Oh non, pour se battre, ils devraient s'approcher suffisamment l'un de l'autre. Je suis prêt à parier ma boulangerie que Penry ne supporterait pas de se trouver à moins de trente mètres de Cartwright. À part pour les pièces de théâtre que nous mettons en scène deux fois par an avec les membres de la société d'art dramatique locale. Une troupe d'amateurs dont ils font tous les deux partie, tout comme moi d'ailleurs. En général, on évite de les faire jouer ensemble.

— Juste pour savoir quels sujets je dois éviter, que reproche Mr Penry à Mr Cartwright ?

Shackley s'essuya distraitement les mains.

— Eh bien, il se trouve que Dylan Perry est un pilier du village donc je n'ai guère envie d'alimenter les ragots.

Eleanor posa son panier en osier sur le comptoir.

— C'est tout le contraire Mr Shackley. Vous ne faites que m'épargner une situation embarrassante qui ne manquerait pas de me faire rougir de façon fort peu élégante.

— Oui bien sûr, dans ce cas c'est différent. (Shackley se pencha vers elle, d'un air conspirateur.) À vrai dire, madame, les gens disent qu'il est mal de voler, qu'on soit le voleur ou qu'on profite simplement de ce que vole un autre. (Il marqua une pause.) Mais Mr Cartwright ne fait pas partie de ces « gens-là » si vous me suivez. Et Mr Penry est un homme avec des principes moraux très forts.

La sonnerie du magasin tinta. Deux vieilles dames entrèrent et saluèrent Shackley et Eleanor. Il était clair que Shackley n'avait pas l'intention d'en dire plus en présence des dames.

— Merci, Mr Shackley. (Eleanor rangea les paquets en papier blanc dans son panier.) Grâce à vous, je comprends mieux à présent et je n'aurai plus à rougir à l'avenir.

Shackley hocha la tête.

— Je suis ravi d'avoir pu vous aider, lady Swift.

*

Eleanor pianota sur le tableau de bord en noyer de la Rolls, ignorant les rangées de haies qui défilaient le long de la route.

— Nous ne sommes guère plus avancés. Tout ce que nous savons, c'est que Cartwright trempe dans une affaire louche, mais quoi exactement ?

Clifford hocha la tête.

— Dans un petit village comme Little Buckford, où les habitants sont très soudés, tout le monde connaît tout le monde mais ça ne veut pas dire que les villageois sont prêts à dire ce qu'ils savent à…

Il hésita.

— Une étrangère ? Une nouvelle venue ? (Elle haussa les épaules.) Peu importe, en route pour la carrière !

Les battants du portail de la carrière mesuraient près de deux mètres cinquante et étaient coiffés d'une rangée de pointes. Eleanor souleva le lourd cadenas qui lui parut étonnamment froid malgré la chaleur du soleil.

— Cartwright a peut-être dit vrai finalement, fit-elle remarquer à Clifford qui contournait l'arrière de la voiture. Le portail est toujours fermé, en tout cas il l'est ce matin.

Elle se pencha en arrière et regarda la clôture. Clifford vint la rejoindre.

— Clifford, je dirais que l'endroit le plus facile pour franchir les grilles, c'est le battant droit. Vous voyez ce grand tas de… je-ne-sais-quoi vers le pilier ? Il suffit de grimper dessus en se tenant au pilier, puis de sauter de l'autre côté où nous atterrirons sur cet autre tas de… (Elle regarda à travers les barreaux.) Oui, on dirait du gravier, qu'est-ce que vous en dites ?

La voix qui répondit n'était pas celle de Clifford.

— C'est bien du gravier. Parfait pour se fouler la cheville.

Clifford et Eleanor se retournèrent en même temps.

— Même avec des bonnes chaussures.

Cartwright fixa les pieds d'Eleanor et souleva sa casquette, sans l'ôter complètement, pour les saluer.

— Mr Clifford.

Clifford répondit par un signe de tête.

Cartwright regarda Eleanor.

— Vous semblez vous intéresser de près à l'exploitation des carrières, lady Swift. Ça ne devrait pas me surprendre même si c'est un peu inhabituel pour une dame.

— Oh, je suis une éternelle étudiante, Mr Cartwright. Il faut toujours garder l'esprit ouvert pour éviter qu'il ne flétrisse comme du chou pourri.

Cartwright sourit et s'écarta du mur auquel il était adossé.

— Donc maintenant, vous vous intéressez au sable et au silex, c'est ça ?

Ça ressemblait plus à une menace qu'à une question.

— Moins qu'au meurtre, Mr Cartwright, mais je pense que vous le savez déjà.

— On va dire que oui. Moi, ce qui m'intéresse surtout, c'est qu'il y a deux personnes qui s'apprêtent à s'introduire sur un site où elles n'ont rien à faire.

— Dites-moi, Mr Cartwright, vous êtes un citoyen modèle ! Je vous assure que personne ne va s'introduire où que ce soit. Pas de mon point de vue en tout cas.

Cartwright ne semblait pas franchement convaincu.

Clifford montra un gros hêtre couché de l'autre côté de la route.

— La tempête de la semaine dernière a fait des dégâts, Mr Cartwright.

Eleanor sourit intérieurement. Clifford avait toute la subtilité dont elle manquait. La nuit de la tempête était aussi celle du meurtre ! Ils pourraient enfin savoir si l'alibi de Cartwright tenait la route ou non.

Cartwright hocha la tête.

— Oui, de sacrés dégâts. Enfin, ça aurait pu être pire. Je n'ai perdu aucun agneau mais le troupeau était dans un drôle d'état. Et voilà que le vent s'est engouffré sous le toit de la grange avec les enclos d'agnelage à l'intérieur. Il l'a à moitié arraché. Ça n'a pas été une mince affaire de me tenir à la charpente et d'empêcher le toit de s'envoler. Planter des clous en plein vent, ce n'est pas ce que je préfère.

— Au moins aviez-vous vos outils sous la main, Mr Cartwright, fit remarquer Eleanor.

Cartwright lui lança un regard assassin. Elle fut soulagée d'avoir Clifford avec elle pour faire écran.

— Vous cherchez à insinuer quelque chose, lady Swift ?

— Mon Dieu, non. Je constatais juste que vous aviez omis de me parler du toit qui s'était détaché lors de notre précédente conversation. Après tout, la nuit de la tempête était aussi la nuit du meurtre dont j'ai été témoin à la carrière. Et vous m'avez dit que vous aviez passé la soirée à aiguiser vos outils à la maison.

Clifford intervint.

— Êtes-vous sorti de la maison vers 22 heures pour aller réparer le toit, Mr Cartwright ?

— Oui, c'est ça. J'ai presque mis deux heures à réparer ce fichu toit.

Clifford et Eleanor échangèrent un regard. *Juste le temps d'aller à la carrière, de tuer Atkins, d'emmener le corps dans sa maison, de maquiller le crime en accident et de revenir à la carrière pour nettoyer.*

Elle changea de tactique.

— Je crois que nous avons une connaissance en commun, Mr Cartwright.

Le fermier fronça ses sourcils broussailleux mais ne dit rien.

— La dernière fois, il me semble vous avoir vu avec quelqu'un que… j'ai reconnu, mentit-elle. Il vous a tendu une sorte de paquet.

Cartwright croisa les bras et la regarda froidement.

— Mes affaires ne regardent que moi, lady Swift, et je vous serais reconnaissant de ne pas vous en mêler.

Eleanor sourit mielleusement.

— Je suis tout à fait d'accord avec vous, Mr Cartwright. Mais je pense que certaines personnes, Mr Penry par exemple, n'approuveraient pas.

Cartwright la fusilla du regard.

— Ce maudit Gallois moralisateur ! Il est mal placé pour parler, celui-là. Demandez-lui d'où vient sa viande ! Vous verrez ! Il se donnera moins des grands airs après.

— Elle pourrait venir de notre ami commun.

Eleanor avait dit ça au hasard mais le coup avait porté. Cartwright plissa les yeux mais resta silencieux.

Sans se laisser démonter, Eleanor fit une nouvelle tentative.

— Je pourrais jurer que j'ai déjà vu cet homme quelque part. Peut-être travaille-t-il à la carrière ?

Cartwright fit un pas en avant. Alors qu'il s'apprêtait à répondre, il fut pris d'une quinte de toux.

— Je crois qu'il est temps que nous nous rendions à votre prochain rendez-vous, madame, dit Clifford.

Eleanor comprit qu'elle ne pourrait rien tirer de plus de Cartwright.

— En effet. Au revoir, Mr Cartwright, dit-elle à contrecœur.

Clifford fit un signe de tête au fermier.

— Mr Cartwright.

— Mr Clifford, lady Swift.

Cartwright s'adossa à nouveau au mur et les regarda monter en voiture. Il suivit la Rolls des yeux jusqu'à ce qu'elle ait regagné la route.

# 19

— Quel type récalcitrant, dit Eleanor.

— Les paysans ont un caractère bien trempé. (Clifford ralentit pour prendre un long virage à gauche.) Et nous envisagions de nous introduire sur une propriété privée sans autorisation.

Eleanor se racla la gorge.

— Il a fait exprès de ne pas comprendre.

— Pardonnez-moi si je parle sans détour mais je crois qu'il pense la même chose de nous.

— Je vous l'accorde, Clifford. Je ne sais pas pourquoi cet homme m'agace. Il cache quelque chose, c'est certain. Avez-vous vu comment il a réagi quand j'ai suggéré que l'homme à moto fournissait peut-être Penry en viande ? (Elle fronça les sourcils.) Pensez-vous que Cartwright trempe dans une sorte de commerce illégal lié à son activité de fermier ? Peut-être vend-il de la viande de moindre qualité sous le manteau ?

— Peut-être madame. Il est possible que Mr Atkins l'ait découvert.

Clifford tira sur le frein à main et regarda le petit biplan qui avait survolé le champ descendre et disparaître derrière les haies.

— Lancelot ! murmura Eleanor.

Elle tapota machinalement ses bouclettes et redressa son chapeau.

— Nous pourrions aller voir si le jeune lord Fenwick-Langham peut confirmer l'alibi qu'il vous a donné lors de votre dernière visite. Nous discuterons de la véracité des propos de Mr Cartwright une fois au manoir si ça vous convient.

— Absolument, dit Eleanor en regardant droit devant elle. Ça me donnera l'occasion d'inspecter sa moto pour voir si elle ressemble à celle que j'ai croisée sur la route de la carrière. Je n'ai pas pensé à le faire quand il m'a emmenée à Chipstone avec.

— Je suppose que vous aviez la tête ailleurs.

Elle fit volte-face.

— Clifford ?

Le majordome resta impassible.

— Oui, madame. Vous étiez trop occupée à vous cramponner à sa taille. Lord Fenwick-Langham a la réputation de conduire son engin avec… entrain. (Il ajusta ses gants de conduite puis montra le portail.) Allons-y…

Clifford voulait attendre que Lancelot rejoigne sa moto. Ainsi, ils pourraient faire semblant d'admirer l'engin tout en le comparant subrepticement avec la moto de la route de la carrière. Toutefois, quand Lancelot leur fit de grands signes en traversant le champ, ils comprirent que leur plan avait capoté.

— Bonjour Sherlock ! cria-t-il.

— Bonjour Goggles[1] ! répondit-elle.

— Goggles ! J'adore. (Il fit tourner ses lunettes protectrices sur son poignet.) Elles sont incroyables, non ? (S'arrêtant tout près d'elle, il ébouriffa ses cheveux.) Ah Mr Clifford, bonjour, dit-il en singeant un salut militaire.

— Bonjour, lord Fenwick-Langham.

Le vent fit onduler la chemise blanche de Lancelot sur son torse. Il sourit à Eleanor.

1. Lunettes protectrices de motocycliste.

— Comment allez-vous ? Les délices de la vie à Little Buckford vous tiennent-ils éveillée à toute heure du jour et de la nuit ?

Elle rit.

— Pour un hameau qui devait remporter le prix du village le plus endormi de l'année, il a beaucoup à offrir en matière de divertissements. Je suis tellement occupée que je ne vois pas le temps passer.

— Oh qu'est-ce que j'ai manqué ? Ne me dites pas que vous avez inventé un nouveau tour sans faire de moi votre complice ? Honte à vous !

Il agita son doigt ganté tout près de son nez qu'il effleura. Eleanor ne put s'empêcher de glousser.

— Non, idiot. Je voulais parler du meurtre dont j'ai été témoin.

— Oh c'est une vieille histoire, ça ! Vous jouez encore au détective amateur ? Et je parie que vous traînez ce pauvre Clifford dans tout le comté pour interroger des suspects. (Il marqua une pause.) Attendez une minute. Ce n'est pas une visite de courtoisie ?

Elle comprit au timbre de sa voix qu'il était un petit peu vexé. Elle se demanda si c'était de la déception.

— Oui et non.

Il tapota la tête d'Eleanor et sourit.

— Dans ce cas, commençons par la partie non courtoise et débarrassons-nous vite des détails ennuyeux.

— Parfait. Redites-nous où vous étiez la nuit du meurtre à la carrière.

Il regarda Eleanor avec ses yeux gris acier.

— Ah mais tout s'explique ! Vous *m'*accusez du meurtre, en réalité.

— Bien sûr que non, Lancelot ! Mais vous louez le champ à côté de la carrière où j'ai été témoin du meurtre. J'essaie juste de déterminer si quelqu'un d'autre a vu quelque chose.

— Ah c'est bien dommage ! Ça ne m'aurait pas dérangé d'avoir cette triste réputation, dit-il en riant. Était-ce la veille du jour où vous m'avez scandaleusement poursuivi dans un champ boueux pour ensuite m'accoster dans le cockpit ?

— Eh bien, sans les mots « scandaleusement », « poursuivre » et « accoster », oui.

— Navré de vous décevoir m'dame mais comme je vous l'ai déjà dit, j'étais à un bal masqué à Oxford.

— Où exactement à Oxford ?

— Au Goat Club. C'est plutôt chouette.

— À quelle heure êtes-vous arrivé ? Jusqu'à quand êtes-vous resté ?

— En général, je ne prête pas attention à ce genre de détails. (Il réfléchit un instant.) J'ai dû arriver vers 21 heures mais je ne sais pas du tout à quelle heure je suis parti. J'étais beaucoup trop ivre.

— Quelqu'un pourrait-il le confirmer ?

— Sans doute une bonne partie des quelques centaines de personnes présentes, répondit-il en souriant et en croisant les bras.

— Mais vous portiez un masque, non ?

Il secoua la tête et passa le bras autour de ses épaules pour pouvoir murmurer à son oreille :

— C'est justement le principe du bal masqué. Tout est indiqué dans le nom. (Il se redressa en riant.) Vous devriez peut-être commencer par les aspects les plus simples du métier de détective. Peut-être vous êtes-vous lancée un peu trop vite ?

Son ton condescendant titillait Eleanor mais son bras autour de ses épaules la troublait encore plus. Elle gémit. *Ce n'était pas censé se passer comme ça…*

— Vous étiez donc avec votre troupe de Bright Young Things ? Je suppose qu'ils pourront confirmer votre alibi.

— Sherlock, vous êtes hilarante ! Bright Young Things, c'est un surnom accrocheur, imaginé par un journaleux aigri dans un bureau miteux. En tout cas, il a fait du profit.

— En effet. J'étais certaine que c'était votre genre.

— Ah ! Tout compte fait, vous êtes meilleure au jeu du détective que je ne le pensais. (Il inclina la tête sur le côté.) Ou alors vous ne pouvez plus vous arrêter de parler de moi.

Eleanor ignora son commentaire.

— Mais étiez-vous avec la bande d'amis avec qui vous traînez d'habitude ? Peu importe son nom…

— Bien sûr, certains de mes amis étaient présents. La troupe habituelle.

— J'aimerais bien les rencontrer un jour. Aucun d'eux n'était présent au déjeuner hier ?

— Non, mes aïeux n'apprécient pas plus que ça ma bande de Bright Young Things. C'est comme ça que je vais les appeler à présent. Ils les tolèrent… mais à petite dose, pour les bals et autres événements du même genre. Mais pas pour les repas entre amis plus intimes.

— Vos aïeux ?

Lancelot rit.

— Mère et Père. Ils ont une idée très précise de ce que je devrais faire et de qui je devrais fréquenter. Et bien sûr, tout ça, c'est pour mon bien. Bla bla bla. (Il secoua la tête.) Vous voyez ce que je veux dire.

Eleanor rit en même temps qu'elle sentit une boule se former dans sa gorge.

— Je ne pense pas avoir été assez grande pour faire quelque chose que mes parents auraient désapprouvé.

— Quel dommage ! Mais pour répondre à votre question, aucun de mes amis n'est un assassin. Même si deux ou trois d'entre eux pourraient franchir le pas si l'occasion se présentait. Ils seraient prêts à faire n'importe quoi pour égayer une soirée ennuyeuse. (Il rit en voyant son expression choquée.) Et maintenant, crachez le morceau. Qui a cassé sa pipe à la carrière ?

— Spencer Atkins, lâcha-t-elle sans réfléchir.

Lancelot siffla.

— Vraiment ? Pas étonnant que vous ayez posé toutes ces questions sur lui pendant le déjeuner hier. Et maintenant, en avons-nous fini avec l'interrogatoire ? Parce qu'il faut que je file. Il faut que j'aille voir le pape.

— Le pape ?

Elle regarda Clifford qui haussa les sourcils, lui signifiant que Lancelot était encore en train de la taquiner. Bien qu'agacée par les moqueries de Lancelot, Eleanor était déçue de le voir partir aussi vite.

— Absolument oui. Nous avons pratiquement terminé. Je vais finir par être en retard moi aussi.

Lancelot se tourna pour partir mais serra le poignet d'Eleanor.

— Pourquoi ne nous attarderions-nous pas un peu plus sur la visite de courtoisie la prochaine fois ? Et faites que ça arrive vite.

— Je n'ai pas oublié que vous m'avez promis un vol à bord de votre petit avion, cria Eleanor alors qu'il s'éloignait déjà.

Après avoir lancé un « bonne enquête » plein d'entrain, il démarra en trombe, laissant les battants du portail ouverts.

Tandis qu'ils regagnaient la Rolls, Eleanor se sentit un peu perdue. Cette conversation avait-elle été utile ? Qu'avaient-ils appris ? Et plus important encore, Lancelot la taquinait-il juste ou l'appréciait-il autant qu'elle l'appréciait ?

Clifford tint la portière côté passager pour qu'elle puisse s'installer.

— Vous pensez que cette conversation a fait avancer les choses, Clifford ?

— Nous pouvons au moins vérifier l'alibi de lord Fenwick-Langham le soir du meurtre. Je connais le portier du Goat Club donc si cela vous convient je mènerai ma petite enquête.

Eleanor monta dans la Rolls.

— Bien sûr, Clifford, quelle excellente idée !

Quand Clifford s'engagea sur la petite route avec la Rolls, il se tourna et toussa.

— Mais si je peux me permettre, je ne suis pas certain qu'il ait été très prudent de parler de votre théorie sur Mr Atkins au jeune lord Fenwick-Langham.

Eleanor le regarda, médusée.

— Vous soupçonnez réellement Lancelot.

— À ce stade, madame, je crains que tout le monde ne soit suspect. Tout le monde.

— Vous aussi ? le taquina Eleanor.

— J'entre dans la catégorie « Tout le monde » donc dans ce cas, oui.

— Eh bien si votre théorie tient la route, je fais moi aussi partie des suspects. J'ai peut-être tué cet homme puis inventé toute cette histoire. Comme c'est diabolique de ma part ! Nous devrions tous les deux nous rendre aux autorités.

Clifford sembla réfléchir à sa suggestion.

— Cela éviterait aux forces de police de Sa Majesté déjà débordées de perdre du temps…

Eleanor sourit.

— Je pense que nous pouvons nous exclure de la liste des suspects.

Pourtant elle avait encore un petit doute. *Sauf que je ne suis pas totalement sûre en ce qui vous concerne, Clifford.*

# 20

Tandis que la Rolls roulait sur les petites routes, Eleanor se tourna vers Clifford.

— Quel dommage que nous n'ayons pas pu regarder la moto de Lancelot de plus près.

— En effet. Mais…

— STOP ! (Elle tira sur la poignée de la portière.) Faites-lui signe de s'arrêter !

Eleanor était sortie de la voiture avant même qu'elle ne fût complètement à l'arrêt.

— Eh, vous là-bas !

Elle traversa la route en courant.

Une fourgonnette ornée du logo « Les meilleurs produits des Chilterns, livraisons à domicile » s'arrêta dans un crissement de pneus à moins d'un mètre d'elle. La camionnette avait connu des jours meilleurs. Un visage inquiet la dévisageait par la vitre ouverte, côté conducteur.

— Qu'est-ce que… oh mon Dieu. Excusez-moi, madame. (L'homme regarda en direction de la Rolls et sourit.) Vous avez des ennuis ? Ce monsieur vous embête ?

Il fit un clin d'œil en regardant Clifford toujours assis au volant de la Rolls.

— Pas pour l'instant, mais je suis sûre que le moment viendra. Je m'excuse de vous avoir abordé de manière aussi spectaculaire.

— Il s'en est fallu de peu, madame, c'est à moi de m'excuser. Les freins de la fourgonnette ne sont pas souvent mis à l'épreuve comme ça, Dieu merci !

— Non, je vous assure que je suis entièrement responsable. Je vous ai fait peur et pour combler le tout, je vais vous demander une faveur.

— Une faveur ? Nous… nous avons déjà été présentés ?

— Pas du tout, répondit-elle jovialement. Lady Swift, enchantée de faire votre connaissance.

— Bonjour madame. Moi, c'est Pete. (Il hésita.) Je suis désolé pour votre oncle.

Eleanor tressaillit.

— Vous connaissiez mon oncle ?

— Pas personnellement bien sûr. Mais il était très respecté dans le coin.

— Merci.

Une fois encore, elle fut surprise de constater combien son oncle était respecté même parmi les commerçants de Chipstone.

Clifford les rejoignit après avoir trouvé un endroit où garer la voiture sans risquer qu'elle ne s'embourbe dans la boue laissée par les tracteurs.

— Clifford, je vous présente Pete. Mais je suis sûre que vous vous connaissez déjà tous les deux.

— Bien sûr. Bonjour Mr Clifford.

Pete fit un signe de tête en touchant sa casquette.

— Bonjour, Mr Sturgess.

Pete regarda à nouveau Eleanor.

— Votre belle voiture est-elle tombée en panne ? Voulez-vous que je vous dépose quelque part ?

— Pas aujourd'hui, merci, Pete. Si je vous ai interpellé, c'est pour faire appel à vos lumières.

— Je vous souhaite bien de la chance, madame, je ne pense pas que mes lumières vous soient d'une grande utilité. Je n'ai jamais été un intellectuel. J'essaie juste de respecter les horaires de livraison et de livrer les bons produits au bon endroit.

— Allons Pete. J'ai appris en parcourant le monde que les livreurs sont les yeux et les oreilles de la route.

— C'est vrai, madame.

— En effet, vous connaissez vos itinéraires sur le bout des doigts. Vous remarquez immédiatement quand quelque chose n'est pas à sa place.

Pete hocha la tête et fronça les sourcils en même temps.

Clifford avança.

— Je pense que lady Swift veut savoir si vous avez vu quelque chose d'inhabituel ces derniers jours pendant que vous faisiez vos livraisons autour de Little Buckford.

— Ah merci, Mr Clifford. C'est plus clair comme ça. Eh bien maintenant que vous le dites, l'un des convives de Langham Manor semble avoir un faible pour les crevettes en conserve. J'en ai livré des plateaux entiers. (Il marqua une pause.) Je n'ai rien remarqué d'autre.

— Et le soir de la tempête ? Avez-vous vu un motard dans le coin entre 22 heures et 23 h 30 peut-être ?

Pete se frotta le menton.

— Noir comme dans un four pour sûr.

— Il faisait nuit noire, madame, traduisit Clifford.

Pete hocha la tête en souriant.

— Maintenant que vous le dites… j'ai bien remarqué quelque chose. Pas un motard mais…

Eleanor se pencha en avant.

— Quoi ?

Pete recula instinctivement.

— Ce n'est sûrement rien mais une voiture a quitté la route entre Chipstone et Raddington ce soir-là. Et elle s'est bien embourbée. Les accotements étaient particulièrement boueux avec toute la pluie qui est tombée. Il a fallu que Cartwright la dégage de là avec son tracteur le lendemain matin et ça n'a pas été une mince affaire.

— Où était-ce exactement ? Avant ou après l'embranchement pour l'ancienne carrière ? demanda Clifford.

Pete réfléchit un instant.

— C'est drôle que vous posiez la question parce que c'était justement au carrefour de la route de la carrière.

Clifford haussa les sourcils.

— C'est bizarre qu'elle se soit embourbée ici. À moins que l'automobiliste ait roulé trop vite sur la route de la carrière et qu'il ait mal négocié le virage pour rejoindre la route principale. Ce n'est pas impossible dans l'obscurité.

Pete haussa les épaules.

— C'est possible. Mais qu'est-ce qu'il faisait sur cette route par une nuit pareille ? Elle ne mène nulle part et ça fait un moment que la carrière n'est plus en activité.

— Vous savez à peu près quand ça s'est passé ?

Pete fronça les sourcils.

— Pas vraiment. J'ai vu Cartwright remorquer la voiture le lendemain matin et il m'a dit qu'elle s'était embourbée dans la nuit mais je n'ai pas pensé à lui demander quand précisément.

Eleanor intervint.

— Auriez-vous vu le conducteur par hasard, ou demandé à Cartwright à qui était le véhicule ?

Pete sourit.

— Je n'ai vu que ce vieux Cartwright là-bas. Je n'ai pas pensé à l'interroger sur le conducteur de la voiture. J'aurais demandé si j'avais su qu'une dame aurait été intéressée.

Eleanor digéra l'information.

— Peu importe, vous nous avez été d'une grande aide, Pete.

— Vraiment ? Eh bien merci, madame. Maintenant, si ça ne vous dérange pas, je ferais mieux de reprendre la route. J'ai beaucoup de livraisons aujourd'hui.

— Absolument. Je suis désolée de vous avoir retenu si longtemps.

— Pas de problème, madame.

Pete remit sa casquette comme il faut et remonta dans sa fourgonnette.

— Oh une dernière chose. (Eleanor ne pouvait s'empêcher d'être directe.) Vous pourriez peut-être demander à vos collègues s'ils ont vu quelqu'un avec… un corps, un mort, qu'on aurait chargé dans une camionnette.

Pete fronça les sourcils.

— Aucun de nous ne pourrait transporter un corps, m'dame. Nous transportons de la nourriture. Ça serait contre les réglementations en vigueur. La plupart des gens utilisent un cheval et une charrette pour les enterrements par ici. Le vieux Clackett a utilisé son camion une fois quand son cheval boitait en pleine saison des enterrements.

— Le croque-mort, madame, précisa Clifford.

Pete enclencha une vitesse et se pencha par la fenêtre.

— J'ai entendu qu'à Londres les gens de la haute utilisaient des Rolls pour les enterrements, Mr Clifford. Ah les citadins, je vous jure !

Il leur fit un signe et partit.

Clifford et Eleanor regagnèrent leur voiture.

— Vous savez Clifford, il faut que nous en apprenions plus sur la voiture qui s'est embourbée la nuit du meurtre. J'aimerais bien savoir pourquoi Cartwright n'en a pas parlé. (Elle s'arrêta devant la Rolls et la contempla un instant.) Je ne suis pas d'accord avec Pete. Je trouve que la Rolls serait un véhicule parfait pour un enterrement.

Clifford se baissa de l'autre côté et parla à travers la vitre.

— C'est ainsi que vous aimeriez partir, madame. « Exposée solennellement dans la Rolls ? »

Eleanor rit tout en regardant l'arrière de la voiture, imaginant la tête des villageois en voyant passer le convoi mortuaire peu orthodoxe.

— Malheureusement non. Je veux être incinérée.

— Incinérée, madame ?

— Bien sûr, dit Eleanor en se tapotant le menton. Mais c'est sûrement encore illégal ici.

— Bien au contraire, une loi autorisant la crémation a été votée, il y a déjà un certain temps. Son Altesse Royale, la duchesse de Connaught et Strathearn, la princesse Louise Margaret de Prusse, a été incinérée l'année dernière. Ses cendres ont été enterrées à moins de cinquante kilomètres d'ici sur les terres du château de Windsor.

— Comme c'est fascinant, Clifford, merci. Vous êtes une véritable mine d'informations. Ça sera donc une incinération pour moi. Et mon oncle, il a été incinéré ?

— Dieu du ciel, non madame. Votre oncle était fermement opposé à cette pratique.

— A-t-il dit pourquoi il était contre ?

— Oui, il disait toujours que s'il était incinéré, il ne pourrait pas mettre son projet à exécution.

— Quel projet ?

— Revenir d'entre les morts, madame.

# 21

Ils furent salués par le tintement de la sonnette, les murmures des clients, les bruits de porcelaine. Eleanor regarda autour d'elle. Des appliques murales complétaient les lustres raffinés et mettaient en valeur les chardons argentés en relief de la tapisserie damassée couleur crème. Sous chaque applique, on avait accroché des tableaux représentant des scènes rurales : des vaches à la robe brillante mastiquant une herbe couleur émeraude, des fermières impeccables portant des paniers remplis de légumes sains.

Après leur rencontre avec Pete, Clifford avait proposé qu'ils s'arrêtent pour se sustenter, soulignant qu'ils avaient encore une fois raté le déjeuner.

Elle avait immédiatement accepté car elle ne refusait jamais de manger, d'autant que d'après Clifford, ils se trouvaient tout près d'un excellent salon de thé dont le cake était connu dans tout le comté.

Avant qu'Eleanor n'ait pu choisir une table où s'asseoir, une serveuse apparut et fit une discrète révérence.

— Bienvenue madame, monsieur. Une table pour deux ?

La sonnette tinta à nouveau.

— Tiens, commissaire, bonjour !

— Bonjour lady Swift, bonjour Mr Clifford.

Le commissaire divisionnaire Seldon ôta son chapeau melon qu'il posa en équilibre sur un grand cahier contre son torse. Il serra la main d'Eleanor puis celle de Clifford.

Eleanor sourit.

— Quel plaisir de vous trouver ici. Prenez-vous simplement une pause ou y a-t-il eu un meurtre et des complications dans ce merveilleux salon de thé ?

La serveuse lui lança un regard horrifié. Seldon secoua la tête en fixant la jeune femme.

— Soyez assurée que ma présence ici n'est motivée que par le délicieux cake, rien de plus dangereux.

— Un homme comme je les aime, dit Eleanor. Commissaire, voulez-vous vous joindre à nous ? Bien sûr, ne vous sentez pas obligé, si vous souhaitez faire une vraie pause dans votre travail. (Elle désigna le carnet d'un mouvement de tête.) Je ne m'offusquerais pas du tout d'un refus.

Les yeux marron de Seldon pétillèrent, contrastant avec son allure bourrue.

— C'est très gentil à vous de me le proposer, merci.

— C'est réglé, donc.

Clifford se tourna vers la serveuse.

— Une table pour trois, dans la galerie s'il vous plaît.

La serveuse sortit de la poche de son tablier un minuscule carnet avec un crayon à papier parfaitement taillé. Elle sourit nerveusement.

— Qu'est-ce que je vous sers aujourd'hui ?

Eleanor regarda le commissaire en haussant un sourcil.

— De combien de temps disposez-vous ? Et si nous faisions justice à l'excellente réputation de cet établissement en commandant trois thés avec l'assortiment complet ?

— Avec plaisir, si cela vous convient, lady Swift. Je dois avouer que je n'ai pas eu le temps de déjeuner. Ce sont les risques du métier.

— Trois thés avec assortiment complet. Veuillez je vous prie réchauffer les tasses et ajouter une portion de confiture, dit Clifford à la serveuse qui nota soigneusement la commande puis les conduisit vers une petite estrade au fond de la salle. Une rampe parfaitement lustrée bordait cinq marches qu'ils gravirent pour rejoindre une belle table rectangulaire flanquée de fauteuils capitonnés couleur crème. Ici, ils pourraient discuter en toute tranquillité car ils avaient une vue plongeante sur la salle, ce qui leur permettait de repérer de loin ceux qui approchaient.

Clifford prit le manteau d'Eleanor et le pendit avec son chapeau au portemanteau en haut de la petite volée d'escalier. Seldon enleva son pardessus en laine bleue épaisse et l'accrocha par la petite chaîne sur la patère à côté. Il ajouta son chapeau et passa la main dans ses cheveux bruns ondulés. Les gentlemen attendirent qu'Eleanor fût assise pour s'installer à leur tour.

Le commissaire divisionnaire semblait distrait. Il tenait toujours son carnet contre lui.

— Lady Swift, j'aimerais discuter d'un point avec vous. J'avais prévu de passer à Henley Hall. D'ailleurs, vous préféreriez peut-être que nous abordions ces affaires de police chez vous plutôt qu'autour d'un thé. Je ne voudrais pas paraître grossier.

— Pas du tout. Vous pouvez naturellement venir au manoir quand vous le souhaitez mais je suis moi-même très prise par une affaire urgente aussi est-il peu probable que vous me trouviez à la maison. De plus, j'ai l'estomac bien accroché. Nous pouvons donc parfaitement discuter de ces questions autour d'un thé. Je vous écoute.

À cet instant, la serveuse apparut, suivie d'une assistante encore plus nerveuse, toutes deux chargées d'un assortiment impressionnant de thé, de gâteaux et de sandwiches.

— Magnifique, se réjouit Eleanor quand elles déposèrent des présentoirs à étages remplis de mini-sandwichs parfaitement coupés, de scones aux fruits et de gâteaux sur la table. Une énorme théière en porcelaine suivit avec trois tasses bien chaudes.

— Ça sera tout ? demanda la serveuse.

— Oui, pour le moment. Merci, répondit Eleanor en contemplant la quantité de nourriture sur la table.

Sous leurs airs distingués et leurs manières, les clients étaient de vrais gens de la campagne avec un robuste appétit.

— Ça alors, je n'avais pas remarqué que j'étais affamée à ce point.

— Dois-je servir le thé, madame ? demanda Clifford.

— Et comment ! (Eleanor se cala dans son fauteuil et joignit les mains sur la table. Elle sourit.) Alors commissaire, êtes-vous désormais plus disposé à me croire en ce qui concerne le meurtre de la carrière ?

— Lady Swift, la question n'est pas de savoir si je vous crois ou non, grommela Seldon. Le fait est qu'il n'y a pas assez d'éléments pour poursuivre l'enquête.

Eleanor prit la tasse fumante que Clifford lui tendait.

— Merci Clifford. (Elle but une gorgée.) Mon Dieu, c'est brûlant.

Elle éventa ses lèvres et posa la tasse et la soucoupe sur la table.

— Tout va bien, lady Swift ?

Le commissaire divisionnaire semblait sincèrement inquiet, ce qui surprit Eleanor, plutôt habituée à ses airs bourrus.

— Très bien, mentit-elle avant de boire une longue gorgée d'eau citronnée avec des glaçons.

— Parfait.

L'inspecteur réarrangea les mini-sandwichs dans son assiette, en prit un au saumon, le regarda d'un air suspicieux puis en mangea une bouchée.

— Je suis désolé mais mon enquête ne me permet pas de conclure autre chose qu'une mort accidentelle pour Mr Atkins.

Eleanor le regarda, consciente que sa posture n'avait rien d'élégant. Elle avait la moitié de son sandwich au concombre dans la bouche, l'autre non. Elle s'empressa de reposer la moitié restante dans son assiette.

— Je ne vois pas comment vous pouvez tirer une conclusion aussi radicale, commissaire. Ne trouvez-vous pas étrange que le lendemain du meurtre de la carrière dont j'ai été témoin, Mr Atkins ait été retrouvé mort chez lui ? Les deux hommes auraient été abattus ? (Eleanor hésita entre le deuxième et le troisième étage du présentoir à gâteaux.) Dois-je commencer par ces belles pâtisseries ou attaquer directement par le cake ? Qu'est-ce que vous en pensez, commissaire ?

Seldon soupira.

— Lady Swift, je comprends que vous pensiez que le corps disparu de la carrière est celui de Mr Atkins. Mais je ne dispose d'aucun élément pour le confirmer. Et je vois mal un gentleman comme lui rôder en pleine nuit dans une carrière boueuse.

— Et pourtant vous n'avez pas cillé quand je vous ai dit que moi, je m'étais retrouvée en pleine nuit dans cette carrière.

Seldon ne put réprimer un sourire.

— Les premières impressions peuvent être tellement trompeuses… quoique pas toujours.

Un silence gêné régna autour de la table.

— Je vous ressers un peu de thé, madame ?

— Merci Clifford.

— Commissaire ?

— Non, merci. Je dois retourner au travail, je le crains.

Seldon se leva pour partir.

— Commissaire, vous venez de vous asseoir. Et vous n'avez rien mangé, le sermonna Eleanor.

Seldon haussa les épaules.

— C'est souvent comme ça avec mon travail. (Il mit son carnet et son stylo dans sa poche.) Je peux vous téléphoner ce soir, lady Swift ?

— Sir Cuthbert était un personnage haut en couleur, qui avait même fait transporter jusqu'à sa propriété un galion grandeur nature qui mouillait sur le lac du domaine.

— Pourquoi ?

— Quand il organisait des réceptions chez lui, sir Cuthbert divisait les convives en deux équipes. Une des équipes tentait de prendre d'assaut le galion pendant que sir Cuthbert et l'autre le défendaient.

— Comme c'est amusant. Les équipes adverses se jetaient-elles des fruits et des légumes pourris à la figure ?

— Non, madame. Sir Cuthbert était un véritable excentrique. Il tenait absolument à utiliser de vraies armes avec des balles en bois. Même les canons du galion tiraient des boulets en bois. Un jour, un boulet de canon « perdu » a mis le feu à l'aile ouest.

— Mais il y avait sûrement des blessés parmi les convives ?

— Très souvent, madame, mais sir Cuthbert venait d'une autre époque, beaucoup plus primitive. Il a aussi créé le célèbre Ordre des frères de Wildmoor, connu plus tard sous le nom de Wildmoor Club. Ils tenaient leurs réunions secrètes dans les grottes de West Radington.

Il montra la colline à droite quand ils arrivèrent dans le petit village de West Radington.

Eleanor semblait pensive.

— Et maintenant de nombreuses vieilles familles comme les Wildmoor se battent pour payer les impôts de cette abominable guerre.

— En effet, madame. L'argent et le pouvoir ont changé de main. Autrefois lord Wildmoor aurait été l'homme le plus puissant de la région. Aujourd'hui, c'est plutôt le chef de la police ou le maire qui détiennent le pouvoir.

Eleanor hocha doucement la tête.

— Je parie que Lancelot aimerait que l'Ordre des frères de Wildmoor existe encore. C'est tout à fait son genre.

— C'est possible. Une fois, un membre du club s'est fait passer pour le roi de Suède lors d'un gala royal.

Eleanor rit.

— Je l'imagine bien faire ça. Qu'est-ce qui s'est passé ?

— Quand le vrai roi s'est présenté, l'imposteur l'a ridiculisé devant la cour royale et l'a fait arrêter avant de fuir le palais. Malgré l'exubérance naturelle de lord Fenwick-Langham, je ne pense pas qu'il fasse de telles frasques.

Eleanor n'en était pas si sûre. Elle était même persuadée que Lancelot avait des talents cachés qu'elle avait hâte de découvrir. Au moins savait-elle à présent qu'il n'avait pas des talents de criminel.

# 23

— Tout le monde debout !

Eleanor, qui venait d'entrer, balaya le bureau de poste du regard.

— Qu'est-ce que c'est que ça ?

Une version plutôt lugubre de l'hymne national britannique *God Save the Queen* semblait provenir d'un gramophone invisible.

Eleanor retourna dans la rue et leva les yeux vers l'enseigne qui indiquait bien « Bureau de poste de West Redington ». Elle entra à nouveau et cria :

— Bonjour ?

— Longue vie à notre reine…

La voix chevrotante ne chantait pas une note juste.

— Heureuse et glorieuse, que son règne soit long, que Dieu protège la reine.

— Maman ! (La musique se tut.) Maman, je te l'ai déjà dit. (Une femme au visage émacié, la cinquantaine, sortit d'une pièce adjacente.) Notre noble reine Victoria nous a quittés depuis longtemps. Désormais, c'est longue vie au roi, le roi George V, mets-toi à la page.

— Oh, tu seras pendue pour trahison, ma fille. Remets notre hymne et arrête avec tes discours perfides.

Il y eut un bruit de pas, puis le grésillement d'une aiguille sur la surface du disque.

Quand elle avait fait les courses pour Mrs Butters, Eleanor avait oublié de prendre les derniers articles sur la liste : deux enveloppes et deux timbres. Elle avait demandé à Clifford de s'arrêter en cours de route pour réparer cet oubli mais se demandait à présent si elle avait bien fait.

Les deux voix lui parvenaient toujours depuis l'arrière-salle.

— Maman, c'est l'heure de ta sieste, monte te coucher.

— Tss, tss, une sieste, tu parles ! Il faut que je m'entraîne. Laisse-moi tranquille.

« Maman » apparut, suivie de sa fille, et « défila » dans le bureau de poste, levant les genoux en même temps qu'elle imitait le son d'une trompette. En voyant Eleanor, la fille plaqua sa main contre sa bouche. Puis elle regarda sa mère d'un air sournois.

— Maman, tu verras beaucoup mieux le défilé de là-haut, de la fenêtre de ta chambre.

Une fois la vieille dame expédiée à l'étage, la fille se tourna vers Eleanor.

— Madame, qu'est-ce que vous devez penser de nous ? Que puis-je faire pour vous ?

Eleanor s'approcha du guichet.

— Bonjour Miss... ?

— Oh mon Dieu ! Que je suis impolie ! Je suis Miss Green, receveuse des postes adjointe et propriétaire de ce commerce.

Eleanor regarda autour d'elle et avisa le distributeur de cigarettes au mur et des rayons remplis d'un nombre incalculable d'articles en tout genre.

— Bonjour Miss Green, auriez-vous l'obligeance de me fournir les articles sur cette liste ?

Elle lui tendit le bout de papier froissé.

Miss Green regarda la liste puis Eleanor.

— Vous savez, le docteur Browning est passé pas plus tard que l'autre jour. (Elle marqua une pause.) Mais vous ne connaissez peut-être pas le docteur Browning ?

Eleanor secoua la tête.

— Il a soigné la famille royale… enfin presque.

Eleanor tenta de prendre part à la conversation.

— Je ne suis pas d'ici. Enfin, maintenant si.

Elle prit conscience qu'elle n'était guère plus cohérente que Miss Green.

— Je viens de Little Buckford. Je suis lady Swift de Henley Hall.

Miss Green la regarda, médusée.

— Lady Swift ? Vous devez connaître Mr Stoker.

Eleanor commençait à se lasser de cette conversation absurde.

— Mr Stoker ?

— Tout le monde connaît Mr Stoker, il a beaucoup voyagé, pour sûr. Il a une sacrée collection. Elle est exposée au Blaireau.

Eleanor cligna des yeux.

— Un blaireau ? Quel blaireau ?

La receveuse des postes regarda Eleanor comme si c'était elle qui se comportait bizarrement.

— Pas un blaireau quelconque, le Blaireau, la taverne locale.

Eleanor lui adressa un pâle sourire.

— Oh bien sûr, le Blaireau. (Elle cligna à nouveau des yeux.) Quel genre de collection ?

Elle regretta immédiatement d'avoir posé la question mais c'était trop tard.

— Eh bien des mousses, des champignons, des algues, bien sûr. Mr Stoker sait tout ou presque sur ce genre de choses.

Eleanor fixa la receveuse des postes avec un sourire encore plus pâle.

— Peut-être pourriez-vous me donner mes timbres et…

Elle s'interrompit. Après tout, la carrière n'était pas très loin d'ici et cette femme, toute dérangée qu'elle était, connaissait à l'évidence beaucoup de monde dans le coin. Opportuniste comme elle l'était, Eleanor changea de tactique.

— En fait, Miss Green, je me demandais si vous pourriez m'aider pour une affaire de la plus haute importance.

Miss Green se rengorgea.

— Bien sûr, lady Swift.

Eleanor se lança.

— J'ai été témoin d'un accident fort malencontreux, juste en bas de la route. Un pauvre gars est tombé de sa moto près d'une carrière désaffectée. (*Bon c'est un petit mensonge pour la bonne cause, Ellie.*) Il était tellement pressé qu'il a filé avant que je ne puisse lui demander s'il avait besoin d'aide. Cette histoire me tourmente depuis.

Miss Green l'interrompit.

— Tous les véhicules de la région doivent être enregistrés chaque année. Les autorités ont décidé que mon bureau de poste pourrait faire office de lieu d'enregistrement. (Eleanor n'en revenait pas.) Ils ne sont que quatre à conduire ces engins diaboliques par ici.

Elle prit un grand cahier écorné, tourna quelques pages puis lut à haute voix. Quatre noms : un Mr Jonas Trundle, un Mr Jack Cornell, un Mr Bartholemow Blount et un Mr Lancelot Germaine Benedict Fenwick-Langham.

Elle lança un regard entendu à Eleanor.

— C'est le fils d'un lord, vous savez.

Elle le savait en effet. Après avoir mémorisé les noms, elle remercia Miss Green pour son expertise.

— Dernière question, lança Eleanor sur le seuil. Quelqu'un aurait-il envoyé un télégramme un peu étrange récemment ? Quelque chose en lien avec un meurtre ou un corps qu'on déplace.

*Ça valait le coup d'essayer, non* ?

Plus loin, la route montait en côte raide. Clifford avait rétrogradé pour amorcer la grimpette mais la Rolls peinait à avancer et le moteur grondait. Un écriteau peint à la main et constitué d'un morceau de métal fixé à un pilier attira l'attention d'Eleanor : « DESCENTE RAIDE ».

— C'est évident non ? dit Eleanor en montrant le panneau.

— Les cyclistes, madame. Les comités touristiques locaux érigent leurs propres panneaux signalant des dangers. Ils font pression sur le Parlement pour qu'on en installe dans tout le pays.

— Ça va vite être le bazar.

Elle imagina chaque route ornée de panneaux signalant divers dangers : forte déclivité, brebis égarées, villageois ivres.

La Rolls franchit le sommet de la colline. Le bruit du moteur subsistait.

— Quelle magnifique vue ! s'extasia Eleanor.

Clifford semblait moins intéressé par la vue que par ses pieds. Quelques mètres plus loin, les bas-côtés se mirent à défiler à une vitesse alarmante. Eleanor se cramponna à la portière d'une main et à Gladstone de l'autre. La voiture franchit le premier virage à vive allure, les pneus adhérant tout juste à la route.

— Clifford, ralentissez ! le sermonna-t-elle.

— Je… ne… peux… pas, madame.

Clifford se débattait avec le volant et enfonçait désespérément la pédale de frein.

— Je… crains… que les freins ne soient défectueux.

L'arrière du véhicule dérapa, les roues avant patinèrent. Ils allaient plonger par-dessus bord, débarouler jusqu'à la vallée. Clifford tentait désespérément de tourner le volant dans l'autre sens. Les roues arrière adhérèrent à la chaussée et la voiture s'éloigna du précipice.

Le soulagement d'Eleanor fut de courte durée. Elle comprit tout à coup qu'ils allaient percuter un gros chêne.

*Ça va faire mal, Ellie !*

Elle serra Gladstone contre elle.

— Madame, dit Clifford d'une voix forte mais calme. Tenez-vous bien.

# 24

Ce claquement la faisait grimacer. Eleanor tenta de repousser ce qui la gênait. Quelque chose de mou et humide.

— Gladstone ! murmura Mrs Butters. Arrête de lécher madame. Ta maîtresse dort.

Eleanor remua et ouvrit les yeux.

— Madame, vous êtes réveillée, constata l'intendante. Je suis désolée pour Gladstone. J'ai essayé de le laisser dehors mais il a dû pousser la porte.

— Ne vous en faites pas, Mrs Butters. Combien de temps suis-je restée… inconsciente ?

— Depuis l'accident, madame. Ils vous ont ramenée vers midi.

— Vraiment ? Eh bien, il faut que je me lève à présent, grommela Eleanor.

— Oh non ! Le docteur a bien précisé que vous deviez garder le lit et ne vous lever sous aucun prétexte. Vous avez eu un choc violent à la tête, sans parler de la coupure.

Eleanor passa la main sur sa tête.

— On dirait que j'ai des bandages. C'est très inélégant, j'en suis sûre. (Eleanor plaqua la main sur sa bouche.) Clifford ! Comment va-t-il ?

Mrs Butters sourit.

— Mr Clifford va bien, madame. Vous savez comment il est, il ne dirait rien même si sa jambe ne tenait plus qu'à un fil. Il arrive quand même à marcher et continue à s'affairer. Il s'occupe aussi de faire réparer la voiture.

Eleanor tapota le bouledogue exubérant.

— Étonnamment, Gladstone s'en est sorti sans la moindre égratignure. Il est aussi résistant qu'un char d'assaut, celui-là.

— En effet.

L'intendante redressa l'édredon d'Eleanor et tapota son oreiller.

— Avez-vous quelque message important à me transmettre ?

— Rien d'urgent, madame. Le révérend voulait vous voir mais Mr Clifford lui a dit de repasser dans quelques jours quand vous vous sentirez mieux. Et maintenant, reposez-vous, madame, je reviendrai vous voir dans un moment.

Eleanor grimaça.

— Vous avez peut-être raison, Mrs Butters. Une petite sieste me permettra de faire passer ce mal de tête très ennuyeux.

Elle se pelotonna dans son lit.

L'intendante ferma doucement la porte derrière elle.

Quatre heures et plusieurs rêves très étranges plus tard, Eleanor se réveilla en sueur, un état indigne d'une dame.

— Quoi ? Oh Gladstone. Ce n'est plus possible, allez, debout !

Elle sortit du lit puis se lava et s'habilla doucement, freinée par son violent mal de tête et sa douleur lancinante à l'épaule. Elle descendit l'escalier avec précaution et, une fois dans le hall, elle heurta la jeune domestique.

Polly poussa un petit cri puis fit une révérence et fila vers la cuisine. Mrs Butters et Mrs Trotman apparurent avant qu'Eleanor n'eût atteint le petit salon.

— Madame ! s'écrièrent-elles en chœur.

— Je vais bien, mesdames, les rassura Eleanor dans un sourire qui ne tarda pas à se transformer en grimace. Merci de vous inquiéter pour moi. Clifford est par là ?

— Je m'excuse, madame. Il est sorti. Il devrait être rentré dans l'heure.

Mrs Butters fronça les sourcils en considérant le teint pâle d'Eleanor et ses yeux fatigués.

— Très bien. Ainsi, il ne m'entendra pas demander un repas à une heure indécente. Il est déjà 16 heures.

— Peut-être pourriez-vous déjeuner dans la cuisine, madame. Le four est allumé et il fait bien chaud là-bas.

— Absolument !

Eleanor regretta que cette intendante si gentille n'ait pas été au manoir quand elle y venait tous les étés autrefois. *Pourquoi n'est-on pas autorisé à serrer son personnel dans ses bras* ?

*

— Vous voilà ! Non, continuez s'il vous plaît, ne vous dérangez pas pour moi, dit Eleanor en faisant signe à Clifford de se rasseoir sur le banc (en la voyant entrer, il avait voulu se lever).

Après avoir terminé son déjeuner tardif, elle était partie à la recherche de son compagnon blessé.

— C'est donc dans cette pièce que vous cirez les chaussures.

— En effet, madame.

Clifford reprit sa place, une chaussure dans une main, une brosse dans l'autre. Il inclina la tête et la regarda par-dessus ses lunettes. Il se racla la gorge.

— Puis-je faire quelque chose pour vous, madame ? Voulez-vous que je vous serve le thé au salon ?

— Je nage dans le thé, merci. Et j'en ai assez d'être couchée. Franchement, comment font les femmes dans ces romans d'amour, à paresser toute la journée ? C'est épouvantable !

— Je ne saurais vous dire madame, n'étant pas moi-même un amateur de ce genre littéraire.

— Non, j'imagine.

Eleanor pensa aux centaines d'entre eux qu'elle avait dévorés en secret avec ravissement et délice.

— Madame, si vous le permettez, je crois que le docteur jugerait imprudent que vous vous leviez dès à présent.

Clifford posa la chaussure et la brosse et fit mine d'enlever son tablier.

— Allons ! Allons ! C'est juste un petit mal de tête. (Elle porta la main à sa tête et grimaça pour la énième fois.) Bon d'accord, mon épaule est aussi un peu douloureuse. Mais assez parlé de moi. Comment vous sentez-vous, Clifford ? Avons-nous réellement percuté un arbre ? Je ne me souviens pas de ce qui s'est passé après notre tête-à-queue.

Clifford regarda ses pieds pendant une seconde.

— Madame, malheureusement, je ne suis pas parvenu à arrêter la voiture et nous avons heurté un chêne imposant et impitoyable. Heureusement, la Rolls a survécu à l'impact sans gros dommage. J'ai pu vous conduire directement chez le docteur Browning qui vous a soignée.

*Je connais donc le docteur Browning à présent.*

— Puis je vous ai ramenée au manoir, madame, et j'ai laissé la Rolls chez Johnson, le carrossier. Elle devrait être réparée dans quelques jours.

— Oh bon sang Clifford ! Je me fiche de la Rolls. Je vous demande si vous allez bien ! Vous, pas la voiture.

— Merci, madame. Je m'en suis sorti entier.

— Oui, et même si votre jambe ne tenait plus qu'à un fil, vous ne diriez rien, comme l'a fait remarquer si justement

Mrs Butters. À présent, je vous donne la permission de vous reposer autant que nécessaire.

Il hocha la tête.

— C'est très gentil à vous, madame.

Elle s'assit sur le banc en face de lui.

— Mais dites-moi, que diable s'est-il passé ?

Clifford enleva ses lunettes et les posa sur la table.

— Il semble que quelqu'un a trafiqué les freins.

Elle digéra l'information. À présent que son mal de tête était moins intense, elle y voyait un peu plus clair et tout à coup elle comprit ce que Clifford sous-entendait :

— Vous pensez qu'ils ont essayé de nous tuer ?

— C'est tout à fait possible.

Elle était furieuse. Ce n'était pas la première fois que quelqu'un essayait de la tuer mais les autres tentatives avaient eu lieu à l'étranger. Cette fois, c'était en Angleterre, au fin fond de la campagne anglaise, même.

Clifford reprit :

— C'était peut-être juste un avertissement.

Eleanor laissa échapper un rire dédaigneux.

— Eh bien qu'ils essaient ! Je vais leur donner du fil à retordre.

Clifford désigna d'un mouvement la tête et l'épaule bandées d'Eleanor.

— J'ai remarqué que vous aviez la vie dure, madame, mais peut-être faut-il les prendre au sérieux ? Ils pourraient parvenir à leurs fins.

— Je n'aurais jamais pensé que vous étiez une poule mouillée, Clifford !

Clifford parut presque contrarié.

— C'est pour votre sécurité que je m'inquiète, madame. Pas pour la mienne. Votre oncle…

Il marqua une pause.

— Je vous écoute.

Il hésita.

— Je pense, madame, que ce n'est pas le bon moment pour aborder ce sujet…

Eleanor décida qu'elle avait trop mal à la tête pour protester.

— Comme vous voudrez Clifford.

Il posa la brosse.

— Il y a en effet une affaire plus urgente qui pourrait vous intéresser. Miss Abigail, qui travaille au commissariat de Chipstone…

Eleanor oublia immédiatement son mal de tête.

— Oui, oui, je m'en souviens. Je n'ai pas perdu la mémoire. Et alors… ?

— Elle a entendu deux policiers parler de la découverte d'un corps.

Eleanor leva les mains.

— Encore un corps ?

— Oui. Il a été découvert vers midi et quart, ce jour, par le facteur, qui a immédiatement alerté la police, laquelle a trouvé une lettre à côté du corps. Dans cette lettre d'adieu… (Clifford marqua une pause.) Le défunt avouait avoir tué Mr Atkins.

Eleanor le regarda, médusée.

— Donc Mr Atkins a bien été assassiné ! Nous avions raison.

— Apparemment mais Miss Abigail n'a pas pu déterminer si la lettre d'adieu mentionnait un mobile.

— Au moins la police connaît-elle l'identité du meurtrier à présent. Miss Abigail a-t-elle pu fournir un nom ?

Clifford secoua la tête.

— Miss Abigail n'a pas encore pu déterminer l'identité du défunt mais elle ne va pas tarder à le savoir ou c'est la presse à scandale qui se chargera de diffuser son nom.

Eleanor se cala contre le dossier en bois dur du banc et essaya de réfléchir.

— Même si je suis ravie de constater que nous avions vu juste, il reste encore beaucoup de zones d'ombre. Deux éléments en particulier me sautent aux yeux, dit-elle en levant le pouce. Il me paraît très commode que cette personne ait été malhonnête au point de commettre un meurtre mais honnête au point de l'avouer. Une affaire vite résolue pour la police, non ?

Clifford hocha la tête.

— Vous êtes très perspicace, madame. Et quel est le deuxième point ?

Elle leva l'index.

— Si ce type était derrière toute cette affaire, pourquoi aurait-il essayé de nous tuer ou de nous effrayer juste avant de mettre fin à ses jours ?

Clifford hocha la tête.

— Je suis d'accord avec vous. Il y a un troisième point, similaire au premier que vous avez soulevé. Si le défunt a bien assassiné Mr Atkins, pourquoi s'est-il donné la peine de maquiller le meurtre en accident pour avouer le crime une semaine plus tard ?

Eleanor tapa du poing sur le banc et le regretta aussitôt car elle fut prise d'un léger vertige et sentit une douleur lancinante dans l'épaule. Elle attendit quelques secondes, le temps de se remettre, avant de reprendre la parole.

— Clifford, je crois que nous nous sommes complètement trompés sur cette affaire.

Clifford haussa un sourcil.

— Comment ça, madame ?

— Vous vous souvenez quand vous m'avez parlé de lord Wildmoor ? Nous avons dit que le pouvoir avait changé de main dans ces zones rurales et qu'il n'était plus détenu par la noblesse. Jusqu'à présent, nous avons considéré la mort de Mr Atkins comme l'issue tragique d'un différend qui aurait dégénéré entre Cartwright et lui ou peut-être entre Wilby et lui. Pas Lancelot en tout cas. (Elle rougit légèrement et s'empressa de poursuivre.) Nous l'avons éliminé de la liste des suspects.

Clifford hocha la tête d'un air pensif.

— En effet, madame. Je vois ce que vous voulez dire. Cette affaire semble beaucoup plus sérieuse qu'un simple différend personnel si nos soupçons se vérifient. Mais pour l'heure ce ne sont que des soupçons. Quoi qu'il en soit, si nous avons vu juste, l'homme qui a été retrouvé mort ce matin a lui aussi été assassiné et le meurtrier a maquillé le crime en suicide, cette fois. L'assassin a-t-il écrit une fausse lettre d'adieu pour convaincre la police que l'affaire était close ou…

Eleanor termina sa phrase :

— Ou notre sergent Wilby a-t-il tout arrangé ?

Clifford hocha la tête.

— En effet. La personne qui est derrière tout ça détient un certain pouvoir. Le bruit court depuis longtemps que le commissariat local et la municipalité sont gangrenés par la corruption mais rien n'a été prouvé. Certains disent que la police et les conseillers municipaux acceptent des pots-de-vin pour fermer les yeux sur quelques affaires comme c'est souvent le cas.

Eleanor tapa à nouveau sur le banc mais l'effet fut moindre cette fois. Elle grimaça légèrement.

— Il faut absolument que nous nous introduisions dans la maison de Mr Atkins et que nous trouvions de *vraies* preuves. Des preuves que ces idiots de policiers n'auront pas vues ou auront délibérément cachées.

Clifford sourit.

— Encore une fois madame, je reconnais votre oncle en vous. Mais sauf votre respect, je crois que nous devrions laisser un jour de plus à Miss Abigail. Elle pourrait recueillir d'autres informations. Ça me paraît plus sûr.

Eleanor soupira.

— Sans doute.

La porte qui donnait sur le hall d'entrée s'ouvrit et Mrs Butters entra. Elle s'immobilisa en voyant Eleanor.

— Oh madame, pardonnez-moi, j'ignorais que vous étiez là.

Eleanor sourit.

— Pas de problème, Mrs Butters.

La gouvernante rougit et se tourna vers Clifford.

— Mr Clifford, le docteur Browning attend dans le hall.

Clifford se leva, plia son tablier qu'il posa sur la table, puis tint la porte pour laisser passer Eleanor.

— Madame…

# 25

Le lendemain matin, Gladstone tenait compagnie à Eleanor pendant le petit déjeuner. À vrai dire, c'était surtout la compagnie du petit déjeuner qui lui importait car il préférait la nourriture réservée aux humains à celle qu'on donnait aux chiens. Eleanor essayait de l'habituer aux simples tartines parce que les saucisses ne lui faisaient pas du bien. Clifford entra dans la pièce en silence, comme à son habitude, et remplit à nouveau la tasse d'Eleanor.

— Puis-je vous demander si vous vous sentez mieux ce matin, madame ?

— Vous pouvez et la réponse est oui. Le docteur Browning m'a auscultée avec le plus grand soin. Il m'a interrogée sur mon mal de tête, mon épaule, puis m'a demandé combien de doigts je voyais quand il levait la main.

Clifford se détourna du plateau de saucisses.

— Et vous avez trouvé le bon nombre de doigts, madame ?

Eleanor n'eut pas le temps de répondre que Clifford déposait déjà une assiette bien remplie devant elle :

— Miam ! En tout cas, j'ai toujours aussi bon appétit, dit-elle en salant et poivrant ses œufs. Des nouvelles de Miss Abigail ?

— Aucune pour le moment mais l'information d'hier a déjà été diffusée et largement commentée.

— Comment ça ?

Clifford prit un journal sur la table d'appoint près de la porte et le tendit à Eleanor.

— Page deux, madame.

Eleanor lut le titre.

— « La mort accidentelle du fonctionnaire de Whitehall requalifiée en meurtre ». (Elle parcourut les premiers paragraphes de l'article.) « Le meurtrier Jack Cornell… » Ce nom vous dit quelque chose ?

— Oui, madame, il me dit quelque chose. C'est un ancien détenu. Il a été… un de nos « invités » pendant quelque temps. Votre oncle l'a aidé à retrouver le droit chemin. J'ai beaucoup de mal à croire qu'il ait replongé mais je suis sûr d'une chose, ce n'était pas un meurtrier. Et pourquoi aurait-il tué un homme aussi droit que Mr Atkins ?

Polly toqua à la porte et passa la tête dans l'entrebâillement.

— Excusez-moi de vous interrompre, madame, Mrs Butters dit qu'on demande Mr Clifford au téléphone.

Elle disparut aussitôt comme une elfe agitée.

Clifford laissa Eleanor à ses tartines et à ses œufs, puis reparut silencieusement quelques minutes plus tard, la faisant sursauter.

— Était-ce à propos de la Rolls ? demanda Eleanor qui remplissait à nouveau son assiette.

Elle se dit qu'elle devrait mettre une cloche à Clifford.

— Non, madame, c'était Mr Sandford. Miss Abigail a fait part des derniers développements de l'enquête à son oncle.

Eleanor posa sa fourchette à contrecœur.

— La lettre d'adieu contenait apparemment d'autres détails. Des détails qui ne sont pas mentionnés dans la presse. Jack Cornell a bel et bien expliqué les raisons de son geste.

Eleanor fit signe à Clifford de poursuivre.

— Il semble que… Mr Atkins l'ait fait chanter.

Eleanor reprit sa fourchette.

— Et vous croyez sa version ?

— Certainement pas. Mr Atkins n'aurait jamais eu recours à des pratiques aussi sournoises.

— C'est bien ce que je pensais. (Elle venait de piquer un champignon avec sa fourchette et s'immobilisa quelques secondes.) Je suis désolée, Clifford, je sais que c'est très difficile pour vous. Mr Atkins était un ami de mon oncle et j'ai de bons souvenirs de lui, vous deviez beaucoup l'apprécier vous aussi.

— Merci, madame. Comme je l'ai dit, c'était un homme droit et un ami de longue date de votre oncle.

— Alors c'était un homme bien et nous devons défendre son honneur à titre posthume. Et celui de Jack Cornell aussi, évidemment. Je suis sûre que mon oncle aurait remué ciel et terre pour que justice soit faite. C'est ce que nous allons faire aussi. Pour ces deux hommes. D'accord Clifford ?

Clifford hocha la tête.

— D'accord, madame.

Eleanor étudia la photo dans le journal.

— Vous savez, je n'ai pas bien vu l'homme sur la moto. Ça pourrait être lui mais je ne pourrais pas l'affirmer avec certitude… (Elle haussa les épaules et prit une profonde inspiration.) Attendez une minute. Cornell, c'est l'un des noms de motards que m'a donnés la receveuse des postes adjointe à West Radington. Oh mon Dieu, Clifford, j'ai oublié de vous en parler en sortant du bureau de poste. Ensuite, nous avons eu l'accident et je viens tout juste de m'en souvenir.

— Vous rappelez-vous les autres noms, madame ?

— Je pense, à moins que mon coup à la tête les ait tous effacés de ma mémoire. L'un d'eux était Lancelot mais nous le savions déjà puisque je suis montée derrière lui sur sa moto. L'autre était ce fameux Jack Cornell. Qui y avait-il d'autre ? Ah oui… Mr Jonas T-Trundle et Mr… Mr ?

Ça commençait par un B… Blount ! Mr quelque chose Blount, c'est ça ! Vous connaissez l'un d'eux ?

— Tout le monde connaît Mr Trundle, madame. C'était le capitaine de l'équipe de cricket de Chipstone pendant près de trente ans. Ça ne fait pas très longtemps qu'il a pris sa retraite à l'âge tout à fait admirable de soixante-quinze ans. Je pense que ça fait bien longtemps qu'il ne conduit plus sa moto.

— Dans ce cas, il ne peut pas être le motard de la carrière. Et Mr Blount, vous le connaissez aussi ?

Clifford hocha doucement la tête.

— Oui, mais je crains que ça ne soit une nouvelle impasse, madame. Mr Batholemew est un gentleman plus jeune mais il n'aurait jamais pu conduire une moto aussi vite sans avoir un accident.

— Et pourquoi ? Est-il trop gros ?

Clifford plissa légèrement le front.

— Non, madame, c'est juste qu'il n'a plus les jambes pour ça. Il en a perdu une lors d'un accident, il y a quelques années.

— Pauvre gars. Comment diable fait-il pour conduire une moto ?

— Beaucoup plus prudemment que le soir où il a percuté le vieux chêne près du presbytère et perdu sa jambe susmentionnée.

— Très bien. Nous le rayons de la liste, lui aussi. Vous savez, j'ai vraiment vu une moto dans la remise de Cartwright mais Miss Green n'a pas mentionné son nom.

— Sans doute s'agit-il d'une vieille moto dont il ne se sert plus et qui n'est plus enregistrée. Toutefois, il y a un élément auquel nous n'avons pas pensé. Le motard conduisait peut-être une moto volée.

— C'est vrai… ou l'homme que j'ai vu chez Cartwright était Jack Cornell et la moto lui appartenait.

Clifford hocha doucement la tête.

— C'est possible. Il y a un autre point délicat. Il sera difficile de trouver et de confirmer des alibis cette fois.

— Pourquoi cette fois en particulier ?

— D'après Miss Abigail, la police pense qu'étant donné l'état du corps, Mr Cornell est mort entre 23 h 30, heure à laquelle un voisin l'a vu rentrer chez lui, dans son appartement de Old Kiln Lane, et 8 heures du matin, quatre heures environ avant que son corps ne soit découvert par le facteur, à midi et quart. La rigidité cadavérique constatée par la police permet d'établir qu'il était mort depuis au moins quatre heures quand les policiers ont examiné le corps. Pour le moment, il est difficile de déterminer l'heure exacte de la mort. Dans le cas de Mr Atkins, vous avez vu le meurtre, ce qui permet d'être beaucoup plus précis.

Eleanor soupira.

— Il ne va pas être facile de vérifier les alibis de tout le monde pour cette nuit-là. Je suppose qu'ils vont tous dire qu'ils étaient au lit. Ce pourrait bien être une quête futile. (Elle réfléchit à ce nouveau rebondissement dans l'enquête.) Vous savez, si Mr Atkins ne faisait pas chanter Jack Cornell et si Jack Cornell ne l'a pas tué, alors nous avons affaire à un monstre !

— À un individu très calculateur, en tout cas.

— Avec la morale d'un chacal !

— Si je peux me permettre, les chacals sont injustement accusés de tous les maux. En réalité, ils sont…

— Pas maintenant, Clifford. Monstre ou pas, cet homme ou cette femme a tué deux fois et pourrait recommencer. Quel pourrait être son mobile ? (Eleanor pianota sur la table.) Je pense que ce rebondissement a pour but de pousser la police à classer l'affaire. À moins que la police ne soit de mèche.

— En effet, l'individu numéro un tue l'individu numéro deux qui le fait chanter puis met fin à ses jours. Affaire classée, comme vous l'avez suggéré, madame. (Clifford prit la théière vide.) Comme je l'ai dit, il faut un esprit brillant pour concevoir et mettre à exécution un tel plan.

— Et comme je l'ai dit, un esprit impitoyable et implacable.

— Toutefois, dit Clifford en se retournant après avoir rempli la théière, le meurtrier n'a pas pris en compte l'intervention d'une femme très moderne.

Eleanor rit.

— Vous savez Clifford, si vous continuez à me faire des compliments, je pourrais croire que sous vos airs bougons se cache un cœur tendre.

Clifford s'inclina légèrement.

— Si vous le dites, madame.

# 26

En apprenant le lendemain matin que la Rolls n'était toujours pas réparée, Eleanor eut comme l'impression que son mal de tête empirait.

— On m'a informé qu'elle devrait être prête avant midi, lui dit Clifford en guise de consolation.

— Toute cette attente est exaspérante, dit Eleanor entre ses dents. Je ne peux rien avaler de plus sinon je vais exploser. Nous perdons du temps et le meurtrier court toujours.

— Sir Isaac Newton ne serait pas d'accord avec vous, madame.

Eleanor se renfrogna.

— Il a dit un jour : « Les découvertes que j'ai faites dans ma vie, je les dois plus à ma patience qu'à tout autre talent. »

— Pourquoi tous ces discours sur la patience me donnent-ils envie de crier ?

— Peut-être est-ce le moment idéal pour reprendre tout ce que nous savons sur l'affaire et pour réfléchir à ce que nous allons faire ensuite ?

— Bon d'accord, vous avez sans doute raison, concéda Eleanor. Commencez, Clifford !

Clifford s'éclaircit la voix.

— Très bien, madame. Vous avez vu un homme, encore non identifié, tuer Mr Atkins vers 22 h 15 samedi soir, la nuit de la tempête, à la carrière désaffectée. Le lendemain, le corps de Mr Atkins a été retrouvé chez lui par l'intendante à huit cents mètres de la carrière. Le meurtre de Mr Atkins a été maquillé en accident. Comme la police n'a pas cherché plus loin, le meurtrier court toujours.

Eleanor hocha la tête.

— Puis, pour ajouter à la confusion, le corps de Jack Cornell est découvert le samedi matin suivant dans son appartement de Old Kiln Lane. On a trouvé à côté de lui, une lettre d'adieu dans laquelle il avoue avoir tué Atkins car ce dernier l'aurait fait chanter.

Clifford hocha la tête à son tour.

— Exactement, madame. Puisque nous ne croyons pas au suicide de Jack Cornell, nos deux suspects pour le meurtre de Mr Atkins sont Mr Cartwright et le sergent Wilby car l'alibi de lord Fenwick-Langham a été confirmé et nous l'avons éliminé de notre liste.

— Il ne nous reste plus qu'à déterminer lequel des deux n'a pas d'alibi vérifiable pour la nuit de la mort de Jack Cornell et à trouver des preuves irréfutables l'incriminant des deux meurtres puis à le faire arrêter. Facile. (Elle se leva.) À moins, bien sûr, que l'assassin d'Atkins et de Cornell ne soit pas l'un de nos deux suspects.

En se dirigeant vers la porte du salon, elle lança pardessus son épaule :

— Prévenez-moi quand la Rolls sera prête. Vous me trouverez au jardin.

Deux heures plus tard, Clifford annonça enfin que la Rolls avait été déposée et qu'elle attendait devant les marches du perron.

À cet instant, Mrs Butters sortit en courant pour avertir Clifford qu'elle avait besoin de provisions au village. Eleanor se leva d'un bond du banc en pierre, prit la liste des mains de l'intendante surprise et se dirigea vers la Rolls.

Eleanor s'arrêta sur le pas de la porte de Brenchley Stores, s'émerveillant devant la multitude d'articles exposés sur les étagères, dans les casiers, sur les tringles. En entrant dans la boutique, elle fut frappée par l'odeur enivrante d'encaustique et de savon au goudron de houille. Elle regarda les plateaux chargés d'articles hétéroclites et les rangées de produits en conserve, s'attendant à voir Aladin surgir et lui demander ce qu'elle faisait dans sa caverne aux merveilles.

Blotties contre un rayon de produits en conserve, deux dames coiffées de chapeaux en feutre pépiaient comme des moineaux.

— Il est revenu, vous savez. Je l'ai entendu poser des questions.

— Qui donc, ma chère ?

— Le commissaire.

— Le beau jeune homme avec son pardessus en laine bleue qui fait ressortir ses épaules bien carrées ? Un tel spectacle égaierait le jour le plus terne et pluvieux d'un mois de décembre !

Les deux femmes gloussèrent comme des écolières mais se raidirent en voyant Eleanor.

— Bonjour mesdames, dit-elle en hochant poliment la tête.

— Bonjour lady Swift, répondirent-elles en chœur.

Eleanor jaugea l'homme baraqué vêtu d'une blouse marron derrière le comptoir. Elle avisa ses tempes grisonnantes, les rides sur son front, et décida qu'il prenait son commerce au sérieux. Le sourire qu'il lui adressa en la voyant illumina ses yeux marron chaleureux.

— Bienvenue à Little Buckford, lady Swift. Mes sincères condoléances pour votre oncle. Je suis Arthur Brenchley, propriétaire de Brenchley Stores.

— Merci, Mr Brenchley. Je suis enchantée de faire votre connaissance. Quel magasin épatant vous avez là. Vous devez être l'attraction du village.

— Merci, madame. Que puis-je faire pour vous ?

— Mrs Butters m'a envoyée ici avec une liste de courses.

*Ce n'était qu'un petit mensonge sans conséquences.*

Les deux femmes se cramponnèrent à leurs chapeaux et échangèrent un regard horrifié.

— Vous avez été envoyée ici, vous dites ? Par Mrs Butters ? (Brenchley se frotta le front.) Je dois vraiment me faire vieux, certaines choses m'échappent de nos jours.

Un jeune homme vêtu d'un tablier assorti à la blouse de son père apparut derrière lui.

— Votre fils, je présume, Mr Brenchley ? hasarda Eleanor.

— Quel esprit perspicace ! Oui, c'est John, mon fils aîné et unique. Héritier de la fortune du bazar Brenchley.

Tout le monde rit.

— C'est un plaisir de vous rencontrer, lady Swift, dit John en dansant d'un pied sur l'autre.

— Tout le plaisir est pour moi, John. Dites-moi, que faites-vous quand vous n'êtes pas occupé à faire prospérer votre héritage ?

John, visiblement trop timide pour parler, regarda son père.

— John se consacre au vélo quand il ne travaille pas, expliqua Brenchley père.

Eleanor dressa l'oreille.

— Un camarade cycliste ! Je viens de m'acheter une bicyclette. Je pourrais peut-être faire appel à votre expertise à l'avenir.

Le visage de John s'illumina.

— Je serais ravi de vous aider comme je peux, madame.

— Parfait ! Je suppose qu'en bon cycliste, vous connaissez les meilleurs itinéraires de la région. J'ai vu une route magnifique. Elle passe juste devant Henley Hall et mène ensuite à une carrière désaffectée tout près de la ferme de Mr Cartwright, je crois.

Brenchley claqua la langue.

— John connaît très bien cette route, pas vrai mon fils ?

— Papa !

John baissa la tête.

Brenchley se pencha vers Eleanor.

— Il a une chérie là-bas, vers chez Cartwright.

— Papa ! protesta John en rougissant.

— John, vous pourriez peut-être me servir de guide ? Ça m'éviterait de me perdre à bicyclette sur de petites routes inconnues.

— En général, je fais du vélo avec le Club cycliste de Chipstone, madame, dit John qui ne savait plus où se mettre.

Eleanor sourit.

— Dans ce cas, je me joindrai à vous.

John écarquilla les yeux.

— Je ne pense pas qu'ils acceptent les… femmes, euh, les dames, je veux dire.

— Allons, je suis certaine que Chipstone est plus progressiste que vous ne le pensez, mentit-elle.

— Puis-je avoir la liste de Mrs Butters ? lui demanda Brenchley père tout en riant de l'embarras évident de son fils.

Elle lui tendit la liste et pendant qu'il allait chercher les différents produits, elle demanda :

— Dites-moi, Mr Brenchley, Mr Cartwright est-il passé chez vous récemment ?

Brenchley la regarda avec curiosité.

— Cartwright ? Il est venu acheter des cartouches, il y a quelques jours. Comme la plupart des fermiers du coin, il en utilise beaucoup, entre les pigeons, les lapins et les autres petites bêtes.

— Et il a acheté une nouvelle salopette, papa, tu te souviens ? ajouta John.

— C'est rare que les fermiers achètent de nouveaux vêtements de travail. Ils les portent jusqu'à ce qu'ils soient en lambeaux en général.

L'imagination d'Eleanor s'emballa.

*Peut-être a-t-il brûlé sa vieille salopette ? Peut-être était-elle couverte de sang ?* Elle tenta de parler d'une voix détachée :

— A-t-il fait d'autres achats… inhabituels ces derniers temps ?

Brenchley parut amusé.

— Eh bien, tout dépend de ce que vous entendez par « inhabituel ».

Eleanor haussa les épaules.

— Oh vous savez… une pelle ou un sac de chaux peut-être ?

— Où sommes-nous exactement Clifford ?

Eleanor pensait connaître la route qui conduisait à Chipstone et ce n'était assurément pas celle qu'ils avaient empruntée.

— Je vous ai pourtant bien dit d'aller à Chipstone.

— Pardonnez mon sens de l'initiative, madame, mais une opportunité s'est présentée cet après-midi.

Elle claqua la langue, exaspérée.

— Nous avons déjà été retardés par les courses de Mrs Butters, je voulais envoyer quelques piques à ce bouffon de sergent Wilby.

Clifford haussa un sourcil.

— Vraiment, madame, je crains que l'affaire ne soit beaucoup plus sérieuse qu'une joute verbale.

— Dommage ! J'aimerais beaucoup le voir se tortiller au bout d'une lance bien aiguisée.

L'image de feu son mari en train de gigoter au bout de la même lance lui traversa l'esprit mais elle l'effaça charitablement.

— Alors en route pour le poste de police de Chipstone. Et après les révélations de Brenchley concernant les achats récents de Cartwright, j'aimerais bien refaire une tentative avec lui. Alors quelle est donc cette opportunité à ne pas manquer qui nous oblige à faire un détour ?

— Nous sommes bientôt arrivés. Un tout petit détour, vraiment.

Eleanor avait déjà trop puisé dans sa minuscule réserve de patience.

— Oh pour l'amour du ciel, Clifford ! J'apprécie votre sollicitude, bien sûr, mais je n'ai pas l'intention de suivre les recommandations du docteur Browning. Je n'ai aucune envie de me reposer pour récupérer. Alors inutile d'essayer de me requinquer en me forçant à regarder des agneaux gambadant sur la colline ou à lire des poèmes de Coleridge à mourir d'ennui près du ruisseau clapotant.

— Vous préféreriez peut-être lire Alfred Lord Tennyson, madame ?

— Quoi ?

— Puisqu'il n'y a pas de ruisseau clapotant à Little Buckford, à Chipstone non plus d'ailleurs, j'ai pensé que vous faisiez peut-être référence au poème « Le ruisseau » écrit par l'éminent Mr Tennyson.

Eleanor tapa le tableau de bord de la Rolls dans sa frustration.

— Clifford, êtes-vous insensible aux sarcasmes ou ne font-ils qu'aiguiser votre esprit affûté ?

— Je ne saurais vous dire, madame, admit Clifford en regardant droit devant lui. Mais pour répondre à votre question, ce détour vous fera certainement l'effet d'un fortifiant même si je ne suis pas certain que Mr Browning l'approuverait.

Ils passèrent devant l'entrée de la ferme de Cartwright. La voiture poursuivit sa route, franchissant la côte puis un virage à droite avant que Clifford ne s'engage sur une allée de graviers. Avec un habile coup de volant, il passa sous la voûte d'une haie de buis puis s'arrêta derrière une grande remise en silex devant laquelle était garée une Austin. Elle semblait étrangement familière à Eleanor.

— Où diable sommes… commença Eleanor, mais elle regarda ensuite dans la direction indiquée par les doigts gantés de Clifford.

Elle distingua une rangée de cheminées sculptées désormais familières.

— C'est… Henley Hall sur la colline. Donc ça doit être…

— La maison de Mr Atkins, madame.

— Excellente initiative Clifford !

Eleanor descendit de voiture et leva les yeux vers la charmante bâtisse géorgienne à trois étages. Comme elle semblait compacte et accueillante à côté des immenses pièces et des interminables couloirs de Henley Hall ! Leurs chaussures crissèrent sur le gravier tandis qu'ils se dirigeaient furtivement vers l'arrière de la maison qui donnait sur un petit verger.

Quelques instants plus tard, Eleanor franchit en hésitant le seuil de la cuisine colorée pendant que Clifford tenait la porte pour la laisser passer. Elle jeta un regard circulaire dans la pièce, avisant une longue rangée de poêles pour toutes les préparations culinaires possibles et imaginables ainsi que des pots d'herbes aromatiques alignés sur le rebord de la fenêtre. Un plateau orné de motifs floraux était posé sur le plan de travail le plus proche avec une assiette anglaise recouverte d'un linge. Elle resserra sa veste autour de ses épaules.

— C'est plutôt froid et désolé, à présent. Mais ne traînons pas, maintenant que vous êtes entré par effraction dans… Attendez une minute, vous n'êtes pas entré par effraction, si ?

Clifford sortit une grosse clé en fer forgé d'une de ses poches.

— Naturellement, Mrs Campbell n'a pas voulu rester ici après la découverte du corps de Mr Atkins. Elle m'a contacté pour me demander si Silas pouvait garder un œil sur la propriété. Tout le monde doit savoir à présent que la maison est vide. Les nouvelles vont vite.

— Bien sûr que oui. C'est la moindre des choses que nous puissions faire. Où est Silas ?

— Par monts et par vaux.

— Allons-y, dit Eleanor en frissonnant. C'est un peu étrange de s'aventurer dans la maison d'un mort.

Clifford hocha la tête.

— Je suis d'accord, madame, mais la justice est une certaine rectitude de l'esprit par laquelle l'homme fait ce qu'il doit faire dans les circonstances auxquelles il est confronté.

— Encore Charlie Chaplin ?

— Non, Thomas d'Aquin, madame. Mais on pourrait dire qu'ils s'appliquaient tous les deux à mettre la vie en perspective. Allons-y.

# 27

Ils traversèrent le hall, Clifford en tête. Le bruit de leurs pas était amorti par le chemin de couloir Wilton. À mi-chemin, ils entrèrent dans une pièce avec des canapés Chesterfield en cuir et d'immenses bibliothèques en chêne. Eleanor avisa une photo dans un cadre argenté qui faisait office de serre-livres sur l'une des étagères. Sur le cliché, on la voyait jouer aux boules avec Atkins sur la pelouse de Henley Hall. Assis dans un fauteuil de jardin, son oncle applaudissait en souriant. Clifford toussa doucement.

— Je me souviens de cette journée moi aussi, madame. C'était un après-midi très amusant, durant lequel nous avons tous appris que vous étiez mauvaise perdante.

Elle lui adressa un pâle sourire et prit la photo encadrée.

— Quand on regarde la photo d'un défunt, on a l'impression qu'il vient tout juste de quitter ce monde. Et on est submergé par l'émotion. Que c'est gênant ! Pauvre oncle, pauvre Mr Atkins.

La gorge serrée, elle se mit à frissonner dans le silence sinistre et prit sans broncher le mouchoir impeccablement repassé que lui tendait Clifford.

S'étant ressaisie, elle traversa la pièce et se posta devant l'armoire à fusils contre le mur. Le fond était constellé de taches graisseuses rectangulaires mais il n'y avait pas de burette d'huile, seulement une peau de chamois et une brosse de nettoyage pour armes à feu. Elle supposa que la police avait pris la burette en même temps que le fusil.

L'énorme bureau en bois sculpté attira son attention. Elle déplaça facilement le fauteuil en cuir vert à dossier capitonné avec son genou.

— Je n'ai jamais vu le bureau d'un gentleman aussi vide. Pas de dossiers, pas de carnets, pas de trieur de courrier. Pas de papiers, nulle part. Vous pensez que la police a tout emporté ?

— Étant donné qu'ils ont tout de suite conclu à une mort accidentelle, sans se poser la moindre question, je ne crois pas. De plus, personne n'a pensé à enlever le repas que Mrs Campbell avait préparé le jour en question, pourtant quelqu'un a pris soin de vider complètement son bureau.

Eleanor se gratta pensivement la joue.

— L'assassin pensait peut-être qu'Atkins le faisait chanter comme c'est écrit dans la lettre ?

— C'est possible, dit Clifford en tapotant pensivement le bout de ses doigts, ou c'est ce qu'il a voulu faire croire à la police en volant les papiers d'Atkins. (Il joignit les mains.) J'ai une autre théorie qui trouve sa source dans ce que vous avez dit au départ.

— J'écoute.

— L'assassin croyait réellement qu'il y avait des papiers compromettants parmi les affaires de Mr Atkins et il a voulu faire disparaître les preuves potentielles.

— Il aurait tout ramassé dans sa hâte. Je suis sûre que le sergent Wilby n'a même pas remarqué que le bureau avait été vidé. À moins bien sûr qu'il soit notre coupable et se soit lui-même chargé de tout déblayer. (Elle haussa un sourcil.) Les tiroirs sont-ils vides eux aussi ?

Clifford ouvrit le premier.

— Vide, à part un stylo à encre sans bouchon et un mouchoir.

Il en allait de même pour les autres tiroirs. Seuls quelques accessoires sans importance avaient échappé à la razzia. Un trombone sans ses feuilles de papier, une loupe et un rouleau de ruban rouge pour sceller les documents officiels authentifiés.

Eleanor regarda dans la pièce, en quête d'inspiration. Une tache sombre sur le dossier du fauteuil en cuir attira son attention.

— Vous savez Clifford, l'assassin devait être dans un drôle d'état après avoir déplacé le corps de la carrière à la maison. Et les morts ne sont guère coopératifs, c'est bien connu. Il a sûrement dû batailler pour sortir le corps de la voiture et le transporter à l'intérieur de la maison.

Clifford hocha doucement la tête.

— Je me demande…

Il s'agenouilla à côté du fauteuil.

Ne sachant que faire d'autre, elle l'imita.

— Comme c'est étrange, il a cinq pieds mais… qu'est-ce que vous… les roulettes, que vous êtes malin ! L'assassin a dû pousser le fauteuil jusqu'à la porte puis faire rouler Mr Atkins jusqu'ici.

— C'est exactement ce que je pense, madame. Et j'imagine que pour être plus discret, il est passé par la porte de derrière, comme nous.

Accroupis chacun d'un côté du bureau, ils inspectèrent le sol.

— Clifford, prenez la loupe d'Atkins ! cria Eleanor.

Elle plaqua la main contre sa bouche quand elle entendit sa voix résonner dans l'entrée.

— Bonne idée, madame, répondit Clifford beaucoup plus doucement.

Quelques minutes plus tard, il laissa échapper un sifflement qui ne lui ressemblait guère.

— Bingo ! dit-il devant la porte

— Qu'avez-vous trouvé ?

Elle s'agenouilla à côté de lui et prit la loupe.

— Bingo en effet ! Des traces de roulettes. On les distingue parfaitement. Suivons-les jusqu'à la porte de derrière.

Il ne leur fallut pas longtemps pour trouver les traces laissées par les roulettes du fauteuil. Hormis sur les portions de parquet non recouvertes, ils n'eurent aucun mal à reconstituer le parcours du fauteuil, une fois qu'ils surent quoi chercher.

— Regardez, Clifford, dit Eleanor en s'agenouillant à quelque distance du point qu'elle désignait. Il y a de la poudre blanche à certains endroits sur les traces de roulettes, mais pas partout. Et aussi plein d'empreintes de chaussures boueuses. On dirait qu'on a littéralement piétiné notre sillon.

— C'est sans doute la police, madame. Il y en a sûrement encore plus vers la porte d'entrée. S'ils ont tiré des conclusions hâtives sur les circonstances de la mort de Mr Atkins, ils n'en sont pas moins venus en nombre.

— Oh absolument ! Plus il y a de crétins en uniforme sur la scène de crime, moins on a de chances de découvrir ce qui s'est réellement passé.

— Et plus on aura de rapports confirmant les constatations préliminaires et concluant à une mort accidentelle.

— Clifford, vous avez entièrement raison. Si c'est Wilby, il a certainement arpenté les lieux en montrant tous les indices évidents qu'il a laissés pour maquiller le meurtre en accident.

Clifford se leva.

— Celui qui a déplacé le corps de Mr Atkins avec le fauteuil à roulettes était à la carrière. Je suis prêt à parier ma réputation là-dessus.

— Qu'avez-vous trouvé ?

Il leva son doigt ganté.

— De la craie et du sable. Des traces plus denses près de la porte de derrière, qui s'atténuent à mesure qu'on approche de la pièce où Mr Atkins a été découvert.

Eleanor secoua la tête.

— Je sais qu'être tué par balles n'est pas une façon très élégante de mourir, mais être ensuite malmené ainsi dans sa propre maison, ça ne se fait pas ! (Elle fronça le nez.) Il faut que nous déterminions si Wilby a un alibi pour l'heure du crime.

Clifford hocha la tête.

— S'il a un alibi en béton, alors il n'aura pas pu appuyer sur la détente.

— « Si » est vraiment le mot-clé. Mais comment diable allons-nous faire ? Ce n'est pas le genre d'information qu'il risque de nous communiquer, ni à vous ni à moi.

— Je suis d'accord avec vous, madame. Je peux mener ma petite enquête et il y a toujours Abigail mais…

Il haussa les épaules.

— En tout cas, dit Eleanor en tenant la porte ouverte, le coupable était soit épouvanté par ce qu'il venait de faire, soit d'un redoutable sang-froid.

— Pourquoi ?

Elle s'approcha du plateau sur le plan de travail.

— Rien n'a été touché car nous savons qu'Atkins n'est pas sorti vivant de la carrière et n'a jamais pris son dîner. Sauf que… (Elle montra la carafe de brandy en cristal taillé dont le bouchon était posé à côté d'un verre non utilisé.) Pourtant, on dirait que quelqu'un a bu un peu de l'excellent brandy Napoleon de Mr Atkins à même la carafe.

— Aucun gentleman qui se respecte ne laisserait une carafe de brandy débouchée et personne à part la police n'est entré dans la maison depuis le décès de Mr Atkins…

— … Si bêtes soient-ils, les policiers de Chipstone ne contamineraient pas une scène de crime en buvant à même la carafe du défunt…

— Il ne reste donc que le meurtrier. (Clifford secoua doucement la tête.) Notre assassin avait sans doute les nerfs à vif et a cherché à les calmer. Quel monstre tout de même, madame !

Elle approuva d'un hochement de tête.

— Boire le brandy de sa victime qui gît à côté, oui, c'est monstrueux.

Clifford toussota.

— Non, madame. Ce que je trouve monstrueux, c'est boire à même la carafe. (Il frémit.) Quel genre d'homme peut faire une chose pareille ?

Quand Clifford verrouilla la porte, Eleanor vit quelque chose bouger derrière les pommiers.

Les mains en cornet, elle cria :

— Vous êtes sur une propriété privée, Mr Cartwright.

Le fermier sortit du verger et se dirigea vers eux, un fusil sous le bras.

— Je ne vois pas ce que vous voulez dire, lady Swift.

Elle croisa les bras.

— De mon point de vue, vous faites exactement ce dont vous nous accusiez l'autre jour à la carrière. Comment avez-vous formulé la chose déjà ? Ah oui, ça me revient ! Vous avez parlé d'« entrée par effraction » sur un « site où on n'a rien à faire ».

Cartwright sortit un cure-dents de sa poche et le laissa pendre au coin de sa bouche.

— J'dirais que votre point de vue n'est pas le bon, lady Swift.

— Oh ne soyez pas ridicule ! Vous n'avez pas le droit d'être sur la propriété de Mr Atkins.

— Ridicule, vous dites ? La plupart des gens m'appellent par mon prénom, Thomas, mais jamais « ridicule ». Mais les bonnes manières, c'est pas donné à tout le monde.

— Vraiment Mr Cartwright ? Dans ce cas, vous voudrez bien m'expliquer ce que vous faites ici ? Mr Clifford et moi-même, en bons voisins que nous sommes, gardons un œil sur la maison de Mr Atkins, en attendant que les affaires du domaine soient réglées.

*C'est en partie vrai.*

Cartwright haussa les épaules.

— Je fais peut-être la même chose.

Eleanor se renfrogna.

— Pas du tout. Je devrais retourner à l'intérieur pour téléphoner au sergent Wilby et lui intimer de venir vous demander ce que vous faisiez la nuit de la mort de Mr Cornell ?

Cartwright tressaillit en entendant le nom Cornell mais reprit immédiatement contenance. Il tourna le cure-dents dans sa bouche.

— Faites donc, lady Swift. Mais laissez la porte entrouverte, que je puisse vous entendre. Parce que de mon point de vue, quand vous avez traîné Wilby à la carrière, le sergent n'a pas semblé très impressionné par ce que vous aviez à dire. Et je pense que s'il se mettait à crier ce qu'il pense de vos soupçons concernant mon effraction… ou même du meurtre que j'aurais commis, on l'entendrait à dix kilomètres à la ronde.

Une toux discrète derrière son épaule empêcha Eleanor de répondre. Elle leva les mains en signe de reddition.

— D'accord Clifford, essayez !

Il s'avança et salua le fermier d'un signe de tête.

— Mr Cartwright.

Cartwright hocha brièvement la tête.

— Mr Clifford.

— Auriez-vous l'obligeance de nous dire où vous étiez dans la nuit de vendredi à samedi, de 23 heures à 8 heures du matin ? Je sais que nous n'avons pas le droit de vous poser la question mais je vous serais très reconnaissant de nous fournir cette information.

Le fermier sourit en regardant Eleanor.

— Vous voyez, il suffit de demander poliment. Si vous voulez tout savoir, j'avais une brebis malade. Comme elle agnelait, le vétérinaire est venu de West Radington entre 22 h 50 et 22 h 55. Il est resté une demi-heure et après je suis retourné auprès de ma brave femme à la ferme.

— Et ensuite, vous êtes resté toute la nuit chez vous, Mr Cartwright ?

— Je suis retourné voir mes brebis vers 1 heure du matin. Et avant que vous ne posiez la question, Jake Smiggins, mon aide, peut confirmer tout ce que j'ai dit, tout comme Mr Beard, le vétérinaire de West Radington.

— Merci, Mr Cartwright. Vous avez été d'une grande aide. Une dernière question, vous avez dit que vous êtes retourné voir vos brebis vers 1 heure du matin ?

— C'est ça. J'y étais vers 1 heure, ensuite je suis allé me coucher pour finir la nuit. Il ne me restait pas beaucoup à dormir puisque je me suis levé à 5 heures. (Il regarda tour à tour Clifford et Eleanor.) C'est bizarre que vous posiez la question, je croyais que Jack s'était suicidé.

Eleanor s'empressa de répondre.

— C'est possible, Mr Cartwright, néanmoins vous n'avez toujours pas expliqué ce que vous faites sur la propriété de Mr Atkins.

Le fermier la regarda froidement.

— La maison et les terres de Mr Atkins bordent les miennes. Un fermier se doit de protéger ses biens, comme le font les financiers à Londres. Sauf que moi, je ne peux pas verrouiller mes champs pour les protéger des gitans et des intrus. Mais je peux leur ficher la trouille pour qu'ils déguerpissent en vitesse. (Il montra le fusil sous son bras et fit un clin d'œil à Eleanor.) Bonne journée, lady Swift, Mr Clifford.

Il toucha sa casquette puis traversa de nouveau la pommeraie.

— Si je ne me retenais pas, je… (Eleanor regarda autour d'elle dans l'espoir de trouver quelque chose à lui jeter dessus.) Clifford, cet homme…

— … adore vous énerver, madame. Rappelez-vous les mots de Mrs Kenny : celui qui vous irrite vous conquiert.

Elle s'éloigna en lançant par-dessus son épaule :

— Il ne m'énerve pas Clifford, il me met en rage.

# 28

Un quart d'heure plus tard, Clifford se gara sur une place de stationnement devant les marches du poste de police de Chipstone.

— Bingo ! Voilà un plan parfaitement élaboré ! s'enthousiasma Eleanor.

— Si vous le dites, madame.

— Il faut que nous abordions le thème de vos intonations, Clifford. Tout comme vos expressions faciales, vous n'en avez que deux : impénétrable ou désapprobatrice. Vous avez réussi à combiner les deux dans votre dernière déclaration.

— Je suis désolé, madame, dit Clifford d'un ton pince-sans-rire. Je vais travailler sur une troisième.

— Merci. Nous avons au moins réussi à arracher un alibi à Cartwright pour la nuit de vendredi à samedi. Enfin… *vous* avez réussi !

Clifford hocha la tête.

— C'est vrai, madame, bien que Mr Beard, le vétérinaire, et le jeune Jake, l'ouvrier agricole, puissent le confirmer, Mr Cartwright aurait quand même eu le temps d'aller chez Mr Cornell, de le tuer, de rédiger la fausse lettre d'adieu et de revenir entre 2 heures et 4 heures du matin, disons.

Eleanor haussa les épaules.

— Nous verrons. En attendant, nous avons un autre suspect à interroger et à distraire pendant que vous exécutez un petit tour de passe-passe. Je respirerai le calme et la fermeté et je saurai me montrer persuasive ! Vous verrez !

Elle descendit de la voiture et claqua la portière derrière elle. Elle n'en était pas certaine mais n'avait-elle pas entendu Clifford murmurer « Oh Seigneur ! » depuis le siège conducteur ?

À l'accueil du commissariat, le policier derrière le guichet salua Eleanor avec un manque d'enthousiasme évident. Elle s'approcha du guichet et se présenta :

— Je suis lady Swift. J'aimerais parler au sergent Wilby d'une affaire de la plus haute importance.

— Très bien, lady Swift. Si c'est très important, ça ne vous dérangera pas d'attendre.

— Attendre ?

Bien sûr que ça la dérangeait d'attendre ! Elle n'était pas née impatiente mais la patience qu'elle avait enfant s'était complètement évaporée lorsqu'elle avait atteint l'âge adulte.

— J'aimerais le voir immédiatement.

— Dans ce cas, vous n'êtes pas au bon endroit. (En voyant l'expression du visage d'Eleanor, le jeune agent s'empressa de poursuivre.) Je voulais juste dire, m'dame, que le sergent Wilby est à l'hôtel de ville.

Eleanor montra trois chaises en bois contre le mur.

— C'est ça, votre salle d'attente ?

Le policier hocha la tête. Quand Clifford vint rejoindre Eleanor, l'agent le salua.

— Bonjour, Mr Clifford.

Eleanor fit la moue.

— Asseyez-vous, Clifford.

Il s'assit à côté d'elle, droit comme un *i*.

Tandis que l'agent s'accoudait à nouveau sur le comptoir, Eleanor se tourna vers Clifford :

— Comment se fait-il que *tout le monde* vous connaisse, Clifford ? Si nous nous aventurions à plus de six mille kilomètres d'ici, à Tombouctou, nous n'aurions pas encore fini d'enlever le sable de nos chaussures que déjà un homme enturbanné vous saluerait d'un signe de tête et dirait « Mr Clifford » en passant avec son baudet. Ça ne vous fatigue pas d'être reconnu partout où vous allez ?

— Si je suis reconnu partout, madame, c'est surtout grâce à votre oncle et à son excellente réputation. Quant à Tombouctou, j'ai toujours beaucoup apprécié l'accueil chaleureux et aimable qu'on nous réservait malgré les troubles qui agitaient la région. Mais pardonnez mon insolence, je me dois de rectifier quelque chose : ils ne portent pas un turban là-bas mais un chèche, un couvre-chef bien différent.

— Très juste ! marmonna Eleanor.

L'attente du retour du sergent Wilby semblait aussi interminable que les explications alambiquées de Clifford. Ainsi, lorsque le sergent revint enfin, Eleanor faillit s'entraver dans ses propres pieds en se levant pour le saluer.

— Vous avez de la visite, sergent, fit remarquer bien inutilement l'agent au guichet.

— C'est ce que je vois. Lady Swift, Mr Clifford.

Clifford salua Wilby d'un bref hochement de tête.

Wilby croisa les bras sur son torse épais et se planta devant Eleanor.

— Lady Swift, je suis un homme occupé. J'espère que le but de votre visite est suffisamment important pour ne pas gâcher le temps précieux de la police.

— Incontestablement.

— J'espère que ce n'est pas encore une de vos inepties à propos de monsieur le maire.

— Pas du tout. Ma visite ne concerne en rien monsieur le maire.

Wilby se pencha vers elle et lui lança un regard noir.

— Tant mieux parce que j'ai vérifié et il ne vous a jamais envoyée ici pour poser des questions.

— Diable non, sergent ! Je n'ai jamais dit qu'il m'avait envoyée ici pour vous interroger. Vous avez sans doute mal interprété mes propos !

— Mais ! (Wilby avait du mal à se contenir.) Lady Swift, je vous rappelle que vous pouvez être poursuivie pour avoir fait perdre du temps à la police.

— Croyez-moi, sergent, vous ne regretterez pas d'avoir écouté ce que nous avons à dire.

Wilby la jaugea avec méfiance.

— Permettez-moi d'en douter, j'attends toujours des preuves.

— Exactement ! Vous voyez Clifford, nous ne nous sommes pas trompés sur le sergent.

Wilby les regarda tour à tour.

— Que voulez-vous exactement ?

Clifford se montra à la hauteur des circonstances.

— Nous ne voulons rien, sergent. Nous sommes venus vous aider.

— Vous aider à atteindre le rang que vous méritez, sergent Wilby, murmura Eleanor à son oreille.

Wilby inclina la tête, déjà un peu plus intéressé.

— Je vous écoute.

— Mais… (Eleanor s'écarta et regarda autour d'elle.) Nous ne pouvons pas en parler ici. Même ici, les murs ou les guichets ont des oreilles.

Leurs regards se posèrent sur le seul agent dans la pièce.

Se sentant observé, il se redressa brusquement.

Wilby le fit taire alors qu'il s'apprêtait à parler.

— Le thé, Brice. (Il fusilla l'agent du regard.) Et dans des tasses bien propres.

— Tout de suite, sergent.

Brice disparut par une porte derrière le guichet.

— Trois sucres, pour moi, merci ! cria Eleanor.

— Bon, de quoi s'agit-il ?

Eleanor regarda autour d'elle.

— Sergent, je me demande si nous ne pourrions pas nous retirer dans un endroit plus… intime. Il ne faudrait pas que ce que nous avons à vous dire soit intercepté par… (Elle feignit l'horreur.) Un homme médiocre.

— Ce que vous n'êtes pas, sergent Wilby, clarifia Clifford.

Eleanor secoua vigoureusement la tête.

— Dieu du ciel, non ! Un homme médiocre pourrait vous voler la vedette et être promu à votre place.

Wilby grimaça.

— Ça ne se fait pas. Mais il y a ici quelques êtres mesquins qui sont jaloux de mes talents et aimeraient s'attribuer tous les mérites. Suivez-moi.

Il s'engagea dans le couloir, passant devant plusieurs portes.

Eleanor le suivit mais Clifford resta en arrière.

— Je crois que vous avez laissé votre sac à main dans la voiture, madame. Je vais aller le chercher, dit-il.

Dans la salle d'interrogatoire exiguë, Wilby était perdu.

— Entendons-nous bien. Si je résous ce crime odieux, je serai promu ?

Eleanor tapa dans ses mains.

— Absolument, sergent Wilby. Votre promotion sera assurée. Et ce ne sera pas trop tôt ! En plus, vous aurez droit aux honneurs nationaux, imaginez.

Clifford ouvrit la porte, fit un signe de tête à Eleanor et s'effaça pour laisser passer l'agent Brice avec son plateau branlant.

— Quel crime ?

Wilby avait du mal à suivre.

Eleanor tapa dans ses mains.

— Le meurtre de Jack Cornell, bien sûr.

— Quoi ? explosa Wilby. Il n'y a pas eu de meurtre ! Il s'est suicidé. Il a même laissé une lettre d'adieu pour expliquer son geste.

— En effet, sergent. C'est vous qui avez fait les premières constatations ?

— Oui, c'est bien pour ça que je sais que ce n'était pas un meurtre.

— Dans ce cas, ça ne vous fera rien de me dire où vous étiez entre 23 heures vendredi soir et 8 heures samedi matin ?

Wilby parvint à maîtriser sa colère.

— J'ai quitté mon service à 22 heures, ce que Lowe pourra confirmer, et je suis rentré chez moi. Je suis allé me coucher, seul.

— Pas de témoin donc ?

Wilby explosa.

— Non, parce que je n'ai pas besoin de témoin pour un crime qui n'a pas été commis !

Eleanor ajusta son chapeau.

— Honnêtement, si c'est comme ça que vous nous remerciez d'avoir voulu donner un coup de pouce à votre carrière, ne vous étonnez pas d'être toujours sergent. Je suggérerai au maire d'embaucher des femmes dans sa police locale comme le font les forces les plus progressistes et les plus brillantes du pays. Une femme sergent, c'est exactement ce dont ce poste de police a besoin. (Elle se leva.) Clifford.

Elle indiqua la porte d'un geste de la main.

— Madame.

Clifford redressa au passage le plateau de l'agent Brice de sa main gantée.

— Messieurs, dit-il en touchant son chapeau d'un doigt.

Il rattrapa Eleanor devant la porte d'entrée qu'il ouvrit pour elle.

Tout en déboîtant sur la route principale, Clifford dit :

— Si je peux me permettre un compliment, madame, votre performance a été très convaincante.

— Merci, Clifford. Apparemment Wilby n'a pas d'alibi pour la nuit de la mort de Cornell. Reste à décider ce que nous allons faire à présent. Mais permettez-moi de vous féliciter chaleureusement à mon tour. Dites-moi, de votre côté, notre plan a-t-il eu le succès escompté ?

— Mieux que ça, madame.

Eleanor le dévisagea, bouche bée.

— Si bien qu'une autre de nos théories est correcte ?

— Je ne parlerais plus de « théorie » mais de « fait ».

— Donc le sergent Wilby cherche bien à étouffer les événements de la carrière ! S'il vous plaît, donnez-moi tous les détails, je suis impatiente de savoir. Ma déposition pour le meurtre a-t-elle été mal enregistrée ?

— Certainement pas, madame.

— Quoi ? demanda Eleanor, abasourdie. Mais pendant que j'étais avec cet idiot de Wilby et que l'autre policier préparait le thé, vous n'avez pas vérifié le registre des procès-verbaux au guichet ? Je suis perdue Clifford.

Clifford s'éclaircit la voix.

— Je n'ai pas pu vérifier si le procès-verbal de votre disposition correspondait à ce que vous avez dit… (Il marqua une pause.) Pour la simple et bonne raison qu'il n'y a aucune trace de votre déposition.

Eleanor laissa échapper un hoquet de surprise.

— Aucune trace de ma déposition ? Alors c'est pire que ce que je croyais. J'ai traîné le sergent Wilby à la carrière pour rien ! C'est honteux. Il a dû croire que j'allais me satisfaire de ça et que j'allais laisser tomber.

— Je pense que vous aviez vu juste, le sergent Wilby est corrompu. C'est irréfutable même. Dans le registre, les pages du samedi 3 avril, le soir où votre déposition sur le meurtre de la carrière devait être consignée, et du dimanche 4 avril, jour où vous avez emmené la police à la carrière, ont été délibérément arrachées. Il tira un petit bout de papier coincé sous la paume de son gant en cuir.

— Je n'ai trouvé que ça.

— Clifford ! On a délibérément tenté d'étouffer l'affaire mais ça n'a pas échappé à vos yeux perçants. Bien joué.

— Merci, madame.

— Et maintenant Clifford, en route pour la carrière !

# 29

C'était la mi-journée, une bien belle journée. Et pas de Wilby ou de Cartwright en vue ! Pas de commentaires désobligeants en perspective, donc…

— Oh Clifford ! Nous avons oublié Cartwright ! grommela Eleanor. Il va arriver comme une flèche, fourrer son nez dans nos affaires, menacer de nous dénoncer pour effraction. Il faut absolument que nous arrivions à lui échapper.

— Heureusement, Mr Cartwright est un homme d'habitude, madame. Comme vous avez pu le constater, c'est le jour du marché à Chipstone. Mr Cartwright reste toujours jusqu'à la fin, vers 17 heures ou 18 heures, ensuite il va au pub, l'Eagle Bar.

— Une tourte et une pinte assurément ?

— En effet ! Mais pas n'importe quelle tourte. La tourte du marché. C'est une spécialité de l'Eagle servie le lundi uniquement. Une pâte préparée à la main, cuite à l'eau bouillante avec une garniture au lard fumé, au steak ou aux rognons, c'est selon.

— Une pâte cuite à l'eau bouillante ? Beurk !

— Ça ne semble pas très appétissant je vous l'accorde mais je vous assure que cette spécialité a un dangereux goût de reviens-y.

— Eh bien quand Cartwright aura raccroché ses bottes de fermier pour de bon, vous m'emmènerez goûter cette délicatesse locale. En attendant, j'ai peur que sa mine renfrognée ne gâte le plus savoureux des repas.

— Comme vous voudrez, madame.

Une minute plus tard, la carrière apparut. Clifford roula encore quelques centaines de mètres après avoir dépassé le portail jusqu'à ce qu'il trouvât un trou dans la haie d'aubépines. La Rolls passa à travers au prix de minuscules rayures sur sa carrosserie rutilante.

Clifford tint la portière pour Eleanor mais ce fut Gladstone qui sortit en premier. Il se mit à renifler autour de lui.

Dans la voiture, Eleanor se dit soudain qu'elle s'apprêtait à entrer par effraction dans la carrière, où elle avait été le témoin d'un meurtre, avec un homme qu'elle considérait vaguement comme un suspect potentiel. Pourtant, il était le seul à la prendre au sérieux mais évidemment, si c'était lui l'assassin, il ne pouvait que la croire.

Elle secoua la tête, elle n'avait pas vraiment le choix de toute façon. Et puis elle n'avait aucune preuve de son implication et aucun mobile valable ne lui venait à l'esprit. Pourquoi aurait-il voulu tuer Atkins ? Ou Cornell ? Elle n'avait même pas envisagé qu'il pût être impliqué dans la mort de Cornell. Elle soupira. Avec la vie d'aventurière qu'elle avait menée, elle était habituée à l'incertitude mais en cet instant elle aurait aimé que tout fût noir ou blanc. Elle se promit de rester sur ses gardes et descendit de la Rolls.

Clifford avançait à grandes enjambées, plissant les yeux tout en scrutant le sol. Entre les silex qui affleuraient et les nids-de-poule remplis de gravier, la terre était encore meuble après les pluies torrentielles qui s'étaient abattues sur la route. Clifford put ainsi suivre des traces de pneus déjà un peu estompées.

— À mon humble avis madame, je ne suis pas un enquêteur professionnel, mais je dirais qu'il y avait deux véhicules ici, l'un plus gros que l'autre.

— Hum.

Eleanor avait fait les trente pas qui la séparaient de l'entrée de la carrière et regarda la route.

— Et vous savez, c'est une sacrée expédition pour venir jusqu'ici en passant de l'autre côté et en suivant les trois cents mètres de route. Surtout avec le poids mort d'un cadavre.

— Il est donc peu probable que le meurtrier ait pris le risque de transporter le corps à découvert.

— Et n'oubliez pas que le portail était ouvert ! s'exclama Eleanor. Gladstone et moi avons pu entrer sans encombre, pas vrai Gladstone ? (Elle se tourna vers Clifford.) Dommage que nous ne puissions pas lire dans les pensées de Gladstone. Il se souvient peut-être d'un détail particulier, d'un indice.

Gladstone s'arrêta de creuser et leva la tête. Son museau était recouvert d'un petit tas de sable boueux en forme de pyramide.

— Il est peu probable que ses souvenirs soient d'une quelconque utilité derrière ce front crasseux, fit remarquer Clifford.

Eleanor rit et enleva la terre du museau du bouledogue.

— C'est censé être une enquête professionnelle, petit fripon. Allez, entrons dans la carrière pendant que tout est calme. Nous étudierons les traces de pneus plus tard.

— Excellente suggestion.

Clifford sortit du coffre de la Rolls ce qui semblait être l'échelle la plus petite du monde avec seulement deux barreaux.

— Vous pouvez me dire à quoi ça sert, Clifford ?

— Le portail est verrouillé, madame. Ça va donc nous aider à passer par-dessus. C'est une échelle, ajouta-t-il comme s'il s'adressait à une enfant pas très futée. Je pense que le meilleur endroit est ici.

Il montra à droite un endroit où les haies engloutissaient la clôture.

— Je sais que c'est une échelle, Clifford. Mais elle ne va pas vraiment nous aider à franchir… Oh !

Eleanor vit Clifford tirer sur les montants, révélant des échelons cachés, chacun encastré soigneusement dans l'autre. Il continua jusqu'à ce que l'échelle atteignît une hauteur exagérée aux yeux d'Eleanor puis, d'un habile mouvement des poignets, il la plia en deux, créant un escabeau géant.

— Elle appartenait à votre oncle, madame. C'était un inventeur très ingénieux.

Eleanor était à la fois impressionnée et déconcertée.

— Bravo ! Mais pourquoi mon oncle a-t-il conçu un tel objet et pourquoi le traînait-il avec lui ?

— Pour franchir des clôtures, répondit Clifford, encore une fois comme s'il s'adressait à une petite fille.

Non sans effort, il parvint à positionner les quatre pieds de l'escabeau de part et d'autre de la clôture. Le sommet enjambait le haut de la barrière. Il montra les échelons.

— Et Gladstone alors ? Ne me dites pas que mon oncle lui a appris à gravir et descendre des échelons. Lourdaud comme il est, ça m'étonnerait.

— Je suis sûr que maître Gladstone va trouver un moyen de passer de l'autre côté. C'est un excellent creuseur.

— Allons-y.

Eleanor se pencha et saisit les montants de l'échelle. Elle avait escaladé des obstacles beaucoup plus hauts et branlants. Elle fut bientôt de l'autre côté et appela Gladstone.

— Allez petit malin, trouve un trou.

Le bouledogue fureta le long de la clôture avant de disparaître dans les broussailles au pied de la haie. Clifford s'arrêta, les mains sur l'échelle, jusqu'à ce que Gladstone eût rejoint Eleanor de l'autre côté.

— Bien joué ! dit Eleanor en tapotant Gladstone tandis que Clifford montait et descendait les échelons avec l'agilité d'un homme ayant la moitié de son âge.

— Allons-y, dit Clifford en montrant la cabane en bois délabrée derrière les broussailles et les tas de gravier désordonnés qui bordaient l'aire où les camions faisaient demi-tour. Eleanor fut parcourue d'un frisson familier, elle n'avait pas complètement perdu le goût de l'aventure. Elle avança à travers les herbes hautes, évitant les parties les plus boueuses.

Clifford, qui se tenait devant la cabane, balaya la carrière du regard.

— Redites-moi, madame, ce que vous avez vu et entendu exactement.

— En tout cas, je peux vous dire que le bruit du vent couvrait pratiquement tous les autres mais j'ai entendu des éclats de voix venant de l'intérieur. Et j'ai vu un homme, Atkins, j'en suis certaine, qui levait les mains en l'air comme s'il se rendait.

— Et ensuite ?

— Ensuite, j'ai cru voir un éclair mais j'ai vite compris que cette lueur soudaine provenait d'une arme à feu quand j'ai vu l'homme tomber en arrière.

— Quelle était la grosseur de cette lueur, madame ?

— Difficile à dire, c'était juste une lueur aveuglante.

— A-t-elle laissé une image ? Comme lorsque vous regardez le soleil puis détournez les yeux.

— Oui et non. Je n'ai pas eu cette image aveuglante que vous décrivez après le coup de feu. Je crois que les experts appellent ça « l'image résiduelle », dit-elle d'un ton suffisant.

— En effet, madame. Bien sûr, cela dépend de la densité de vos récepteurs de lumière et de la densité neuronale. Le professeur Hering, le physiologiste prussien, a beaucoup écrit sur le sujet.

Ils tentèrent d'ouvrir la porte.

— Verrouillée, zut ! De plus en plus étrange, Clifford. Le portail de la carrière qui, d'après Cartwright, est toujours verrouillé, était ouvert le soir du meurtre tout comme la cabane, mais le lendemain matin quand la police m'a accompagnée, le portail était verrouillé. Pas la cabane en revanche. Et maintenant tout est fermé à clé.

Clifford hocha la tête.

— En effet, madame, ça veut sans doute dire que quelqu'un est venu ici depuis le matin où la police a inspecté les lieux avec vous.

— L'assassin ?

— C'est tout à fait possible mais pourquoi reviendrait-il sur les lieux du crime ? Quand vous êtes venue avec la police, vous avez dit que toutes les traces du meurtre avaient disparu.

— La réponse se trouve peut-être à l'intérieur.

Elle contourna la cabane, cherchant un autre moyen d'y pénétrer.

En regardant à travers les fenêtres poussiéreuses, elle ne distingua pas grand-chose à l'intérieur… à part Clifford.

Elle retourna vers l'avant de la cabane et trouva la porte ouverte :

— Comment êtes-vous entré ? Qu'est-ce que vous faites ?

— Je crois que le mot « effraction » désigne une action visant à pénétrer de force dans un bâtiment ou une propriété dans le but de le cambrioler. Comme vous pouvez le constater, je ne suis pas entré de force et je n'ai aucune intention de commettre un délit, qu'il s'agisse d'un cambriolage ou d'autre chose.

— Je sais parfaitement ce que désigne le terme « effraction », Clifford. (Elle rougit en comprenant que Clifford et son oncle connaissaient décidément beaucoup de choses sur son passé.) Je voulais juste savoir comment vous étiez entré. Avez-vous des épingles à chapeau comme dans ces mauvais romans de gare ?

Clifford brandit un petit jeu de clés.

— Des passe-partout conçus par votre oncle.

— Ça suffit ! Tant que vous ne m'aurez pas raconté toute l'histoire de vos exploits communs, l'idée scandaleuse que j'ai de mon oncle et vous ne changera pas.

— C'est très fâcheux, madame.

Eleanor inspecta l'endroit où Atkins était tombé.

— Je suis sûre que c'était là.

Ils scrutèrent le sol tout en avançant avec précaution pour éviter de piétiner d'éventuels indices.

— La tache était là, dit Eleanor en fixant la surface sableuse obstinément dépourvue de tache.

Clifford examina minutieusement la zone. Il n'y avait aucune trace visible.

— Il est plutôt facile d'enlever le sang sur un sol sableux.

Il tendit le cou de droite à gauche. Eleanor le fixa. Il semblait perdu dans ses pensées.

Toujours réfléchir et *logicaliser*… Ce mot existait-il vraiment ? Elle avait mal à la tête. Elle voulait foncer, trouver une belle pièce à conviction et entrer au poste de police de Chipstone, dans le bureau de Wilby, en brandissant la réponse. Enfin, si c'était Wilby l'assassin, ce n'était peut-être pas une si bonne idée. Elle regarda Clifford, qui avançait de côté autour de la zone qu'ils avaient définie comme la scène de crime.

Clifford se frotta le menton.

— Pourquoi attirer la victime jusqu'ici ? C'est la question.

— Nous en avons déjà parlé. Parce que c'est un endroit isolé et pratiquement désaffecté, le lieu idéal pour commettre un crime. Elle aurait bien ajouté « Soupir » à la fin de sa phrase mais se ravisa.

— Mais que possédait ou savait l'assassin pour inciter un homme méticuleux comme Mr Atkins à venir dans une carrière boueuse en pleine tempête ? Et que possédait ou savait Mr Atkins pour être assassiné dans cet endroit isolé ?

— Je vois où vous voulez en venir. (Eleanor regarda autour d'elle.) Où est Gladstone ?

Comme elle ne voulait pas attirer l'attention sur eux en criant, Eleanor mit la main en visière et scruta les broussailles. Quelques instants plus tard, un faisan surgit dans les airs en gloussant nerveusement.

— Ah le voilà, dit Eleanor.

Clifford sortit un sifflet en argent de la poche de sa veste et souffla dedans une fois. Aucun son audible n'en sortit mais Gladstone apparut instantanément dans la cabane.

— Quel chien de meute bien entraîné, s'enthousiasma Eleanor en prenant les friandises préférées du chien qu'elle gardait dans ses poches.

— C'est bien, mon chien ! murmura-t-elle, en enlevant un bout de ronce de son oreille. Maintenant Gladstone, fais appel à ton instinct de chien pour nous apprendre quelque chose à propos de ce meurtrier ignoble.

Clifford observait la scène avec un certain amusement. Le chien roula sur le dos et remua paresseusement ses pattes.

— Tu es un cas désespéré ! le sermonna Eleanor. Il ne nous reste plus qu'à le faire nous-mêmes. Très bien, mettons-nous dans la tête d'un assassin.

Elle se leva et tenta de se concentrer. Soudain, Gladstone roula à nouveau sur le ventre et se leva en grognant. Il gambada derrière Clifford et donna des coups de pattes sous un vieil engin de carrière posé sur des glissières en bois.

— Il n'y a pas d'écureuils ici, idiot, dit Eleanor.

Le bouledogue l'ignora et continua à gratter les pierres, rejetant inefficacement de petites quantités de sable sur le côté.

— Sans doute les restes moisis d'un sandwich d'un ouvrier de la carrière, dit Eleanor. Gladstone, tu n'as aucun discernement.

— J'ai peur qu'il ne se coupe les pattes sur ces silex, madame. Ils peuvent être très tranchants, fit remarquer Clifford.

Ils s'approchèrent du chien qui était à moitié couché, grattant les pierres avec ses deux pattes avant.

— Qu'est-ce que tu fais, gros lourdaud ?

Eleanor se pencha puis se redressa brusquement, recrachant le sable que Gladstone avait envoyé sur elle en creusant.

— Beurk !

Clifford lui tendit un mouchoir immaculé et s'accroupit pour voir ce qui intéressait à ce point le chien.

— Viens mon chien ! Stop Gladstone, ordonna-t-il. STOP !

Gladstone s'assit mais se mit à gémir. Une bave sableuse dégoulinait de ses bajoues.

— Encore beurk, Gladstone !

Eleanor fronça le nez puis prit conscience que Clifford était à quatre pattes dans la poussière ! *Oh vite, un Brownie de Kodak pour immortaliser cette pose ridicule et inélégante.* Eleanor gloussa mais s'arrêta aussitôt quand Clifford la regarda de travers.

— Qu'est-ce que c'est ? demanda-t-elle.

Clifford parvint enfin à enlever deux énormes blocs de silex et plongea la main dans la terre un peu plus molle sous les pierres. Il lui tendit un vieux brodequin.

Eleanor éclata de rire.

— Oh Gladstone, toi et ta manie des chaussures !

Clifford se leva et enleva tant bien que mal la terre sur son pardessus.

— Je vais donner du travail en plus à Mrs Butters, tout ça pour rien. J'espérais que maître Gladstone avait trouvé quelque chose d'intéressant.

Eleanor s'accroupit à son tour et jeta un coup d'œil à l'endroit où Clifford avait trouvé la chaussure. Quelque chose brillait.

— Votre vision de loin est peut-être exceptionnelle Clifford mais vous devriez peut-être consulter un optométriste pour votre vision de près.

Elle se pencha et ramassa une minuscule pierre taillée. Elle se redressa pour enlever la poussière qui la recouvrait.

— On dirait un grenat. Ils n'en extraient pas ici, si ?

— Ah très drôle ! Non madame, je…

— Attendez !

Eleanor s'agenouilla à nouveau puis se coucha à plat ventre malgré les commentaires marmonnés par Clifford : « Pauvre Mrs Butters », « Encore plus de lessive à faire. » Elle tendit le bras entre les glissières en bois puis, des deux mains, elle extirpa non sans mal un objet.

Quand elle se leva, l'état de ses bas et de son manteau fit grimacer Clifford. Elle l'ignora, désignant d'un mouvement de tête la boîte en métal dans ses mains.

— Je pense que nous avons là quelque chose d'intéressant, qu'en pensez-vous ?

Ayant posé la boîte sur la table, elle enleva la poussière qui la recouvrait. Elle tenta de soulever le couvercle.

— La boîte est fermée à clé.

Sans un mot, Clifford s'avança et sortit un objet métallique rectangulaire de sa poche. Il tira ensuite une lame fine du corps de l'objet et la glissa dans la serrure puis se redressa quelques instants plus tard. Elle le considéra d'un air interrogateur.

— C'est un *Schweizer Offiziersmesser*, madame.

Eleanor avait quelques notions d'allemand parmi d'autres langues étrangères.

— Un couteau suisse ?

— Oui, madame, Mr Elsener, le fondateur de Victorinox, le fabricant de ce petit outil ingénieux et votre oncle se vouaient une admiration mutuelle. Votre oncle avait demandé à Mr Elsener de lui fabriquer un couteau suisse sur mesure pour ses… besoins spécifiques.

— Eh bien, nous parlerons des besoins spécifiques de mon oncle plus tard. Pour le moment, voyons ce que nous avons là-dedans. (Elle souleva le couvercle.) Tiens, tiens, regardez-moi ça.

À l'intérieur, il y avait plusieurs liasses de billets entourées d'un élastique, deux petits carnets rouges et un Browning.

# 30

— Mon Dieu, madame, vous avez mal dormi ?

Mrs Butters ramassa les oreillers tombés par terre et les posa sur le fauteuil. Elle s'affaira autour d'Eleanor, récupérant l'édredon sur un tas de linge entremêlé au pied du lit tandis que sa maîtresse se regardait dans le miroir en fronçant les sourcils.

— Peut-on prétendre avoir mal dormi quand on n'a pas dormi du tout ? grommela Eleanor. (Elle tenta un sourire qui se transforma aussitôt en grimace.) Oh, ignorez mon humeur grincheuse, Mrs Butters, j'ai passé la nuit éveillée à réfléchir à ces fichus indices. Je crois que je vais devenir folle si nous ne faisons pas bientôt une avancée significative.

— Mr Clifford est du genre à tout décortiquer patiemment. Je comprends que ça puisse frustrer une dame comme vous, dit Mrs Butters en faisant un clin d'œil à Eleanor.

Eleanor rit, oubliant aussitôt sa mauvaise humeur.

— Vous êtes très perspicace, Mrs Butters. Clifford a un esprit analytique très performant mais ça me rend folle ! Mais vous savez, tous les matins vous m'apportez une dose de bonne humeur.

L'intendante fit une petite révérence en souriant.

— C'est un plaisir, madame. Personne ne veut d'un rabat-joie avant même d'avoir pris le petit déjeuner. Les gens ont tout le temps ensuite pour assombrir votre journée.

Eleanor gloussa et imita Clifford quand il s'inclinait légèrement. Elles rirent toutes les deux et Eleanor descendit au rez-de-chaussée, rassérénée.

Clifford la salua en bas de l'escalier.

— Vous prendrez le café dans le petit salon, madame ? Je suppose que vous voulez poursuivre notre discussion d'hier avant mon départ.

— Tout à fait mais où allez-vous ? Nous avons du travail.

— Exactement, madame. Votre café est prêt.

Il désigna la porte d'un mouvement de tête et elle comprit qu'il préférait rester discret sur les détails de son déplacement à l'extérieur.

Une fois la porte fermée, Clifford parla plus librement.

— Madame, j'ai la sensation désagréable que quelqu'un est au courant de notre découverte à la carrière.

Eleanor se redressa.

— Mais nous avons laissé la boîte là où nous l'avons trouvée. Comment est-ce possible ?

— Hier soir, j'ai eu le sentiment qu'on nous observait. Je n'ai rien dit alors parce que je n'en étais pas certain.

Eleanor digéra l'information.

— Pourquoi m'en parler maintenant dans ce cas ?

— Ce matin, Silas m'a dit que quelqu'un s'était introduit dans la propriété. Malheureusement, l'homme s'est enfui avant que Silas puisse l'intercepter. Il n'a même pas pu voir son visage distinctement.

— Silas, le garde-chasse ?

— Oui, madame.

— Il aura sans doute dérangé un braconnier.

— Possible. Mais dans le coin tout le monde sait qu'il n'y a pas de gibier à plume sur le domaine.

— Bien sûr, vous me l'avez déjà dit. En fait, Silas n'est pas vraiment un garde-chasse, n'est-ce pas ? C'est plutôt une sorte de gardien chargé de la sécurité ?

— Oui, madame. Silas est notre première ligne de défense, ici au domaine.

Une question taraudait Eleanor.

— Dans ce cas Clifford, où était-il quand un intrus est entré dans le garage et a trafiqué les freins de la Rolls ?

— Malheureusement, il était occupé ailleurs ce jour-là.

— Alors notre assassin savait peut-être qu'il était absent ?

— Exactement ! C'est pourquoi (Clifford se racla la gorge) je vous demanderais de ne pas quitter le domaine avant mon retour. Silas va patrouiller.

Eleanor enrageait. *Quel toupet ces hommes !* Elle fixa Clifford de son regard le plus froid.

— Bien, très bien. Mais pendant que mon oncle et vous vous déguisiez en cow-boys, escaladiez des clôtures et crochiez des serrures avec vos joujoux, je parcourais le monde. Et regardez ce que je suis devenue, une femme responsable, indépendante et tout à fait capable de se débrouiller.

Clifford recula.

— Je me demande si Mr Atkins ne se croyait pas lui aussi capable de se débrouiller ? Mr Cornell aussi. Peut-être se considérait-il comme un homme responsable et indépendant ? Pourtant, leur assassin a prouvé qu'ils étaient un peu trop confiants !

Eleanor fut parcourue d'un frisson. Elle changea de sujet.

— Dites-moi, qu'avez-vous prévu de faire ce matin ?

— Avec votre permission, j'aimerais parler à certains contacts qui, je l'espère, pourront faire la lumière sur nos récentes découvertes.

Eleanor se leva.

— Je vous accompagne. Il est grand temps que je rencontre l'un de vos mystérieux contacts.

Clifford secoua la tête.

— Je suis désolé mais ce monsieur est du genre nerveux. Si je venais accompagné, il prendrait certainement la fuite.

Elle n'était pas franchement satisfaite de sa réponse mais avait-elle vraiment le choix ?

— Très bien, vous avez ma permission. À quelle heure serez-vous de retour ?

— Je serai là à temps pour servir le déjeuner.

Alors qu'il s'apprêtait à quitter la pièce, il s'arrêta :

— Votre oncle se retournerait dans sa tombe si je ne faisais rien pour protéger sa nièce chérie.

Sur quoi il partit.

Zut ! Pourquoi Clifford se croyait-il obligé de lui rappeler sans cesse combien son oncle tenait à elle ? Où était-il quand elle avait eu besoin de lui ? Pourquoi ne lui avait-il pas fait une place dans sa vie ?

— À l'évidence, il était trop occupé à jouer aux Indiens et aux cow-boys avec Clifford ! dit-elle à haute voix. Je vais élucider cette affaire toute seule et sans même quitter le domaine.

Dix minutes plus tard, elle était prête. Assise sur le canapé du salon, Gladstone avachi à ses côtés, elle prit un vieux carnet qu'elle avait trouvé dans sa chambre. Elle fronça les sourcils tout en mordillant le bout de son crayon. Elle se demandait par où commencer. Finalement, elle décida qu'elle allait montrer à Clifford qu'elle aussi pouvait être méthodique. Elle allait recenser les mouvements et les actions de ses principaux suspects, ainsi que les siens, au moment du premier meurtre. L'un des détectives d'un roman de gare qu'elle avait lu sous les draps en pension avait fait la même chose, ce qui lui avait permis d'élucider le meurtre. Elle se mit au travail, notant tous les détails dans deux colonnes.

| Atkins | Heure |
| --- | --- |
| Atkins vu par sa gouvernante au moment où il quitte sa maison. | 19 h 30, sam. 3 avril |
| Lancelot vu par le portier au moment où il arrive au Goat Club | 21 heures |
| Je sors du manoir et m'aventure dehors pour prendre l'air (mauvaise idée !) | 21 h 30 |
| Mrs Butters dit que Clifford est parti à ma recherche | Environ 10 minutes plus tard |
| Abigail a confirmé que ce bouffon de Wilby a quitté le poste de police | 22 heures |
| Cartwright dit qu'il est sorti de chez lui pour réparer le toit de la grange | 22 heures (épouse, seule témoin, *hum* !) |
| J'ai consulté la montre de mon oncle | 22 h 10 |
| Gladstone et moi avons vu un homme (Atkins) mourir sous les coups de feu (un chien peut-il être considéré comme un témoin ?) | Vers 22 h 15 |
| Tout le monde au Goat Club a vu Lancelot à poil !! | 22 h 35 |
| Wilby de retour au commissariat | 23 h 10 (d'après lui) |
| Clifford de retour au manoir après m'avoir cherchée en vain | 23 h 40 (ce ne sont que des conjectures) |
| Cartwright dit qu'il est rentré à la ferme | 23 h 50 (seule témoin : son épouse encore une fois) |
| Gladstone et moi rentrons enfin au manoir | 23 h 55 (à peu près) |
| J'essaie de signaler le meurtre à cet idiot de Wilby | Minuit et demi, dim. 4 avr. |
| Lancelot récupéré par son chauffeur (ivre !) | 2 heures du matin |
| Corps d'Atkins découvert dans sa maison par l'intendante (pauvre femme) | 7 heures |

Elle tapa sur son carnet dans un geste de frustration. C'était affreusement lent et laborieux. Se forçant à continuer, elle se concentra sur Jack Cornell.

| Cornell | |
|---|---|
| Wilby quitte son poste | 22 heures |
| Cartwright avec le vétérinaire | 22 h 45 |
| Jack Cornell vu pour la dernière fois vivant par le voisin | 23 h 15 |
| Cartwright dit qu'il est rentré chez lui | 23 h 20 |
| Jack Cornell assassiné (d'après la police) | 23 h 30 vend. 9 avr. – 8 heures sam. 10 avr. |
| Cartwright retourne à l'enclos d'agnelage (pas demandé à son ouvrier agricole) | 1 heure |
| Cartwright dit qu'il est rentré à la ferme | 1 h 50 |
| Cartwright s'est apparemment levé et a pris son petit déjeuner | 5 heures |
| Corps de Jack Cornell découvert par le facteur | 12 h 15 |

Elle mordilla vigoureusement le bout de son crayon, ce qui ne servit à rien, sauf à lui donner la nausée. Elle avait beau regarder les deux listes, aucune inspiration subite, aucune déduction logique ne lui permit de découvrir l'identité de l'assassin. Elle commençait à se demander si ces romans policiers de gare étaient bien réalistes.

Tout en chatouillant l'oreille de Gladstone, elle fixa les noms d'Atkins et de Cornell sur les pages de son carnet.

— Cornell a peut-être vu le meurtre à la carrière et c'est pour ça qu'il a été tué, Gladstone ? C'était peut-être un témoin !

Elle frémit en se disant que si tel était le cas, elle pourrait bien être la prochaine victime. Et si Clifford n'avait pas fait preuve d'un alarmisme exagéré ce matin, finalement ? En écrivant « mort » à côté des noms d'Atkins et de Cornell, elle s'imagina en train d'écrire le même mot à côté du sien.

Elle secoua la tête.

— C'est très ennuyeux, Gladstone. Force est d'admettre, que sans Clifford pour me soumettre des idées, je n'avance pas. Je tourne en rond. Mes théories sont bancales. Il faut que j'énonce mes hypothèses à haute voix et que j'en fasse part…

Elle prit la tête de Gladstone dans ses mains.

— … à quelqu'un qui s'intéresse plus à l'élucidation de cette affaire qu'à des biscuits au foie pour chien.

En entendant le mot magique, Gladstone bondit du canapé.

— En route pour la cuisine, chien vorace, dit Eleanor en riant. J'ai trouvé la personne parfaite pour discuter de cette affaire. Clifford se trompe, ce n'est pas le moment d'être prudent.

Elle s'arrêta à la porte de la cuisine, tenant Gladstone par le collier.

— Bonjour Mrs Trotman. Merci pour le petit déjeuner.

— Bonjour, madame. C'est un plaisir comme toujours, répondit la cuisinière en souriant.

— Gladstone s'est-il mal comporté ces derniers temps ? Est-il tombé en disgrâce pour avoir volé des saucisses ?

— Non, madame, dit Mrs Trotman en riant. Il n'en a reniflé aucune ces derniers jours. Il n'est donc pas banni de la cuisine pour le moment.

— Je peux lâcher la bête alors ?

— Bien sûr.

Eleanor laissa la cuisinière s'occuper du chien affamé et courut à l'étage pour se changer.

# 31

L'air frais du matin ne tarda pas à dissiper le brouillard dans la tête d'Eleanor tandis qu'elle pédalait sur les routes de campagne. Elle ne sentait presque plus cette raideur dans son épaule blessée lors de l'accident. Elle grimpa les côtes sans trop souffler ni rougir. Même en serpentant entre les nids-de-poule sur les parties les plus abîmées de la route, elle couvrit la distance en moins d'une heure et eut presque l'impression d'avoir retrouvé sa condition physique. « J'aime mieux ça », dit-elle au monde en général et à personne en particulier en appuyant la bicyclette contre la rampe en métal. Elle leva les yeux vers l'hôtel de ville.

— Allons chercher quelques réponses.

— Lady Swift, quel plaisir !

Le maire posa le dossier qu'il brandissait devant le secrétaire de mairie et serra la main d'Eleanor.

— Pardonnez-moi pour cette visite à l'improviste mais j'ai besoin de votre aide, dit Eleanor en souriant.

— Une demoiselle en détresse ! s'exclama-t-il. Vous vous adressez à la bonne personne ! Perkins, du thé, tout de suite ! Par ici, ma chère.

Après avoir fermé la porte de son bureau derrière lui, il se tourna vers elle.

— L’air de notre petit paradis rural vous va à merveille. Vous êtes rayonnante, si je peux me permettre.

— Quelle belle région, monsieur le maire, et le printemps est une saison si agréable.

— C’est vrai ma chère. (Il désigna un fauteuil et s’assit sur celui d’à côté.) Je suis toujours là pour mes fidèles concitoyens. Que puis-je faire pour vous ?

Comme toujours, après l’habituelle montée d’adrénaline, elle n’avait pas de réel plan. La seule chose qui lui paraissait évidente, c’était qu’il était inutile d’attendre que les contacts louches de Clifford leur fournissent les réponses dont ils avaient besoin. Elle s’était toujours débrouillée toute seule. De plus, Clifford ne faisait vraiment pas preuve d’esprit d’équipe en menant son enquête tout seul et en lui disant d’attendre docilement au manoir. Il était temps d’obtenir des réponses et le maire était la seule personne, en dehors de Clifford, à la prendre au sérieux.

Eleanor n’eut pas le temps de répondre qu’on toquait déjà à la porte. Lorsqu’elle s’ouvrit, elle constata que ce n’était pas la femme de l’autre fois qui apportait le thé mais bien Perkins, le secrétaire de mairie, qui poussait le plateau à roulettes. Il se posta à côté d’eux et attendit, visiblement mal à l’aise.

— Qu’est-ce que vous attendez pour servir le thé ? gronda Kingsley.

Une fois Perkins reparti, Eleanor adopta son approche directe habituelle.

— Monsieur le maire, je crois que vos forces de police et certains de vos services municipaux sont minés par la corruption.

— La corruption !

Le maire se leva de son fauteuil à une vitesse surprenante pour quelqu’un de sa corpulence.

— Mon Dieu ma chère ! Que pensez-vous avoir découvert ?

Eleanor sourit intérieurement.

*J'aime mieux ça !* La subtilité, c'était bien beau mais rien de tel que la tactique du choc pour faire avancer les choses. Il y avait quelque chose de pas net dans la ville de Chipstone et elle était bien décidée à découvrir ce que c'était.

— Pour commencer, quelqu'un quelque part entrave volontairement le travail de la justice. Bien que vous m'ayez assuré que vous surveilleriez les progrès de la police dans l'enquête pour le meurtre dont j'ai été témoin, on a essayé d'étouffer l'affaire.

Kingsley la dévisagea.

— Vous voulez parler du meurtre de la carrière ? Parce que dans ce cas, j'ai sermonné les policiers et j'ai insisté pour qu'ils reprennent l'enquête. Je reconnais toutefois que j'ai été trop occupé par d'autres affaires pour les relancer, je m'en excuse mais c'est ainsi quand on est débordé. La surcharge de travail est inévitable pour la fonction que j'occupe. Mais vous dites qu'on a étouffé l'affaire ? Qu'est-ce qui vous amène à cette conclusion ?

— Le fait que ma déposition initiale et le rapport de police sur ma visite à la carrière avec ce bouffon de Wilby aient disparu du registre des procès-verbaux.

Il haussa les sourcils.

— Ça alors, lady Swift, c'est une accusation très grave ! Je vais enquêter immédiatement et cette fois, je suivrai cette affaire personnellement, c'est ma priorité, soyez-en sûre.

— Il n'y a pas que ça. Je crois que l'homme assassiné à la carrière était Mr Atkins.

Le maire tressaillit.

— Atkins ? (Il fronça les sourcils puis sourit.) Vous devez confondre, ma chère. Il a été abattu chez lui, il me semble. Une terrible histoire. Je ne connaissais pas vraiment cet homme en dehors de ses fonctions. Il a toujours été d'une morale irréprochable et faisait preuve d'un grand dévouement. Il sera difficile de le remplacer.

Eleanor changea de tactique.

— Vous connaissez ce Jack Cornell qui selon la presse s'est suicidé après avoir tué Mr Atkins ?

Kingsley fronça les sourcils.

— Ce nom ne me dit rien. Apparemment, il était employé par la ville mais honnêtement ma chère madame, il y a tellement de personnel.

Eleanor opta pour une autre tactique encore.

— Saviez-vous que Cornell a prétendu dans sa lettre d'adieu que Mr Atkins le faisait chanter ?

Kingsley se frotta le menton.

— Je crois avoir lu ça dans un rapport de police ou dans les journaux.

— Vous croyez Mr Atkins capable de faire chanter quelqu'un ?

Kingsley se mit à arpenter la pièce.

— Non, chaque fois que j'ai eu affaire à lui, il s'est montré très droit mais on ne connaît jamais vraiment les gens. (Il se tourna vers Eleanor.) Pardonnez-moi ma chère mais pourquoi cette question ?

— Parce que je suis certaine que Mr Atkins ne faisait pas chanter Mr Cornell.

Kingsley se cala contre le dossier de son fauteuil et but une gorgée de thé.

— Vraiment ? Voilà qui est troublant. Comment pouvez-vous en être aussi certaine ?

Eleanor hésita. En réalité, elle n'avait aucune preuve que la lettre d'adieu était un faux. La burette de lubrifiant qui se trouvait dans la main droite d'Atkins au lieu de la gauche suggérait qu'il avait bien été assassiné mais l'aveu de Jack Cornell tombait vraiment à point nommé comme si tout avait été orchestré. Et pourquoi Cornell aurait-il fait passer la mort d'Atkins pour un accident pour avouer quelques jours plus tard dans une lettre d'adieu que c'était lui l'assassin ? Cependant elle n'avait aucune preuve tangible à fournir. Aucun de ses arguments ne tiendrait face à un juge. Comment pourrait-elle expliquer ces demi-faits, ces théories sans grand fondement au maire ?

Elle maudit son impétuosité. Peut-être Clifford avait-il raison. Peut-être aurait-elle dû attendre au manoir qu'il revienne avec de vraies preuves. Elle déglutit avec peine.

— Mon oncle connaissait bien Mr Atkins et... euh, d'après Clifford, mon oncle le tenait en grande estime. Selon Clifford, il est impossible que Mr Atkins se soit abaissé à faire chanter quelqu'un. Et il y a aussi d'autres... éléments qui ne collent pas, dit-elle sans conviction.

De toute façon, le maire ne l'écoutait plus.

— Je suis désolé ma chère mais Mr Clifford ? Votre... majordome ? dit-il avec un faible sourire. Je ne suis pas certain qu'on puisse se fier à la parole d'un simple majordome pour juger du caractère d'un gentleman. (Il hésita avant de poursuivre.) Lady Swift, permettez-moi d'être franc avec vous.

Eleanor soupira. Elle ne pouvait pas lui en vouloir de ne pas la prendre au sérieux.

— Bien sûr.

Kingsley s'appuya sur son bureau.

— Ma chère madame, j'admire vos efforts pour faire triompher la justice mais je crains que vous ne soyez en danger.

— Merci pour votre sollicitude mais Clifford m'a déjà mise en garde ce matin, grommela-t-elle.

— C'est précisément là que je veux en venir, dit Kingsley en hochant doucement la tête.

En voyant Eleanor froncer les sourcils, il prit sa tête dans ses mains, inspira profondément puis la regarda droit dans les yeux.

— Je m’excuse d’aborder la triste disparition de votre oncle, chère madame, mais il n’y a pas de façon délicate de le dire. (Il toussa.) Il est possible que sa mort ne soit pas due à des causes naturelles.

— Quoi ?

Eleanor était stupéfaite.

Kingsley soupira et posa les mains sur la table devant lui.

— Ça n’a pas été prouvé mais Mr Clifford a été surveillé de près pendant très longtemps. Malheureusement, par manque de preuves, l’affaire a été classée sans suite.

— Clifford ? Mais… il a été le compagnon de mon oncle pendant des années. Il était déjà au manoir quand j’étais enfant. Il ne peut pas avoir été soupçonné si mon oncle a été…

Elle s’interrompit, les larmes aux yeux.

— Je suis désolé de vous apporter de mauvaises nouvelles.

Eleanor secoua la tête.

— Et je suis désolée, mais je n’y crois pas. Mon oncle était bien trop malin pour être dupe. De plus, Clifford s’est montré très loyal envers moi, depuis mon arrivée.

— Vraiment ?

— Absolument. Quand quelqu’un a trafiqué les freins de la Rolls, il m’a pratiquement sauvé la vie.

— Peut-être… ou peut-être a-t-il tout fait pour que vous en soyez persuadée. Mr Clifford a un passé compliqué, c’est bien connu, et beaucoup de contacts que vous et moi qualifierions de douteux pour ne pas dire carrément dangereux. J’avais très envie de vous mettre en garde lors de votre première visite mais comme vous veniez d’arriver, j’ai préféré me taire. À présent, j’ai peur pour vous.

— Pourquoi diable me voudrait-il du mal ?

— Parce que vous mettez au jour tout ce qu’il s’est appliqué à cacher. Il vous a toujours accompagnée dans votre enquête jusqu’à présent ?

Eleanor hocha la tête et but une gorgée de thé pour cacher son trouble.

— Vous ne voyez donc pas ma chère ? Il vous a accompagnée à chaque étape de votre enquête et sait précisément ce que vous avez découvert. Que pourrait-il faire pour vous empêcher d'en découvrir davantage ?

Eleanor était livide. *Je sais que tu as envisagé de le faire figurer sur ta liste des suspects Ellie, mais tu n'y as jamais vraiment cru.*

— Clifford n'est pas un assassin !

Kingsley secoua doucement la tête.

— J'aimerais en être aussi sûr que vous. Le soir où vous étiez à la carrière, où était donc votre loyal majordome ?

— Il était parti à ma recherche en voiture.

— Et vous a-t-il trouvée ?

— Non, grommela Eleanor.

— Ainsi, on ignore où il était à l'heure du crime. Et qui connaissait les habitudes de Mr Atkins aussi bien que Clifford ? Aucun de ceux qui travaillaient avec lui ne connaissait le moindre détail de sa vie privée. Il était extrêmement discret et vivait comme un reclus. Je parie que Clifford en savait beaucoup sur lui en revanche.

Eleanor ne dit rien mais son visage trahissait ses doutes.

— Lady Swift, reprit doucement Kingsley. Qui vous a avertie qu'on avait prétendument trafiqué le registre de la police ? Une découverte de Mr Clifford peut-être ?

Eleanor réfléchissait à toute vitesse. Avait-elle pu être aveugle à ce point ? Elle repensa à sa liste inspirée des romans de gare et tout à coup la vérité, qu'elle avait été incapable de voir ou qu'elle avait refoulée, s'imposa à elle comme une évidence.

Elle connaissait désormais le nom de l'assassin.

Clifford.

Kingsley se leva et joignit les mains.

— Lady Swift, je peux vous mettre en lieu sûr en attendant de pouvoir garantir votre sécurité.

— Quoi ? Comment ça, en lieu sûr ? Non, certainement pas ! dit-elle en lui lançant un regard furieux.

Kingsley la prit par le bras quand elle se leva.

— Mr Clifford vous attend-il dehors ?

— Non, il est allé voir ses… contacts.

Kingsley prit une profonde inspiration.

— Je vois. Si vous retournez à Henley Hall, j'insiste pour que Perkins vous ramène dans ma voiture. Mais laissez-moi vous protéger, je vous en conjure. Je vais demander à un policier de passer vous voir régulièrement.

Elle secoua la tête, puis elle dégagea son bras, enfila ses gants et redressa son chapeau.

— Maintenant que je sais à qui j'ai affaire, tout ira bien, monsieur le maire. Je m'en suis toujours bien sortie dans ma vie d'avant. J'ai juste baissé la garde cette fois. C'était idiot de ma part mais temporaire. Merci de m'avoir reçue.

— Perkins ! aboya Kingsley depuis la porte. La voiture, tout de suite !

De retour au manoir, Eleanor s'excusa auprès de Mrs Butters et demanda qu'on lui serve le thé dans sa chambre. Une fois que le plateau fut déposé et la porte refermée, elle s'assit par terre, adossée à son lit. Même Gladstone avait été renvoyé avec l'intendante. Eleanor avait besoin d'être seule.

Elle prit sa tête dans ses mains, son esprit oscillant sans cesse entre son envie de croire à l'innocence de Clifford et ses doutes quant à sa culpabilité. Elle finit par avoir le tournis. Ça ne pouvait pas être vrai. Clifford ne pouvait pas l'avoir dupée à ce point. Et s'il avait floué son oncle pendant des années ? Elle repensa au jour de son arrivée. Clifford avait été très contrarié de la voir. Était-ce parce qu'elle avait perturbé ses plans ? Avait-il prémédité le meurtre ?

Et les freins trafiqués sur la Rolls ? Avait-il tout manigancé comme l'avait suggéré le maire ? Était-ce juste une ruse particulièrement élaborée pour l'empêcher de le soupçonner ? Un plan impitoyable qui lui avait valu une commotion cérébrale et une blessure à l'épaule.

Et *quid* de ses mystérieux contacts ? Elle ne l'avait pas interrogé sur leur identité mais il n'avait pas insisté pour la dévoiler. Même la boîte que Gladstone avait découverte à la carrière pouvait très bien appartenir à Clifford. Après tout, il voulait empêcher le bouledogue de creuser et avait prétendu ne pas avoir vu la boîte alors qu'elle l'avait immédiatement repérée. Si la boîte lui appartenait, les carnets, l'argent… et le pistolet aussi !

Enfin, pourquoi avait-il insisté ce matin pour qu'elle reste au manoir ? Était-ce vraiment pour sa sécurité… ou pour être sûr de la trouver si besoin était ? Elle frissonna. Et il n'était toujours pas rentré. C'en était trop ! Qui croire ? Comment pouvait-elle le savoir ? Depuis la disparition de ses parents, elle avait appris à ne faire confiance à personne, elle n'avait baissé la garde qu'une fois, avec l'homme qu'elle avait épousé… une erreur monumentale. Avait-elle recommencé ?

Elle renversa la tête en arrière, contre le lit. *Il n'y a qu'un moyen de le savoir, Ellie...*

Elle chercha en tâtonnant ses chaussons de danse sous son lit. Elle entrouvrit la porte et tendit l'oreille. L'étage était silencieux et il n'y avait pas de mouvement dans le vestibule. *Allez, la voie est libre, Ellie.*

# 32

Une fois au rez-de-chaussée, elle tendit à nouveau l'oreille. Rien. Elle ouvrit la porte de la cuisine en retenant son souffle. Elle n'entendit que les ronflements de Gladstone à côté de la cuisinière. Elle s'approcha de la fenêtre et vit Mrs Trotman discuter avec le laitier, pendant que Polly essayait d'étendre les draps sur la corde à linge. Ne restait plus qu'à espérer que Mrs Butters ne soit pas dans les parages.

Elle traversa la cuisine et toqua doucement à la porte qui s'ouvrait sur l'office du majordome. C'était la mystérieuse pièce qui menait de la cuisine à la salle à manger, permettant à Clifford d'apparaître à tout moment, comme par magie, avec son plateau. N'ayant pas de réponse, elle tourna la poignée et entra.

Adossée à la porte, elle la laissa se refermer tout doucement. Le soleil entrait à flot par les fenêtres cintrées sur le mur d'en face et illuminait les buffets en bois qui occupaient toute la longueur de l'office. Des pièces d'argenterie parfaitement polies étaient disposées dessus. Au-dessous, il y avait une rangée de portes.

Se forçant à avancer, Eleanor se dirigea vers la première et l'ouvrit. Des verres et des carafes emplissaient l'espace. Il en allait de même dans les trois autres placards mais à chaque fois c'étaient des services différents. Mon Dieu, son oncle aurait pu inviter tout le village qu'il n'aurait pas utilisé la moitié de cette vaisselle ! Elle ouvrit la dernière porte et découvrit des nappes toutes parfaitement repassées et prêtes à être utilisées au moindre verre renversé dans la salle à manger. Tout à coup elle se souvint que tout lui appartenait désormais.

Elle prit une grande inspiration et se concentra à nouveau sur sa mission. En faisant le tour complet de la pièce, elle constata que les deux tables parfaitement cirées au centre disposaient de tiroirs. Toutefois, elle ne trouva qu'une série de tire-bouchons dans l'un et des coupe-cigares dans l'autre. *Réfléchis Ellie. Il ne peut pas cacher quelque chose de compromettant au milieu des services de table !*

En plus du buffet à vin aux portes vitrées verrouillées, il y avait une commode haute qui s'ouvrit en grinçant, ce qui mit les nerfs d'Eleanor à rude épreuve. Elle ne contenait que des bocaux de fruits et de légumes en conserve, joliment étiquetés. C'était aussi le royaume des fromages, emprisonnés sous une cloche de verre. Il ne restait que deux portes. La plus grande des deux, elle le savait, conduisait directement à la salle à manger. L'autre devait par conséquent s'ouvrir sur les appartements privés de Clifford. *Et c'est exactement là qu'elle devait se rendre !* Au passage, elle prit des gants blancs en haut de la pile bien nette posée sur le buffet. Les ayant enfilés, elle tourna la poignée.

Ce n'est qu'après avoir ouvert la porte et regardé la petite volée de marches qu'un détail étrange la frappa. Clifford ne fermait pas cette porte à clé. Elle n'allait pas s'en plaindre toutefois. Au prix d'un véritable effort de volonté, elle parvint à gravir les marches qui conduisaient au salon au style élégant et masculin. Ce n'était pas son genre de fureter dans les affaires de son personnel.

Un grand bureau était disposé dans l'embrasure de la fenêtre dont l'un des battants était entrouvert. Deux fauteuils en cuir faisaient face à la cheminée en pierre. Il n'y avait aucun ornement dans la pièce hormis deux photos dans des cadres argentés, sur lesquelles elle reconnut Clifford et son oncle quelque part à l'étranger, et un grand miroir suspendu au-dessus.

Au fond de la pièce, à moitié cachées par un mur en saillie, trônaient une table ronde recouverte d'une nappe bleue et deux chaises. Un coussin bien rebondi était appuyé sur le dossier de l'une d'elles. Eleanor s'arrêta un instant. Son oncle avait-il passé quelques soirées ici, avec son majordome ? Clifford le laissait-il pénétrer dans ses quartiers privés ? Elle imagina deux vieux amis en train de siroter un brandy, d'évoquer leurs aventures en riant et de partager un repas tard dans la nuit.

Elle secoua la tête. Il lui paraissait impossible que Clifford ait pu flouer son oncle pendant toutes ces années. Elle soupira. Elle savait si peu de choses sur son oncle, comment pouvait-elle juger ?

Elle commença par les tiroirs du bureau et parcourut rapidement les papiers. Elle ne trouva rien d'inhabituel, uniquement des registres de comptes, des lettres archivées adressées à des commerçants ou envoyées par les mêmes commerçants ainsi qu'un exemplaire de l'annuaire nobiliaire britannique, le *Peearage and Baronettage* publié par Debretts. La pièce était meublée avec un tel minimalisme élégant qu'elle ne sut bientôt plus où chercher. Où pouvait-on cacher quelque chose ici ?

Ses yeux se posèrent sur la petite bibliothèque près de la table. Elle feuilleta chaque livre, les retira des rayonnages dans l'espoir de découvrir une ouverture secrète… mais ne vit rien. Elle en fut réduite à soulever le couvercle de la bouilloire en cuivre suspendu à un crochet au-dessus de l'âtre. Elle se mordit la lèvre. Il y avait forcément autre chose… Sa chambre ! Mais où diable était-elle ? En se retournant, elle constata qu'une des fenêtres de ce côté de la pièce avait les rideaux tirés. Elle écarta avec précaution l'un des pans.

Ah ! Ce n'était pas une fenêtre mais un petit escalier qui menait au sanctuaire de Clifford. Sans savoir ce qu'elle dirait s'il la surprenait en train de soulever son matelas, elle gravit les marches quatre à quatre. L'armoire en cèdre ne contenait rien d'autre qu'une rangée de vêtements : des jaquettes, des costumes gris et noirs. Elle fouilla rapidement les poches des vestes et des pantalons en vain.

Cinq paires de chaussures parfaitement cirées étaient alignées sur une étagère au-dessous mais elle ne trouva aucune trace de sable ou de craies sur les semelles, aucun compartiment secret dans les talons. Elle tapota le fond de l'armoire à la recherche d'un panneau caché mais ne fit rien d'autre qu'éprouver ses nerfs quand les coups résonnèrent sur les murs et le parquet.

Elle s'intéressa ensuite au lit à une place. Il disposait de chaque côté d'une table de nuit en noyer intégrée au cadre. Une carafe d'eau trônait sur l'une d'elles, une lampe à huile décorée, sur l'autre.

Les tiroirs étaient remplis d'une pile de mouchoirs propres d'un côté, de plusieurs paires de lunettes et d'un jeu de fines tiges en métal, sans doute les passe-partout qu'il avait utilisés pour ouvrir la porte de la cabane à la carrière, de l'autre.

Le lit était fait avec une telle précision militaire qu'elle hésita à passer la main sous les oreillers et à soulever le matelas. Rien.

Quelques minutes plus tard, elle se résigna à soulever le tapis circulaire au milieu de la chambre mais il ne cachait rien d'autre que des lattes en bois bien cirées et exemptes de poussière. Sur la gauche, il y avait une petite salle de bains, dont le sol et les murs étaient carrelés, une alternance de carreaux verts et blancs. Elle comprenait un WC, une baignoire sabot à pieds et un lavabo en céramique. Dans le petit placard d'angle, elle ne trouva qu'un kit de rasage, un miroir portable, du savon ainsi que des coupe-ongles et des peignes soigneusement rangés.

*Zut !* Cette chambre était aussi impénétrable que son occupant pince-sans-rire.

Elle soupira en refermant doucement la porte du cabinet de toilette. Force était d'admettre qu'elle avait fait chou blanc. Elle ne pouvait quand même pas arracher les lattes du plancher ni scruter chaque centimètre de mur. L'argent ! Il devait bien cacher son argent quelque part. Il ne l'avait certainement pas mis dans le coffre-fort du bureau de son oncle ! Elle se dirigea vers le seul tableau accroché au mur en face du lit. Une œuvre médiocre représentant deux cowboys admirant le soleil couchant sur leurs coursiers à la robe couleur sable. Médiocre et sans aucune utilité puisqu'il ne cachait pas un coffre-fort.

En remettant le tableau, elle eut une idée. Elle se précipita à la salle de bains et prit le petit miroir. Ensuite, elle s'allongea par terre et examina le dessous des meubles et du lit pour voir si Clifford n'y avait pas collé quelque chose.

Rien !

Eleanor se releva tant bien que mal et se résigna à abandonner. Elle s'était trompée sur son compte. Il était bien l'homme droit, un peu rigide et collet monté qu'elle connaissait depuis toujours. En retournant dans la petite salle de bains pour y ranger le miroir, elle trébucha sur le seuil de la porte.

— Non ! s'exclama-t-elle quand le miroir lui échappa des mains. Elle parvint miraculeusement à le rattraper.

Le souffle coupé, elle resta allongée sur le dos quelques secondes avant de rouler sur le ventre.

— Tiens, tiens, qu'est-ce que c'est ? murmura-t-elle.

Dans le miroir, elle vit, derrière l'un des pieds de la baignoire sabot, deux carreaux du mur qui faisaient légèrement saillie. À moins d'être allongée sur le sol de la salle de bains avec un miroir, il était impossible de les remarquer.

Elle passa la main sur les carreaux qui dépassaient puis parvint à les enlever. Elle regarda le trou qui venait d'apparaître. Et le petit coffre-fort peu profond qui s'insérait parfaitement dedans.

Elle faillit le lâcher quand elle entendit une voix par la fenêtre.

— Polly, étends les draps bien droit. Mrs Butters ne veut pas passer des heures à enlever les plis en les repassant.

Eleanor fixa la boîte. Elle tenta de soulever le couvercle. Verrouillée, bien sûr. Les passe-partout de Clifford ! Au bout de quelques minutes qui lui parurent une éternité, elle l'entendit. Le petit clic indiquant que la boîte était déverrouillée.

Tout en retenant son souffle, elle souleva le couvercle et regarda le contenu, médusée. À l'intérieur, sept pierres semi-précieuses à la forme étrange.

— Des grenats !

Elle en prit un. C'était incontestablement un grenat comme celui qu'ils avaient trouvé à la carrière mais celui-ci avait la forme… d'une balle ?

Elle envisagea une seconde le glisser dans sa poche mais bizarrement les mots de Clifford lui revinrent à l'esprit. « Il ne faudrait pas que l'assassin se doute que nous le soupçonnons. » Elle referma la boîte, la glissa dans le trou et remit les carreaux.

Elle lécha son doigt et le passa sur le sol pour enlever la poussière de plâtre tombée quand elle avait déplacé les carreaux. Elle s'empressa de ranger les passe-partout dans le tiroir de la table de nuit et descendit les deux volées d'escalier pour regagner l'aile principale.

De retour dans sa chambre, elle s'adossa à la porte pour reprendre son souffle. Lorsque son pouls se fut un peu calmé, elle se mit à arpenter la pièce. Pourquoi Clifford avait-il ces grenats ? En avait-il fait tomber un par accident dans la carrière ou l'avait-il délibérément caché là ?

Toutefois, le grenat qu'elle avait trouvé dans la carrière avait été taillé pour être monté sur un bijou, ceux qu'elle venait de découvrir dans la chambre de Clifford étaient taillés comme des balles.

Elle secoua la tête. *Que penser de tout ça, Ellie* ? Elle arrêta de faire les cent pas. Les mots du maire lui revinrent à l'esprit, tranchants comme une lame de poignard glacée : « Il vous a accompagnée à chaque étape de votre enquête et sait précisément ce que vous avez découvert. Que pourrait-il faire pour vous empêcher d'en découvrir davantage ? »

Elle se figea et retint son souffle quelques secondes quand elle repensa cette fois aux paroles de Clifford : « J'ai remarqué que vous aviez la vie dure, madame. »

# 33

Eleanor sursauta quand elle entendit Mrs Butters qui l'appelait derrière la porte.

— Madame ?

*Calme-toi, Ellie !*

— Entrez !

— Seigneur ! Vous avez vu un fantôme, madame ? demanda l'intendante en regardant le visage pâle d'Eleanor.

— Non, pourquoi ? J'aurais dû ? répliqua-t-elle. J'ai demandé à ne pas être dérangée, Mrs Butters.

L'intendante la dévisagea avec inquiétude.

— Pardonnez-moi, madame, mais entre Mr Clifford qui est absent et tout ce qui se passe en ce moment, j'ai préféré ne pas renvoyer ce monsieur.

— Quel monsieur ?

Elle tendit à Eleanor une carte sur un petit plateau en argent. « Commissaire divisionnaire Seldon, Section d'investigation criminelle d'Oxford. »

Elle hésita. *Peut-être apporte-t-il de bonnes nouvelles* ? Elle prit la carte, passa devant Mrs Butters et descendit l'escalier pour rejoindre le hall où son visiteur l'attendait.

— Commissaire, avez-vous le temps de prendre le thé ?

— Hélas non, lady Swift. Pouvons-nous parler en privé ?

Eleanor montra le petit salon et secoua la tête en regardant Mrs Butters qui attendait des instructions en bas de l'escalier.

Une fois la porte refermée, Eleanor s'assit et invita le commissaire à faire de même. Il resta debout.

— Ce n'est pas une visite de courtoisie, donc. Allez-vous m'annoncer de mauvaises nouvelles ? Encore un meurtre, une mort inexpliquée ?

Le commissaire divisionnaire grimaça.

— Non, heureusement, lady Swift. Pas de nouveau meurtre… mais j'avais promis de vous informer… s'il y avait de nouveaux éléments.

— Venez-en aux faits, commissaire.

— Le fait est, lady Swift, que l'enquête sur la mort d'Atkins est close.

Eleanor se leva d'un bond.

— L'enquête est close ? Vous avez trouvé l'assassin alors ?

Il soupira.

— Mr Cornell a été jugé coupable du meurtre d'Atkins. La lettre d'adieu…

— C'est exactement ce que vous deviez croire, cria Eleanor. Vous êtes tombé dans le piège. Et maintenant, un tueur récidiviste se promène dans la nature et personne ne le cherche !

Elle était tellement en colère qu'elle avait la sensation que sa tête allait exploser. Ses joues virèrent au cramoisi.

— Tout va bien lady Swift ? Pardonnez-moi, mais vous êtes un peu rouge.

— Je vais parfaitement bien, merci. En fait, je suis en pleine forme et parfaitement capable de me débrouiller.

Le commissaire divisionnaire Seldon fixa les mains d'Eleanor. L'espace d'un instant, elle crut qu'il allait les prendre dans les siennes. Au lieu de quoi, il reprit d'un ton bougon :

— Lady Swift, il est de mon devoir de vous demander d'arrêter d'enquêter sur cette affaire. Je ne peux que répéter mes précédentes mises en garde. L'enquête est officiellement close comme je l'ai dit. Si vous tentez de la rouvrir, on pourra vous accuser d'entraver le cours de la justice.

— Entraver le cours de la justice, répéta-t-elle en souriant froidement. Commissaire, puis-je vous faire une suggestion ? La prochaine fois que vous décidez de me faire perdre mon temps, téléphonez-moi, ça vous épargnera un trajet bien inutile.

Elle se leva et montra la porte.

— Au revoir, lady Swift.

Il s'inclina avec raideur et partit.

Mrs Butters vint la rejoindre dès qu'elle eut refermé la porte d'entrée derrière le commissaire.

— Pardonnez-moi, madame, mais tout va bien ? J'ai entendu des cris.

— Des cris ? Je pourrais hurler !

— Je… je suis dans la cuisine si vous avez besoin de quelque chose.

L'intendante sortit rapidement de la pièce.

De retour dans sa chambre, Eleanor tremblait de rage.

— Comment la police peut-elle être aussi stupide ? À moins que la corruption ne touche aussi le sommet de la hiérarchie ? L'inspecteur est peut-être impliqué. Et pourquoi pas Clifford et… et… (Elle s'arrêta de faire les cent pas.) Et mon oncle, dit-elle, les yeux écarquillés.

Voilà qui expliquerait pourquoi il l'avait tenue à distance pendant toutes ces années. Eleanor prit conscience qu'elle ne savait presque rien de son oncle. *Quelle idiote tu as été, Ellie ! Le manoir ne sera jamais ta maison.*

Elle regarda les livres, le pantin, la maison de poupées. La chambre lui parut aussi étouffante que le jour de son arrivée. Elle se leva d'un bond, dévala l'escalier et sortit dans le crépuscule.

Pour commencer, Eleanor marcha en silence, se laissant porter par ses jambes. Elle essaya de bloquer ses pensées jusqu'à ce qu'elle se fût calmée, le temps de reprendre son souffle. Inspire… expire. Sa respiration était aussi saccadée que… celle d'un vieux bouledogue.

— Gladstone !

Le chien haletant la rattrapa et s'écroula à ses pieds. Il la regarda avec dévotion.

— Je comprends pourquoi les chiens sont de meilleurs compagnons que la plupart des humains, marmonna-t-elle. J'ai fait la plus grosse erreur de ma vie en revenant au manoir. Et pourtant, j'en avais déjà fait de monumentales avant. Qu'est-ce que je m'attendais à trouver ? Un foyer ? Une nouvelle famille ? L'amour ? Pfff ! (Elle secoua la tête.) Quel immense gâchis !

Son seul rayon de soleil, c'était Lancelot, mais il n'avait pas cherché à aller plus loin malgré ses marques d'attention initiales. Elle décréta qu'il avait joué avec elle comme tous les autres.

— Gladstone, j'ai l'impression d'être la fille la plus idiote de tous les temps !

Elle s'arrêta et cria :

— Pourquoi, mais pourquoi ai-je refait confiance à quelqu'un ? Pourquoi, oh pourquoi Ellie ? Tu n'apprendras donc jamais rien ?

En regardant autour d'elle, elle constata qu'elle était déjà à mi-chemin de la carrière, là où tout avait commencé. Elle frissonna.

— Je n'ai aucune envie de me promener au milieu de nulle part. Les meurtres, ça suffit. Que je me retrouve mêlée à une affaire de meurtres et j'embarque avec toi, Gladstone, sur le premier bateau pour ne plus jamais revenir.

Elle fit demi-tour et partit en direction du village, la gorge serrée. Qu'il y ait ou non encore des meurtres, c'était peut-être la meilleure chose à faire. Son rêve de trouver un endroit où elle se sentirait chez elle n'était-il que ça : un rêve ?

Elle s'engagea dans la descente raide qui menait jusqu'au centre du village et passa devant le panneau lui souhaitant la bienvenue à Little Buckford. Gladstone but à grand bruit dans la mare pendant que des canards caquetaient furieusement, dérangés dans leurs ablutions du soir.

Quand Eleanor rejoignit la petite rue principale, elle n'avait toujours pas décoléré. Elle n'avait pas digéré l'annonce du commissaire. Elle se dit qu'elle n'avait pas du tout envie de croiser quelqu'un. Une rue, qui partait sur la droite, semblait déserte. À la nuit tombante, elle fut incapable de voir où elle débouchait.

— Parfait ! Viens Gladstone ! Je vais pouvoir taper des pieds à ma guise pour évacuer ma colère. Sinon, je vais exploser.

Ils s'engagèrent dans la ruelle, Eleanor en tête, Gladstone sur ses talons. Quelques mètres plus loin, en haut de la montée, un mur en pierre se dressa devant eux. Ils ne pouvaient pas aller plus loin.

— Bon sang qu'est-ce que ça coûte de mettre un panneau en bas de la rue pour indiquer que c'est une impasse ?

Sur sa droite, elle repéra une ruelle étroite qui serpentait entre des appentis et qui semblait mener aux boutiques.

— Par ici Gladstone !

Toutefois, elle était beaucoup plus raide qu'il y paraissait.

— Des pavés ! Comme c'est pittoresque et pas pratique pour garder l'équilibre !

Vingt mètres plus loin, les rayons du soleil couchant l'aveuglèrent. Elle mit la main en visière pour se protéger et avança prudemment pour ne pas se tordre la cheville sur la surface irrégulière.

Elle entendit un bruit tout à coup.

— Gladstone, chut !

Le bouledogue s'arrêta et dressa l'oreille.

— Des bruits de pas, murmura-t-elle.

En regardant autour d'elle, elle ne vit que les rayons aveuglants du soleil couchant entrecoupés de taches d'ombre. Elle repartit.

— Je suis sûre que…

Soudain, elle perçut un mouvement dans l'ombre. Une silhouette noire se dressa devant elle, brandissant une arme.

— Clifford !

Elle tomba à genoux, vaincue non par la peur mais par le désespoir à l'idée d'avoir été trahie.

*Ce n'était pas censé finir comme ça !*

Elle protégea sa tête avec ses mains mais le coup ne vint jamais. Elle entendit pourtant un bruit sourd, suivi d'un grognement. Elle s'écarta puis se leva d'un bond, prête à se défendre.

— Clifford ! Ne me touchez pas, espèce de monstre ! (Elle baissa la tête.) Oh.

Clifford s'inclina.

— Bonsoir, madame. (Il montra l'homme affalé à ses pieds.) Il ne vous embêtera plus.

— Qu'est-ce que…

Clifford sourit.

— Je reconnais que j'ai parié sur vos réflexes. Il fallait que vous vous baissiez suffisamment avant que ce monsieur ne vous fende le crâne avec ceci.

Il se pencha et ramassa un gourdin qui était tombé de la main de l'homme inconscient. Eleanor le regarda bouche bée.

— Oh Clifford ! Quelle idiote je fais ! J'ai cru que vous…

— Inutile de vous excuser, madame. C'est une erreur tout à fait compréhensible. Je pense qu'il est préférable que nous partions au plus vite avec ce monsieur. Ses complices ne doivent pas être très loin.

— Quoi ? Vous voulez ramener cette brute à la maison ? Vous êtes fou ?

— Je pense qu'il n'est qu'un exécutant, aux ordres du vrai scélérat qui se cache derrière tout ça. Toutefois, avec un peu de persuasion, nous pourrions délier la langue de notre prisonnier. La Rolls est garée tout près d'ici, il faut juste que nous trouvions un moyen de le transporter jusque-là.

— Mais nous devrions aller à la police. Cet homme a essayé de me tuer !

— En fait, je pense qu'il avait seulement pour mission de vous assommer puis de vous kidnapper. Quant à la police, qui suggérez-vous ? Le sergent Wilby, un homme vraiment digne de confiance…

Eleanor hocha la tête.

— Vous avez raison. Mais c'est trop dangereux de l'emmener au manoir. Et le personnel ?

— Le personnel est plus habitué aux visiteurs inattendus que vous ne le pensez. Mrs Trotman va s'occuper de lui.

Eleanor ouvrit la bouche pour protester mais Clifford leva la main.

— Il est temps de partir, madame. Tout de suite, dit-il d'un ton autoritaire.

L'instinct de survie d'Eleanor prit le dessus. Elle reparlerait plus tard de son ton indigne d'un majordome.

— Là !

Elle se précipita vers une charrette à bras cabossée, abandonnée à côté d'une remise.

Clifford jeta le gourdin dans les buissons et la rejoignit.

— Elle tiendra peut-être jusqu'au bas de la rue, dit-elle après une rapide inspection.

— C'est possible.

— Essayons ! Quoi de plus facile que de pousser un kidnappeur en herbe inconscient dans une charrette branlante sans attirer l'attention sur notre présence ? Au point où on en est… on a déjà atteint le comble du ridicule ce soir.

— J'aime mieux ça, madame.

Clifford prit l'homme sous les aisselles et le souleva. Eleanor tint la charrette d'une main et une jambe de l'individu de l'autre. Une fois l'homme hissé sur la charrette, Clifford enleva son manteau et en enveloppa le voyou.

— On va dire que ça passe, dit Eleanor en souriant. Mais ça va faire un drôle de vacarme sur les pavés.

— Heureusement, ils s'arrêtent à la limite des maisons. Et nous pourrons emprunter un sentier qui nous conduira directement à la voiture.

— Gladstone ! (Eleanor se souvint tout à coup que le bouledogue l'accompagnait.) Où es-tu mon chien ? murmura-t-elle.

Elle entendit un reniflement derrière elle.

— Gladstone, tout va bien mon chien. C'est juste Clifford, viens. Mais ne fais pas de bruit surtout.

Elle enleva le collier du chien et enroula la laisse autour du manteau de Clifford pour attacher leur prisonnier.

— Allons-y.

Tandis que Clifford tirait la charrette à bras et qu'Eleanor veillait à ce que le prisonnier ne tombe pas, ils descendirent la pente raide. Il y eut bien quelques victimes collatérales, des orteils écrasés et une déchirure sur le manteau d'Eleanor quand il se prit dans les roues.

— Là, madame. C'est le chemin qui nous conduira à la Rolls. C'est un sentier en terre.

— Au moins, ça fera moins de bruit que les pavés, murmura Eleanor. C'est bien mon chien, continue, dit-elle en tapotant sa tête.

Les roues branlantes de la charrette peinèrent encore plus sur la surface irrégulière et menacèrent de s'écrouler avant le bout du chemin.

Quand Eleanor aperçut enfin l'éclat argenté de la statuette mascotte de la Rolls, elle poussa un soupir de soulagement.

— Comment allons-nous faire pour le mettre dans la voiture sans attirer l'attention sur nous ?

— Si vous pouvez tenir la charrette, je vais reculer la Rolls dans la ruelle comme si je m'apprêtais à faire demi-tour. Je sortirai vite pour vous aider à le mettre à l'arrière.

Eleanor tint la charrette pendant que Clifford mettait la voiture en route. Quelques secondes plus tard, il avait reculé la Rolls.

Ils parvinrent à hisser l'homme dans le coffre. Après l'avoir refermé silencieusement mais rapidement, Clifford se retourna.

— Bonsoir Mr Clifford, dit une voix en passant.

— Bonne soirée, Mrs Jones, répondit Clifford d'une voix d'un calme impressionnant.

Dès qu'ils eurent le champ libre, Clifford déboîta pour rejoindre la rue principale. Quelques secondes plus tard, ils passèrent devant la mare aux canards puis s'engagèrent sur la route, désormais plongée dans l'obscurité, qui menait au domaine.

Clifford leva le poing en signe de triomphe.

Eleanor rit.

— C'est donc ainsi que vous égayiez vos soirées avec mon oncle ? En attaquant et kidnappant des voyous au moment où ils baissaient la garde ? (Elle secoua la tête.) Et moi qui croyais mener une vie calme et sans histoire comme toute dame de la campagne qui se respecte.

Elle se cala dans son fauteuil, Gladstone blotti contre elle.

— Dis-moi Gladstone, dans quoi j'ai mis les pieds ?

# 34

— Je dois dire que je suis impressionnée, dit Eleanor à Clifford en souriant.

Elle ajusta le cataplasme chaud sur son épaule.

— En effet, les cataplasmes aux pommes de terre, aux oignons et aux herbes de Mrs Butters font des miracles. Je suis toutefois désolé de ne pas avoir pensé à votre blessure récente. Pousser une lourde charrette sur un terrain accidenté ne pouvait qu'accroître la douleur et la raideur de votre épaule.

— À vrai dire, Clifford, le cataplasme fait vraiment des merveilles mais ce n'est pas ce que je voulais dire. Ces dames n'ont pas cillé quand elles nous ont vus débarquer. Mrs Trotman semblait même ravie de veiller sur notre invité en s'assurant qu'il soit bien nourri et désaltéré.

Clifford sourit.

— Comme vous, madame, le personnel employé par votre oncle a de rares qualités.

Le lendemain matin, tout le monde s'affairait dans la maison mais l'ambiance était sereine. Mrs Butters alimentait le feu crépitant dans la cuisinière. Mrs Trotman domptait sa pâte et Polly essayait vainement de faire briller l'argenterie. Seul Gladstone roupillait tranquillement sur sa couche matelassée, le museau dans une pantoufle en cuir.

Clifford fit signe à Eleanor d'entrer dans la cuisine.

— Mesdames, dit-il en les saluant d'un signe de tête. Comment se porte notre invité dans la cave ?

Eleanor tressaillit.

— C'est donc ce que vous insinuiez quand vous avez dit que Jack Cornell était un ancien « invité » de mon oncle ?

Clifford hocha la tête.

Polly gloussa puis rougit en croisant le regard éloquent de Mrs Butters. Mrs Trotman essuya ses mains pleines de farine sur son tablier.

— Eh bien, monsieur, il ne se plaint pas pour le moment.

Les dames rirent en chœur.

— Il ne se plaint pas ? répéta Eleanor, déconcertée.

— Notre invité a eu la gentillesse de reconnaître qu'il n'avait jamais aussi bien mangé et qu'on ne s'était jamais aussi bien occupé de lui, répondit Mrs Trotman.

— Il est censé être notre prisonnier ! fit remarquer Eleanor.

— Exactement, madame ! dit Mrs Butters en souriant. Rien de tel pour briser la volonté d'un homme que de lui remplir le ventre. On pourrait le laisser s'asseoir avec nous à la cuisine qu'il ne songerait pas à partir.

Ces dames rirent de plus belle.

Eleanor les trouvait bien désinvoltes. Il y avait quand même un dangereux criminel enfermé à la cave !

— A-t-il dévoilé l'identité du commanditaire ? Qui lui a demandé de me kidnapper ?

— Ces dames ne se seraient pas permis de demander, répondit Clifford. Pas encore. Elles savent que ça prend du temps. Un larbin reste d'abord loyal envers son donneur d'ordres, surtout pour préserver ses rotules et ceux qu'il aime. Dans les circonstances actuelles, nous n'aurons malheureusement pas le luxe d'attendre que notre stratégie du gant de velours et les bons repas de Mrs Trotman lui délient la langue.

Il traversa la cuisine et entra dans l'arrière-cuisine. Eleanor montra la porte de derrière qui conduisait au cellier.

— Je me souviens d'avoir beaucoup fréquenté cet endroit en cachette, dit-elle en souriant malicieusement. Quand vous aviez le dos tourné bien sûr !

Il s'arrêta, la main posée sur la poignée.

— Votre manie de voler des friandises nous a valu beaucoup d'allers et retours au village, répondit-il en lui adressant un rare sourire.

Les yeux écarquillés, elle le regarda ouvrir la porte du garde-manger et pousser une boîte de gâteaux. Après avoir pris une clé dans sa poche, il l'inséra dans une serrure cachée et le mur du fond pivota pour laisser apparaître un escalier en pierre.

Elle le fixa quelques secondes, sidérée.

— Une fois que cette affaire de meurtre sera élucidée, vous me ferez une visite guidée complète du manoir, j'insiste.

— Comme vous voudrez, madame.

En haut de l'escalier, elle vit une porte en fer qui avait été ajoutée à la vieille porte en chêne. Poussée contre le mur, elle n'était ni fermée ni verrouillée. Eleanor haussa un sourcil en regardant Clifford.

Clifford baissa la voix.

— C'est un phénomène psychologique que votre oncle avait judicieusement observé, madame. L'homme interné réagit positivement aux mesures de confinement subtilement allégées. Au bout de quelques jours d'emprisonnement, il constate qu'il n'y a plus que la porte standard qui le sépare de sa liberté. Il sent qu'on lui fait confiance et commence à son tour à faire confiance à son ravisseur. Malheureusement, comme nous disposons de peu de temps, j'ai accéléré le processus en laissant la porte en fer déverrouillée dès le départ.

Elle fronça les sourcils.

— Que se passe-t-il s'il ne réagit pas comme prévu et prend la fuite ?

— C'est un risque mais votre oncle avait prévu une série de mesures cachées pour parer à une telle éventualité. Aucun de nos « invités » ne s'est échappé jusqu'à présent.

Ellie baissa la voix.

— Tout cela me paraît très élaboré. Je pensais que nous allions juste l'accabler de menaces jusqu'à ce qu'il lâche en pleurnichant le nom de celui qui l'a chargé de me kidnapper.

Il tapota les poches de sa jaquette.

— Heureusement que j'ai laissé ma matraque et mon poing américain en haut, madame. Allons-y.

Elle haussa les sourcils quand il toqua à la porte en chêne avant de tourner la clé.

— Bonjour, cria-t-il.

— Ohé, répondit une voix grave.

Elle entra dans la pièce, meublée simplement, mais trop confortable à son goût pour une cellule. Assis près du feu dans une bergère à oreilles retapissée, le géant qui débordait du fauteuil se leva en la voyant et ôta une casquette invisible.

La veille au soir, elle n'avait pas vraiment eu le loisir de regarder son agresseur. La nuit tombait et les événements s'étaient enchaînés trop vite. À présent qu'il se tenait devant elle, elle ne put s'empêcher de penser que celui qui avait modelé ses traits avait dû utiliser un gant de boxe pour le gros du travail. Il avait dû peaufiner les détails avec une planche en bois bien lourde. Son nez aplati s'étalait sur les côtés, son front dominait la partie supérieure de son visage parfaitement carré. Ses yeux marron enfoncés disparaissaient presque sous ses paupières lourdes et sa mâchoire saillante était pratiquement engloutie par ses bajoues affaissées.

— Madame, dit-il avec un bref hochement de tête avant de regarder Clifford. Qu'est-ce que vous allez faire d'moi, maintenant, m'sieur ? demanda-t-il avec un accent cockney très prononcé.

— De deux choses l'une, dit Clifford en se tournant vers Eleanor et en indiquant deux fauteuils disposés en face du premier. Soit vous répondez poliment à nos questions, soit…

— Soit vous m'livrez aux cognes.

Le prisonnier, qui avait attendu qu'Eleanor fût assise, se laissa tomber dans son fauteuil, ses bras de gorille pendant de chaque côté.

Clifford se tourna à nouveau vers Eleanor.

— La police. Dans le milieu que fréquente ce monsieur, on appelle les policiers ainsi.

— Des poulets en uniforme bleu qui grouillent partout, toujours en train de faire des problèmes.

Eleanor se redressa.

— Je pensais que les « problèmes », c'était plutôt votre domaine à vous, Mr…

Il lui lança un regard en biais.

— Oh c'est bon ! J'ai pas l'choix, on dirait.

Il tapa sur son torse, un bruit sourd qui résonna dans la pièce.

— Cooper, Ambrose Cooper.

— Enchantée Mr Cooper. Vous voyez, ce n'est pas si difficile. Et si vous nous expliquiez le reste ? Pourquoi vous avez essayé de me kidnapper par exemple…

Clifford hocha la tête.

— Et n'oubliez pas vos bonnes manières, vous parlez en présence d'une dame.

Ambrose se tortilla dans son fauteuil, les yeux rivés sur ses mains énormes.

— C'était pas prévu. J'fais pas dans le kidnapping d'habitude.

Elle ricana.

— Vous ne pensez tout de même pas que nous allons vous croire ? Un criminel endurci comme vous ?

L'homme fronça les sourcils.

— J'étais un écornifleur. Mais c'était avant.

Clifford se pencha vers Eleanor.

— Un escroc.

— Bien sûr, dit-elle comme si elle avait toujours entendu ce mot.

Clifford se cala dans son fauteuil et joignit les mains.

— Mr Cooper, expliquez-nous pourquoi vous avez essayé d'enlever madame, et pour le compte de qui.

— C'est compliqué. (Ambrose passa la main sur son cou de taureau.) On m'a dit qu'il fallait que je fasse le boulot sinon… (Il hésita. Clifford haussa un sourcil. Ambrose soupira à nouveau.) Des gens que je connais, des gens bien, allaient souffrir.

— On vous a menacé. C'est ce que vous êtes en train de nous dire ? demanda Eleanor.

— Ouais, on m'a dit de faire le boulot sinon les autres allaient plonger pour un bout de temps. (Ses traits se tordirent sous l'effet de la colère.) Ils avaient fait leur temps et filaient droit. Moi aussi. (Il les regarda tour à tour.) J'parle pas comme un snobinard sinon j'le dirais autrement.

— Nous vous comprenons parfaitement, dit Clifford. Vous sous-entendez que vos amis seraient accusés d'un crime ou de crimes qu'ils n'auraient pas commis. C'est bien ça, Mr Cooper ?

— Ouais. Qui c'est qui les croirait ? Ils avaient pas une chance de s'en sortir, ils ont tous les trois un casier judiciaire long comme le bras.

— Alors pour protéger vos amis, vous avez accepté de kidnapper lady Swift ?

Eleanor inclina la tête.

— Qui vous a piégé, Mr Cooper ? Qui a menacé vos amis ?

Il soutint son regard.

— J'peux pas dire.

Clifford se laissa glisser vers le bord de son fauteuil et dit d'une voix sourde :

— Quel dommage ! Vous serez condamné à une lourde peine pour avoir attaqué une femme sans défense. Une lourde peine… ou pire ?

Ambrose bondit de son fauteuil.

— Non mais attention à ce que vous dites !

— Non, c'est vous qui faites attention à ce que vous dites, répliqua Clifford en s'approchant du visage d'Ambrose. Aussi étrange que cela puisse paraître, je comprends parfaitement d'où vous venez. J'ai même de la compassion pour vous. Vos efforts pour revenir sur le droit chemin ont été contrariés par quelqu'un qui cherchait un larbin pour faire le sale boulot à sa place. Il n'en reste pas moins que vous avez essayé d'attaquer une femme et c'est impardonnable. Je vous offre une chance de vous racheter. Vous devriez la saisir avant que je ne change d'avis.

Ambrose se laissa retomber dans son fauteuil.

— Mais je ne peux pas.

Eleanor balaya son excuse d'un revers de la main.

— Oh laissez-le assumer ses choix, Clifford. Il ne sortira pas de prison avant des années. S'il a de la chance, son « employeur » aura d'ici là oublié qu'il allait lui briser les rotules pour l'avoir dénoncé au juge afin de réduire sa peine. Je vais de ce pas téléphoner au commissaire divisionnaire. Il sera là avant le déjeuner, j'en suis sûre.

— Stop ! lança Ambrose en se tordant les mains. S'il vous plaît, madame, j'voulais pas crier sur une dame, pas plus que j'voulais la… vous kidnapper. Je savais pas quoi faire, honnêtement.

— En effet, dit Clifford en se calant dans son fauteuil. Mais vous savez quoi faire à présent, n'est-ce pas Mr Cooper ?

— Je vous dirais qui m'a chargé de faire ça si je pouvais, vraiment. J'lai jamais rencontré. J'ai juste reçu des messages.

— Des messages ?

— Des mots, des mots écrits sur des bouts de papier, rien de plus.

— Vous en avez un sur vous ? demanda Eleanor.

— Non, j'les brûlais tout le temps. Je laisse aucune trace, c'est comme ça qu'ils vous attrapent sinon.

Clifford le relança.

— Que disait exactement le message qui vous chargeait de kidnapper lady Swift ?

Ambrose soupira.

— Il disait d'enlever la dame par tous les moyens, sans lui faire trop de mal, et de l'amener jusqu'au croisement à la sortie du village. (Il écarta les mains.) Franchement m'sieur, j'ai fait de mon mieux mais les pauvres bougres comme moi tournent souvent mal. On a eu tort de croire qu'on s'en sortirait. Ça n'a pas marché pour Groin-Groin.

Clifford plissa le front.

— Groin-Groin ? Vous connaissiez Jack Cornell alors ?

# 35

— C'est vrai. Pauvre imbécile, oh désolé, madame.

Ambrose sourit à Eleanor mais elle fixait Clifford, bouche bée.

— Clifford ?

— Pardonnez-moi, madame, je vais vous expliquer. Le cockney s'appuie sur des rimes simples et des associations obtuses. Cor (comme dans Cornell) rime avec « Porc » et pour brouiller davantage les pistes, on substitue au nom le bruit qui lui est associé. Ainsi, les porcs grognent, ils font Groin-Groin, d'où le surnom Groin-Groin pour Cornell. Rien de plus simple, vraiment.

Ambrose les regarda tour à tour.

— C'est pas aussi compliqué que ça en a l'air avec vous. Ça vient juste naturellement. On parlait comme ça entre nous et les cognes savaient pas ce qu'on disait. Mais après ils ont commencé à piger alors on a dû trouver des trucs plus sophistiqués, dit-il en souriant à Eleanor.

Eleanor hocha la tête.

— Compris, Mr Copper. Comment se fait-il que vous connaissiez Jack Cornell ?

Il sembla hésiter un instant mais comprit qu'il n'avait guère le choix.

— J'ai rencontré ce vieux Groin-Groin quand j'ai fait mon temps à Wormwood Scrubs.

Eleanor regarda Clifford pour qu'il traduise.

— Ce n'est pas de l'argot, madame. Wormwood Scrubs est en fait le nom d'une prison près de Hammersmith à Londres.

Ambrose tapa sur le bras du fauteuil.

— Un endroit terrible, vraiment. On a juré de plus y retourner et de s'entraider pour rester sur le droit chemin. C'est pas facile, vous voyez.

— En effet, dit doucement Clifford. Mr Cooper, nous pensons que Jack Cornell ne s'est pas suicidé. Il a été assassiné.

Ambrose le regarda, bouche bée.

— Il s'est fait zigouiller, vous dites ?

— Oui, confirma Eleanor. Et nous pensons qu'il a été tué par la personne qui vous a forcé à me kidnapper… à essayer du moins.

— Merde ! Oh, pardon madame. (Il se frotta le front.) Ce vieux Groin-Groin zigouillé. Mais pourquoi ?

Clifford secoua la tête.

— C'est justement ce que nous cherchons à établir. Aidez-nous Mr Cooper, faites-le pour Jack au moins.

Ambrose opina doucement comme s'il était sous le choc.

— Je croyais honnêtement que son plan allait marcher. Il avait été accepté dans une sorte de programme où on vous aide à trouver un boulot et un endroit où crécher. On tire un trait sur le passé compliqué en quelque sorte. Il aurait dû s'en sortir.

Clifford hocha la tête.

— Mais quelqu'un quelque part l'a piégé et manipulé. Comme il l'a fait avec vous.

— Avez-vous vu Jack récemment ? demanda Eleanor.

— Y a deux ou trois mois à peu près. Il allait pas fort, on aurait dit que le pauvre bougre portait le poids du monde sur ses épaules.

— Nous pensons que Jack a été victime d'un chantage. Il a dû recevoir des messages comme vous.

Ambrose secoua la tête.

— Il en a jamais parlé.

— Vous semblez bien sûr de vous, Mr Copper. La lettre d'adieu qu'on a trouvée sur lui disait qu'on le faisait chanter.

— Une lettre d'adieu. Le pauvre vieux a pas pu laisser une lettre d'adieu. Il savait un peu lire, les chiffres, quelques mots, mais il a jamais appris à écrire. (Eleanor et Clifford échangèrent un regard. Ils se doutaient tous les deux que la lettre d'adieu de Cornell était un faux mais ils venaient d'en avoir la preuve. Ambrose continuait à parler.) C'est tout juste s'il savait signer. Fallait voir sa signature. On aurait dit que c'était l'œuvre d'une araignée avec des pattes cassées.

Ambrose s'extirpa de son fauteuil et se mit debout, un peu chancelant.

— Je suppose que vous allez appeler la police maintenant.

— Pas du tout, Mr Cooper, dit Eleanor en souriant. Je vais retourner à la cuisine et demander à notre cuisinière de vous apporter quelques pâtisseries avec du café.

Ambrose secoua la tête.

— J'comprends pas pourquoi vous m'avez toujours pas livré à la police mais c'est très gentil m'dame.

— Eh bien Mr Cooper, nous comptons encore sur votre aide. Nous reviendrons peut-être faire appel à vos lumières pour savoir comment attraper l'homme responsable de tous ces malheurs.

— Si vous le dites. Si je peux aider à attraper le sal... désolé, m'dame, le voyou qui a tué Jack, je serai fier de le faire.

Quand ils furent de retour à la cuisine, Clifford enfila ses gants.

— J'ai un autre contact, un vaurien que votre oncle a aidé à retrouver le droit chemin. Il pourrait nous donner des indices sur l'identité du cerveau de l'affaire maintenant que

Mr Cooper nous a dit ce qu'il savait. Je reviendrai dès que possible.

Seule avec son personnel, Eleanor comprit que les dames à son service attendaient ses instructions. Après les événements de la veille, elle considéra qu'elle avait mérité une soirée de repos. C'était vraiment épuisant de mener l'enquête.

— Nous avons passé une drôle de journée, mesdames. Et comme je ne maîtrise pas encore très bien les codes de la vie à la campagne dans une grande maison… (Les trois femmes éclatèrent de rire.) Je pense qu'il faut fêter ça ! Comment fait-on pour célébrer quelque chose avec son personnel ?

Mrs Butters se chargea de répondre :

— Dans une grande maison comme celle-ci, ceux d'en bas comme on dit ne s'arrêtent jamais de travailler, madame. Donc si la maîtresse de maison veut frayer avec nous, elle va devoir enfiler un tablier et mettre la main à la pâte.

Eleanor sourit.

— Eh bien frayons, frayons.

L'intendante sourit.

— Polly, va chercher pour madame un tablier propre dans l'armoire, enlève l'argenterie et occupe-toi des légumes. Tu sais ce que Mrs Trotman a prévu de préparer pour demain ?

— Oui, Mrs Butters, dit Polly en hochant la tête. Des pommes de terre, des petits pois et du blé.

— Du céleri, des oignons et des tomates, rectifia la cuisinière. Nous préparons une poitrine de bœuf braisée. Et nous finissons le poisson. Tu n'as donc pas de mémoire ?

Polly adressa un sourire contrit à Eleanor qui haussa les épaules pour la rassurer.

Mrs Butters apporta deux bouteilles de vin de l'office et les posa à côté de la cuisinière. Mrs Trotman versa une bonne dose de vin dans la casserole sur le feu. Tandis qu'elle mettait le tablier bien repassé que Polly venait de lui donner, Eleanor huma l'odeur délicieuse qui se répandait dans la cuisine.

— Un instant Polly.

Eleanor prit quatre verres sur l'étagère. Mrs Butters les remplit de vin, ajoutant beaucoup d'eau dans le verre de Polly. Elle versa une bonne rasade à Eleanor.

Une fois le poisson enveloppé dans du papier, Mrs Trotman envoya Polly dans l'office pour les produits frais.

— Pose-les délicatement sur l'étagère du bas, ma fille. (La cuisinière sourit à Eleanor.) On ne peut pas mettre le poisson à la cave comme d'habitude, madame, pas alors que notre visiteur est là.

— Au moins, ça lui ferait de la compagnie, dit Eleanor en riant.

L'intendante et la cuisinière passèrent l'heure suivante à raconter des anecdotes sur des dîners de réception désastreux ou des visiteurs excentriques au manoir. On ouvrit la seconde bouteille de vin et les joues de ces dames prirent une belle teinte rose. Les gloussements se transformèrent en éclats de rire lorsqu'elles évoquèrent dans une ambiance bon enfant certains personnages hauts en couleur qui habitaient au village. Le ventre d'Eleanor se mit à gargouiller. Elle avait perdu la notion du temps.

— Le dîner est presque prêt. Dans un quart d'heure environ, dit Mrs Trotman qui pressa Polly de finir de laver les marmites et les casseroles dans l'évier. J'ai prévu une assiette de viande froide, une salade de pommes de terre à la menthe, accompagnées de pain aux oignons et à l'estragon tout juste sorti du four. Ça ira ?

Les yeux d'Eleanor se mirent à briller.

— Divin ! Et en votre compagnie, c'est encore mieux.

Les trois femmes échangèrent un sourire ravi qu'Eleanor fit semblant de ne pas remarquer. Elles appréciaient sa compagnie autant qu'elle la leur.

Mrs Trotman nettoya la table pendant que Mrs Butters posait quatre couverts et allait chercher les verres de ces dames.

L'intendante claqua des doigts.

— Je vais vous dire ce qui irait à merveille avec le repas, Mrs Trotman, ce vin de pissenlit que vous nous aviez concocté l'année dernière.

— J'aurais plutôt penché pour ce poiré au panais, c'était l'une des meilleures recettes que j'aie expérimentées.

— Essayons un peu des deux, proposa l'intendante.

La cuisinière se leva et fit signe à Polly de la suivre dans l'office. Elles revinrent, portant chacune une grande bouteille d'alcool maison et des verres.

Mrs Trotman prépara deux assiettes en plus, répartissant les morceaux de viande avec soin mais le tout était très copieux. Elle prit ensuite une des assiettes et une bouteille de bière dans le buffet et disparut quelques minutes. À son retour, elle reprit sa place autour de la table, les yeux pétillants.

On déposa une carafe d'eau au milieu des assiettes et des couverts et les dames regardèrent Eleanor.

— Oh je vois… euh… bon appétit !

Le cliquetis des couteaux et des fourchettes, le glouglou du vin qu'on versait dans les verres emplirent la cuisine. Le poiré au panais l'emporta sur le vin au pissenlit lors de la dégustation à deux voix, celles d'Eleanor et de Mrs Trotman, contre une, celle de Mrs Butters. Polly s'abstint de crainte de vexer la cuisinière ou l'intendante.

Au cours du repas, les dames demandèrent à Eleanor de leur raconter ses aventures, ce qu'elle fit avec plaisir. Elle était plus détendue que jamais et souriait à la tablée de femmes qui poussaient des oh ! et des ah ! à chaque anecdote qu'elle racontait.

— Seigneur, quelles histoires incroyables, dit Mrs Butters.

Juste à cet instant, la porte de derrière s'ouvrit et Joseph, le jardinier, entra à reculons, s'aidant du bord de la marche pour enlever ses chaussures. S'étant à demi retourné, il s'immobilisa en voyant les quatre femmes aux joues roses et la rangée de bouteilles et de verres.

— Euh bonsoir, madame. (Il s'inclina devant Eleanor.) Mesdames !

— N'ayez pas l'air si effrayé Joseph. Je vous ai préparé une bonne assiette au cas où vous ne voudriez pas vous joindre à nous, dit Mrs Trotman.

— Merci, Mrs Trotman. Je pense que je ne vais pas me joindre à vous, si ça ne vous dérange pas, madame. Je ne veux pas être impoli.

Eleanor s'arrêta de manger pour répondre :

— Pas de problème. Je n'aurais guère envie de me mêler à une tablée de femmes pompettes. Je devrais peut-être me joindre à vous.

Le visage de Joseph trahit une telle panique que Polly dut taper dans le dos de Mrs Butters pour l'empêcher de s'étrangler. L'intendante tapota le bras de la femme de chambre pour la remercier et chassa Joseph d'un geste de la main.

— Bon appétit, « Bottes crottées ». (Elle sourit affectueusement.) Laissez-nous à notre dégustation.

— Oh non, ne me dites pas que vous buvez du poiré au panais, dit Joseph en frémissant. (Il regarda Eleanor.) Je les fais pousser pour l'assiette, pas pour le verre.

Après avoir pris son assiette et sa bière, il repartit en chaussettes dans l'obscurité, fermant la porte derrière lui.

Mrs Butters toussa et se tourna vers Eleanor.

— Revenons-en à ce Rajah. Dites-nous-en plus sur le palais.

Polly, la fourchette et le couteau en l'air, la regardait, bouche bée.

— Oh oui, madame, il a l'air si beau.

# 36

Le ventre d'Eleanor gargouilla. Gladstone pencha la tête et la fixa.

— Oh mon chien ! Je suis trop vieille et plus assez entraînée pour ce genre de soirées trop arrosées. Aïe ma tête !

Elle prit sa tête dans ses mains pour ne plus voir la lumière. En réalité, elle buvait rarement à l'excès mais les événements des derniers jours l'avaient affectée et elle avait eu besoin de se laisser aller un peu.

— Bonjour, dit Clifford d'une voix tonitruante en entrant dans la pièce avec un plateau en argent.

— Bonjour… Clifford. Vous n'arrivez pas à contrôler le volume de votre voix ?

Clifford sourit innocemment.

— Non madame. Vous avez des problèmes d'audition ce matin ?

Eleanor lui lança un regard noir à travers ses doigts et grogna.

— Comment aurais-je pu deviner que le poiré au panais de Mrs Trotman était si redoutable ?

— En effet. Et le vin de pissenlit. Pardonnez-moi, madame, mais je crains que la véritable erreur ait été de terminer par la liqueur de châtaigne.

— Quelle liqueur de châtaigne ? Oh à l'aide ! Je ne me souviens absolument pas d'être passée à la liqueur de châtaigne.

— C'est très bon, fit remarquer Clifford. Bien sucré, pas trop boisé, et très fort même si on s'en aperçoit souvent trop tard. Il vaut mieux en ajouter une petite goutte à un bon roux plutôt que la boire comme du petit lait.

— Je suis sûre que ce n'était qu'un petit verre, mentit Eleanor tandis que sa tête et son estomac manifestaient leur désaccord. Comment vont ces dames ? hasarda-t-elle.

— En pleine forme hormis un léger voile devant les yeux. (Clifford lui tendit le verre du plateau.) Soyez sûre, madame, qu'après avoir bu ça, vous vous sentirez beaucoup mieux.

Eleanor prit le verre avec méfiance.

— Qu'est-ce que c'est ? (Elle renifla le liquide trouble puis leva les yeux vers Clifford.) Est-ce un affreux breuvage de mon oncle ou essayez-vous de me tuer pour de bon ?

— Un peu des deux, madame, répondit Clifford avec un sourire en coin tout en faisant beaucoup de bruit avec les couvre-plats.

Eleanor but le liquide d'une traite.

— Oh mon Dieu ! C'était dégoûtant.

— C'est la pénitence pour s'être laissé aller à un excès de petits plaisirs. C'est aussi une cure miracle qui vous permettra de retrouver la forme en un clin d'œil.

— Merveilleux, marmonna-t-elle. Mais qu'est-ce qu'il y a dedans ? Ne me dites pas qu'il y a des yeux de mouton ou des entrailles de hareng.

— Non, madame, bien que votre oncle ait beaucoup apprécié la cuisine mongole et la cuisine balte. C'est une boisson à base de citron vert, d'ail, d'angustura, de tomates, d'un ingrédient secret de votre oncle, et d'une bonne dose de la cause du mal.

— Quelle cause du mal ? grommela Eleanor en regardant dans son verre.

— Le liquide qui a provoqué votre gueule de bois. Un vrai casse-tête pour moi ! Devais-je ajouter une dose de vin de pissenlit, de poiré ou de liqueur de châtaigne ?

— C'est bon, c'est bon, dit Eleanor en resserrant sa robe de chambre autour de sa taille.

— Ne vous en faites pas, Mrs Trotman a préparé le remède parfait. Deux sandwiches au lard pour restaurer votre équilibre électrolytique.

Clifford continua à faire quelque chose d'extrêmement bruyant à l'autre bout de la pièce.

Mrs Butters apparut à cet instant avec les sandwiches promis, une grande carafe d'eau et deux comprimés blancs sur un plateau.

Les deux femmes échangèrent un regard compatissant avant que Mrs Butters ne quitte la pièce.

Après avoir avalé les comprimés, Eleanor invita Clifford à s'asseoir.

— Je vous confirme, Clifford, que je me sens déjà mieux. C'est peut-être bien une cure miracle. En tout cas, je suis impatiente que vous me racontiez ce que vous avez appris hier. À en juger par votre exubérance inhabituelle, votre entrevue avec votre contact a été fructueuse.

Clifford hocha la tête.

— En effet. Il m'a donné deux informations importantes.

Eleanor l'encouragea à continuer entre deux bouchées de lard salé et croustillant et de pain blanc moelleux.

— Avez-vous déjà entendu parler du Programme de la deuxième chance ? dit Clifford en versant du thé noir pas très fort dans une tasse, qu'Eleanor accepta avec un sourire.

— Ça me dit quelque chose. Qu'est-ce que c'est exactement ?

— Eh bien, Mr Cornell a bénéficié de ce programme. Il est destiné à des personnes qui ont eu des démêlés avec la justice. On leur offre une chance de se réintégrer après leur sortie de prison. Apparemment, ce programme s'adresse à des délinquants qui ont commis des délits mineurs. Or Mr Cornell purgeait une peine de cinq ans pour vol à main armée.

Eleanor fronça les sourcils.

— Pas vraiment un délit mineur.

— En effet. Pourtant, il a été accepté bien volontiers. Soit on a jugé que Mr Cornell essayait vraiment de revenir sur le droit chemin et était prêt à respecter les règles, soit…

— Soit ?

— Soit quelqu'un voulait se servir de Mr Cornell.

Le morceau de lard bien gras qu'Eleanor venait d'enfourner atténua le sifflement qu'elle laissa échapper. Elle s'essuya la bouche.

— Qu'en est-il de l'objet que nous avons trouvé à la carrière ?

— Oui, c'était judicieux de le laisser là-bas. J'ai également demandé à un contact de procéder à quelques vérifications concernant le deuxième objet que vous avez trouvé à côté.

— La pierre ? J'avais raison, c'était bien un grenat ?

— Exactement, madame.

Clifford sortit la pierre semi-précieuse de la poche de sa veste et la posa sur la table. Eleanor la prit, la leva vers la lumière et la fit tourner dans ses doigts.

— C'est presque aussi joli qu'un rubis.

— Pour un œil non averti, oui. Mais vous serez surprise de connaître l'une de ses utilisations les plus courantes.

— C'est un peu tôt pour les devinettes mais je vais essayer. Elle est trop grosse pour une bague de fiançailles, ça serait de mauvais goût. Des boucles d'oreilles, une broche, un bracelet ?

— Vous n'y êtes pas.

— Une boucle de ceinture ou une coiffe indienne ?

— Vous refroidissez !

Il soupira.

— Un collier ?

— Vous chauffez.

Elle passa la main sur son front.

— Pourquoi pas un genre de décoration ? Une médaille ?

— Vous brûlez – je suis généreux.

— Euh un collier de cérémonie ?

— Bingo !

Eleanor se tapa le front et le regretta immédiatement. Elle attendit que les élancements cessent.

— Le maire, Mr Kingsley ! (Elle frémit.) Mais il n'a pas le profil d'un meurtrier. Il s'est toujours montré si… aimable.

— C'est sans doute dû à votre manque de discernement – vous l'avez reconnu vous-même – quand il s'agit de juger le caractère d'un homme.

Eleanor ignora sa remarque.

— Le grenat aurait très bien pu avoir été mis là par Cartwright ou le sergent Wilby afin d'incriminer le maire.

Clifford hocha la tête.

— C'est tout à fait possible.

— Et de toute façon, il ne serait pas vaniteux au point de porter son collier de cérémonie pour cacher cette boîte et son contenu dans la carrière ?

— Non, madame, mais la pierre peut très bien s'être détachée de son support ailleurs et être tombée dans une poche ou un pli des vêtements du maire, pour tomber à nouveau quand il a récupéré ladite boîte.

— C'est vrai. Et il vous a accusé du meurtre. C'est sûrement une preuve, ça ?

— Encore une fois, pas nécessairement, madame. Votre oncle et Mr Kingsley ne se sont jamais bien entendus. Ils avaient leurs désaccords. (En voyant son expression, il poursuivit.) C'est une longue histoire qu'il vaut mieux laisser pour une autre fois.

Elle pensa aux grenats qu'elle avait découverts, cachés dans sa chambre. Faisaient-ils partie de l'histoire ? Elle était désormais convaincue que Clifford était du côté de la vérité et de la justice, il y avait certainement une explication à leur présence dans sa chambre. Elle n'était cependant pas prête à avouer qu'elle avait fouillé ses quartiers. Elle le ferait une fois qu'ils auraient attrapé l'assassin et qu'elle aurait trouvé un moyen d'aborder le sujet. Elle se contenta de hausser les épaules.

— Si vous le dites, Clifford. Il est donc possible que Kingsley ait essayé de prendre sa revanche sur mon oncle ?

Clifford hocha la tête.

— Peut-être croyait-il vraiment ce qu'il disait. Il se pourrait que Mr Cartwright ou le sergent Wilby aient fait courir des bruits sur moi, sans que je le sache. La mort de votre oncle est entourée… d'un certain mystère. Mais il est préférable que nous en finissions avec cette affaire avant d'en parler.

Elle prit une profonde inspiration.

— Il y a beaucoup de choses dont nous devrons discuter mais pour le moment il faut que nous restions concentrés sur notre objectif.

Clifford hocha la tête.

— Bien dit, madame. Et d'autres que le maire auraient pu se servir de Mr Cornell. Le sergent Wilby par exemple. Du fait de sa position, Wilby aurait pu facilement renvoyer Jack Cornell en prison. Comme vous l'avez fait remarquer, le chef de la police a beaucoup de pouvoir dans les petites communautés rurales.

— Absolument, Clifford. Sans oublier, bien sûr, que Cartwright figure toujours sur la liste de nos suspects avec Kingsley et Wilby. C'est la seule personne que nous puissions relier directement à Jack Cornell. Je les ai vus ensemble le lendemain du meurtre. (Elle regarda sa tranche de lard toute sèche à présent. Mais étant contre le gaspillage, elle la mangea.) Alors qui est l'assassin ? Encore faudrait-il qu'il figure bien sur la liste de nos suspects.

Clifford débarrassa son assiette.

— C'est précisément ce que nous allons devoir établir maintenant.

Eleanor gravit les marches quatre à quatre, tout excitée. Sa bonne humeur étant contagieuse, Gladstone bondissait à côté d'elle. Alors qu'elle arrivait en haut de l'escalier, son pied se prit dans l'ourlet de sa robe, elle tomba de tout son long sur le palier et se cogna la tête contre la rampe. Gladstone exprima son inquiétude en lui donnant de grands coups de langue sur le nez.

Elle crut d'abord que sa chute, due à son excès d'enthousiasme, était passée inaperçue. Mais en levant les yeux, elle vit les jambes de girafe de Polly devant elle.

— Ça va, madame ? murmura la servante en rougissant.

Elle se pencha et tendit la main à Eleanor pour l'aider à se relever.

Eleanor mit un doigt sur ses lèvres et fit un clin d'œil. Polly gloussa.

— Rien ne sert de courir, mieux vaut éviter de tomber, murmura-t-elle à son tour.

La servante l'aida à se mettre debout puis l'accompagna jusqu'à sa chambre. Une fois installée devant le miroir de sa coiffeuse, Eleanor regarda sombrement la bosse qui grossissait à vue d'œil sur son front.

— Merveilleux ! C'est très seyant.

Au rez-de-chaussée, Clifford l'attendait dans le petit salon avec un tube de pommade. Il montra son front.

— Je ne peux décidément rien faire en cachette quand vous êtes dans les parages, dit-elle avec bonne humeur. Vous n'êtes pas né de la dernière grêle.

— Pluie, madame. Vous n'êtes pas né de la dernière pluie, c'est l'expression à laquelle vous faites allusion, sans doute.

Elle regarda l'écriture minuscule sur l'étiquette.

— C'est de l'Arnica, madame. Il faut en mettre le plus vite possible après la cause du choc. Je me suis dit que vous aimeriez atténuer la bosse.

Après avoir appliqué un peu de baume frais, elle joignit les mains.

— Merci, Clifford. À présent, pour attraper notre assassin, il nous suffit de découvrir qui, parmi nos suspects, mord à l'hameçon. Et une fois que nous aurons cet imbécile…

— Il faudra trouver des preuves irréfutables à présenter au juge. Encore faudrait-il que l'affaire soit jugée, étant donné que la police locale semble être à la solde du tueur, à moins que l'assassin fasse partie de ses effectifs.

Eleanor leva les mains dans un geste de frustration.

— Ce ne sont que des détails, Clifford. Nous ne pouvons pas nous permettre d'attendre. Il faut que nous agissions avant qu'il y ait un autre meurtre.

— Peut-être deux, madame, si nous ne sommes pas suffisamment préparés.

— Je comprends votre prudence naturelle, Clifford. Ça ne m'empêche pas d'avoir très envie de vous taper la tête contre ce buffet en noyer.

— En chêne, madame. Et si nous voulons vaincre un adversaire aussi impitoyable que le meurtrier, il faut que nous travaillions en équipe, je crois.

Les paroles de Clifford lui firent oublier sa frustration. Elle n'avait jamais fait partie d'une équipe auparavant. Pas vraiment. Même dans son travail, elle avait toujours été indépendante ou dirigé les opérations. Elle se laissa fléchir.

— Vous avez raison Clifford. Désolée d'avoir impitoyablement voulu taper votre tête contre un objet très dur.

— J'accepte vos excuses et j'admire votre goût de l'action mais j'ai aussi promis à votre oncle de vous protéger.

— D'accord, Clifford, en tant que nouveau membre de l'équipe, je veux bien me laisser convaincre.

— Merci. Ce dont nous avons besoin, c'est un plan qui combine le meilleur de nous deux. Votre sens de… l'inattendu.

Clifford fronça les sourcils en considérant la tenue mal assortie d'Eleanor. Elle portait un pull en cachemire turquoise avec un pantalon en sergé bleu, des escarpins en satin marron et un foulard tissé de fils argentés.

— Quoi ? demanda-t-elle en baissant les yeux pour inspecter sa tenue.

— … et ma logique, poursuivit Clifford sans perdre contenance.

— Ça pourrait marcher. L'assassin me semble si arrogant qu'il pourrait sous-estimer une simple femme et…

Eleanor repensa aux paroles du maire.

— Un simple majordome, madame ?

— Oui Clifford. Une simple femme et un simple domestique. Deux catégories sous-estimées, mésestimées depuis des générations. Quand elles s'associent, elles forment une formidable équipe.

Clifford inclina la tête.

— Je vois qu'une idée a germé dans votre esprit, madame.

Eleanor sourit.

— Oui, Clifford et vous allez l'aimer autant que l'assassin va la détester. Il est temps de renverser les rôles.

# 37

— Environ une douzaine de tourtes à la viande, vous dites ? Voyons voir… (Mrs Trotman réfléchit quelques secondes.) Quinze minutes de préparation, quarante de cuisson au four, et dix pour qu'elles refroidissent. Qu'est-ce que ça nous fait ? (Elle regarda la pendule.) Je dirais une heure et quelque, madame ?

— Parfait, merci. Désolée de vous demander ça au dernier moment, dit Eleanor en souriant. Oh, et Mrs Trotman, si vous pouviez bien les envelopper, je vais les emporter dans le panier de ma bicyclette.

En traversant le vestibule, Eleanor croisa Clifford qui affichait un air grave.

— Qu'est-ce qui ne va pas ? demanda-t-elle en fronçant les sourcils.

— Madame, j'ai un doute. Réflexion faite, je crains que ce plan ne soit trop dangereux.

— Allons, Clifford, nous en avons déjà parlé. En vieux routier qu'il était, mon oncle aurait sûrement recommandé l'attaque comme meilleure forme de défense.

— Il était aussi connu pour dire que « prudence est mère de sûreté ».

Arrivée à l'étage, Eleanor se pencha par-dessus la balustrade.

— Dickens.

— Shakespeare, répondit-il alors qu'elle avait déjà disparu.

Avec le vent dans le dos, Eleanor dévala la route qui menait du manoir à Little Buckford. Elle la dévala tant et si bien qu'elle heurta au passage Mr Penry. Appuyant en vain sur ses freins inefficaces, elle dérapa et manqua de percuter une camionnette garée. Elle lâcha son vélo et se précipita vers Mr Penry.

— Mr Penry, je suis désolée.

Le boucher se releva tant bien que mal et redressa sa casquette.

— Juste ciel ! Certains disent que le vélo, c'est bon à la santé mais je ne suis pas convaincu, madame. Ça me paraît plutôt dangereux pour les piétons qui en croisent un.

— Mr Penry, je ne m'excuserai jamais assez, dit-elle en le regardant avec inquiétude.

— Ne vous en faites pas, hormis une blessure d'amour-propre, je n'ai absolument rien.

Eleanor rit.

— Dans ce cas, si vous êtes absolument certain, je vais poursuivre ma route, mais en faisant plus attention à ceux qui se déplacent sur deux jambes plutôt que sur deux roues.

Le boucher s'éloigna en lui faisant un signe amical et se dirigea vers son magasin en lançant :

— Les coupables prennent la fuite sans même qu'on les poursuive, madame.

— Espérons, marmonna Eleanor en enfourchant sa bicyclette.

Elle essaya de rattraper le temps perdu. Comme Clifford avait pris la Rolls, il ne lui restait que son vélo pour mettre à exécution la première partie de leur plan. Arrivée à la sortie du village, elle regarda sa montre.

*Allez Ellie !* Elle se mit en danseuse quand la pente devint trop raide. *Si tu loupes Lancelot, notre plan va capoter.*

Les jambes et les poumons en feu, elle déboula dans la cour de Joe, le chauffeur de taxi. On l'avait informée que

Lancelot avait loué une grange là-bas pour son précieux avion, Daphne.

Mais il n'y avait aucune trace de Lancelot ni de Daphne.

— Il y a quelqu'un ? demanda-t-elle en descendant de sa bicyclette.

— Par ici, madame.

Elle se tourna et vit un postérieur bien rembourré penché sur un moteur. Elle se précipita vers lui et entra immédiatement dans le vif du sujet.

— Avez-vous vu lord Fenwick-Langham ? Il est là ?

Le postérieur se redressa, laissant apparaître un visage ratatiné qui lui adressa un sourire presque édenté mais chaleureux.

— Lady Swift, pardonnez-moi, je n'avais pas vu que c'était vous. J'avais la tête penchée sur ce fichu moteur. Il me rend fou.

— Le vilain ! Excusez-moi d'être aussi directe, mais je cherche Lance… lord Fenwick-Langham, c'est très urgent. Il est là ?

— Hélas non. Il est parti il y a dix minutes environ.

Eleanor grogna.

— A-t-il dit combien de temps il serait parti ?

— Il a juste dit qu'il faisait un saut en ville et qu'il reviendrait pour tenter de réparer l'embiellage de son avion.

— Ça ne vous dérange pas si j'attends ici ?

— Asseyez-vous, dit Joe en souriant.

Il montra un vieux siège de voiture appuyé au mur de la grange la plus proche.

— Vous voulez du thé ?

Elle n'eut pas le temps d'accepter son offre qu'elle entendit une moto qui approchait.

— Lancelot ! cria Eleanor.

Elle prit la montre de son oncle dans la poche de sa veste.

— Il était moins une, mon ami, marmonna-t-elle.

Lancelot s'engagea dans la cour et quand il la vit, il se mit à décrire des cercles autour d'elle.

— Stop ! cria-t-elle pour couvrir le vacarme. Affaire urgente !

Lancelot s'arrêta à côté d'elle.

— Tiens, tiens Sherlock.

Il enleva son casque.

Eleanor était un peu contrariée par sa nonchalance.

— Vous êtes surpris de me voir ?

— Pas le moins du monde, vieille branche !

— Quoi ?

Lancelot se tapota le nez.

— Sandford m'a fait savoir que vous ne passeriez pas l'après-midi sans venir me voir.

— Blagueur ! Arrêtez de me distraire.

Il ébouriffa ses cheveux blonds.

— Je sais, je suis la distraction du coin.

— C'est sérieux. J'ai besoin de votre aide. Et d'un endroit où nous pourrons parler tranquillement, murmura-t-elle.

Lancelot mima un salut militaire et descendit de sa moto, faisant tanguer Eleanor quand il la poussa légèrement.

— Venez dans ma tanière, ma chère.

Elle rougit en se disant qu'elle aurait aimé qu'il restât précisément où il était, tout contre elle. Il posa son casque sur le réservoir de la moto, puis passa un bras autour de ses épaules et la fit tourner. Il s'arrêta tout à coup.

— Oh, l'accident avec la Rolls ! Votre épaule est complètement remise ?

— Complètement, mentit-elle, appréciant le contact de sa peau.

*Reste concentrée, Ellie.*

Il s'arrêta devant la porte d'une grange en face de l'entrée de la cour et tira d'un coup brusque sur la poignée.

— Un peu branlant mais ça fait l'affaire, dit-il en faisant signe à Eleanor d'entrer.

Elle plissa les yeux dans l'obscurité.

— Je ne vois rien.

— Attendez une seconde.

Eleanor ne distinguait que le contour de la silhouette de Lancelot tandis qu'il se dirigeait en courant vers le mur du fond. Il y eut un grincement rouillé puis un craquement qui aurait pu annoncer la chute d'un gros chêne.

— Qu'est-ce que… dit Eleanor en sursautant.

Mais la lumière s'alluma soudain. Lancelot referma les deux énormes portes.

Eleanor laissa échapper un hoquet de surprise.

— Lancelot qu'avez-vous fait à votre avion ?

— Inutile de vous inquiéter. (Il enleva sa veste.) C'est juste la tringlerie de direction.

— Mais il est en mille morceaux, grogna Eleanor en regardant, consternée, les pièces étalées sur une jolie couverture de pique-nique sous le compartiment moteur.

— Ça va aller ! Daphne a vu pire. Pourquoi en faites-vous un drame, Sherlock ? Ça ne vous ressemble pas.

Eleanor pivota brusquement sur ses talons, très agitée tout à coup.

— Mais j'ai besoin de…

Elle s'interrompit en voyant la chemise blanche de Lancelot tachée d'huile, tellement imbibée à certains endroits qu'elle était presque transparente. Il avait retroussé ses manches, laissant apparaître ses avant-bras bronzés.

— Vous avez besoin de… ? demanda-t-il doucement en s'approchant d'elle.

— J'ai besoin de rester concentrée sur ma mission, s'entendit-elle dire bien qu'elle souhaitât tout le contraire.

— Quel dommage Sherlock, murmura Lancelot en coinçant ses mèches bouclées derrière son oreille. (Il la regarda droit dans les yeux.) Dans un endroit aussi romantique…

— Romantique ? (Elle retint son souffle.) Lancelot, c'est une vieille grange délabrée.

— C'est vrai mais je ne vous avais jamais eue rien que pour moi, à l'abri des regards indiscrets. Je n'arrête pas de penser à vous depuis que vous m'avez abordé dans le champ du vieux Cartwright.

— Il préfère qu'on l'appelle Thomas… Vraiment, vous pensez à moi ? dit Eleanor, l'air rêveur.

— Sherlock, dit-il en la prenant doucement par le bras. Que doit faire un homme pour avouer ses sentiments à une fille comme vous ? Vous êtes une créature impossible. Une boîte de chocolats ou des fleurs, ça ne convient sûrement pas pour vous ?

— Vraiment ?

Eleanor avait un faible pour le chocolat mais se fichait des fleurs. Enfin, ça dépendait qui les lui offrait. Mais là n'était pas la…

— Je n'ai jamais rencontré une fille comme vous. Vous… vous êtes spéciale, dit-il en riant. Spéciale et irrésistible. Chaque fois que je vous vois, vous êtes couverte de boue, ou vous avez les cheveux plaqués sur le visage… ou vous poursuivez un assassin.

Elle regarda ses bras qui tenaient les siens.

— C'est amusant. Je suis venue ici pour oublier toute cette folie et… ça peut paraître affreusement exagéré mais je suis venue pour me retrouver. Ma vie. Mes racines. J'ai parcouru le monde pour essayer de trouver un sens à cette drôle de vie. (Elle regarda Lancelot dans les yeux.) Je croyais que c'était l'amour, mais les choses ont mal tourné pour moi à vrai dire.

Lancelot sourit.

— Je comprends tout à fait. Et quand vous nous avez parlé de votre bref mariage pendant le déjeuner l'autre jour, je me suis douté qu'il y avait autre chose.

Elle hocha la tête.

— J'étais jeune et bête, dit-elle en fixant ses yeux gris métallique. Je le suis peut-être toujours… bête, je veux dire.

Au loin, elle entendit le clocher de l'église sonner l'heure. Zut ! Le temps pressait. Elle se concentra à nouveau sur la tâche à accomplir.

— Écoutez Lancelot, je sais qui est l'assassin. Bon, pas encore, mais je le saurai ce soir.

Lancelot recula.

— Excellent ! Quelle efficacité ! Bravo Sherlock !

— Il faut que nous l'arrêtions. Il a déjà tué deux fois, peut-être plus, et il a essayé de me kidnapper par-dessus le marché.

Lancelot prit le visage d'Eleanor entre ses mains. Ses yeux lançaient des éclairs.

— Quoi ? Il est grand temps qu'il ait ce qu'il mérite !

Eleanor ignora l'émotion qui transparaissait dans la voix de Lancelot et les remous qu'elle provoquait en elle. Elle regarda l'avion.

— Je n'aurais pas dû compter sur Daphne.

— Ne vous inquiétez pas Sherlock, dit Lancelot, les yeux pétillants. Qu'est-ce qu'un vol de plus avec un système de pilotage hasardeux ?

— Non Lancelot, c'est terriblement dangereux.

— Peut-être mais quelle est l'option ? Vous n'avez pas d'avion de rechange sur vous ?

Il fit mine de la fouiller, descendant les mains le long de son torse jusqu'à ses hanches.

Eleanor avait le tournis. Elle dut faire un gros effort pour rester concentrée.

— Vous êtes sûr ? Mais promettez-moi deux choses.

— Ne décollez pas si c'est vraiment dangereux… et… oh et puis zut. Pouvons-nous reprendre cette conversation quand tout ça sera fini ?

Il serra sa main.

— Honnêtement Sherlock, je suis impatient.

# 38

Le paysage sur la route de Chipstone défila sans qu'Eleanor y prêtât attention. Ses pensées étaient accaparées par Lancelot.

En arrivant à la périphérie de la ville, elle s'arrêta devant la première épicerie. Après avoir regardé l'élégant auvent rayé vert et blanc, elle se ravisa et descendit la rue principale en pédalant. L'épicerie suivante lui parut plus appropriée. Des sacs de pommes de terre se mêlaient aux flacons de paraffine sur le trottoir. Des balais et des brosses étaient suspendus à côté de longues bandes de lard et quelques pieds de porc. *J'aime mieux ça*, pensa Eleanor en appuyant sa bicyclette contre le mur en briques rouges. Elle entra.

— Bonjour, dit-elle au couple derrière le comptoir.

La femme donna un coup de coude à son mari. Il fixa Eleanor, incapable de parler.

— Oh toi alors ! le sermonna sa femme. (Elle adressa un grand sourire à Eleanor et tira sur ses mèches de cheveux gris.) Bonjour, madame, qu'est-ce qui vous faudra aujourd'hui ?

Eleanor aperçut les scones aux fruits sur le comptoir.

— Une douzaine de scones. Ils ont l'air délicieux.

— Dix, onze, douze et le treizième pour saint Jean.

La femme prit le sachet par les deux coins supérieurs et le fit habilement tourner sur lui-même.

— Saint Jean ? demanda Eleanor.

— Le dernier est gratuit pour célébrer l'amitié, dit la femme en souriant. Saint Jean, saint patron de l'amitié. Que vous ne mangiez jamais seule, ma chère.

— Oh, merci beaucoup.

— Douze scones, ça vous fera un demi-shilling, madame.

Eleanor regarda dans le sachet.

— C'est vous qui les faites ?

— Non, répondit la femme en riant. (Elle montra son mari.) Il sait faire deux ou trois choses. La pâtisserie entre autres, heureusement.

Eleanor rit.

— Auriez-vous la gentillesse de m'aider pour tout autre chose ? Je cherche quelqu'un. Peut-être le connaissez-vous ?

— Nous sommes derrière ce comptoir depuis vingt-cinq ans, pas vrai Frank ? Nous connaissons pratiquement tout le monde. Qui cherchez-vous ?

— Un jeune garçon, il doit avoir dix ans environ, dit Eleanor d'une voix hésitante, consciente qu'elle ne les aidait pas beaucoup avec ses informations vagues. Il s'appelle Alfie, je crois.

— Alfie Sullivan ?

La femme regarda son mari avec inquiétude.

— Le fils d'Ila. C'est un bon petit gars d'habitude.

— Oh mince alors ! Il n'a jamais eu d'ennuis jusqu'à présent. À moins qu'il ait eu de mauvaises fréquentations. Ça va briser le cœur d'Ida.

Eleanor se demanda ce qu'elle avait bien pu dire pour leur donner l'impression que le garçon avait des ennuis. Mais pourquoi une « dame » de sa condition serait-elle à la recherche d'un fils d'ouvrier si ce n'est pour l'accuser de lui avoir arraché son porte-monnaie ou d'avoir volé ses bijoux ?

— Alfie est un garçon adorable. Il n'a aucun ennui, dit-elle en souriant.

La femme poussa un soupir.

— C'est un sacré soulagement, n'est-ce pas Frank ? Notre Alfie est un ange avec sa mère, c'est ce qu'elle dit toujours. Surtout depuis la mort de son père.

Frank secoua la tête.

— On n'aurait pas dû douter du petit gars. (Il leva les yeux vers la pendule du magasin.) À cette heure, il est soit chez Barnes, l'usine de peinture, soit chez le maréchal-ferrant en train d'alimenter le feu et d'empiler les vieux fers à cheval pour les faire fondre.

Sa femme l'interrompit.

— Ou je parie qu'il est en train d'empiler des boîtes en fer pour les bombarder de cailloux. (Elle sourit à son mari.) Frank et moi, on jouait aussi à chamboule-tout quand on avait son âge. On empilait des boîtes de tabac vides qu'on chipait derrière le pub. Et après on les bombardait. Tu te souviens chéri ?

Ils se regardèrent avec tendresse.

Eleanor s'éclaircit la voix.

— Barnes et le maréchal-ferrant se trouvent tous les deux à la sortie de la ville ? (Ils hochèrent la tête en même temps.) Et s'il joue à chamboule-tout ?

Frank sourit.

— Au repaire des gamins, je suppose. Ils ont établi un véritable camp dans les bois. Vous passez devant les cheminées de Barnes et vous prenez la côte. Vous verrez une mini-forteresse construite avec des bouts de bois, ils ont même commencé à creuser des douves.

Il rit.

— Merci beaucoup pour votre aide, pour les scones et la bénédiction de saint Jean.

Eleanor se dirigea vers son vélo en toute hâte.

En l'enfourchant, elle pensa que son plan ne lui permettait pas de profiter de la vie tranquille à la campagne. Elle avait déjà pris du retard. Barnes, le maréchal-ferrant ou les bois ? Elle opta pour les bois.

Elle tourna au bout de la rue principale, négocia tant bien que mal les pavés devant la brasserie et gravit la côte. Puis elle continua et continua encore.

— C'est désespérant, grogna-t-elle en dégageant la roue de sa bicyclette qui s'était encore prise dans des branches.

— Un coup de main, madame ? dit la voix d'un garçon.

— Alfie, dit-elle en se retournant avec un sourire soulagé. Oh, tu n'es pas…

Elle regarda le garçon aux cheveux roux et au visage constellé de taches de rousseur.

— Il n'est pas là madame, mais je peux vous dire qu'il n'a rien fait.

— Quel bon copain, tu prends sa défense. Mais ne t'inquiète pas, il n'a pas d'ennuis. J'ai un… travail pour lui.

— Un travail ! Cinq minutes, madame ! (Il s'élança dans la descente puis désigna un point à droite.) On se retrouve au fort.

Quelques secondes plus tard, il avait disparu… l'incroyable vitesse de la jeunesse. Eleanor leva les yeux vers l'endroit qu'il avait indiqué. Un drapeau rouge à moitié déchiqueté flottait dans la brise légère entre les arbres.

Elle appuya sa bicyclette contre un vieux hêtre, détacha le panier et constata que son contenu avait miraculeusement survécu sans dommage.

En arrivant au fort, elle lut des instructions griffonnées sur un lambeau de tissu fixé à une porte de fortune constituée de branches de jeunes arbres taillées au couteau. L'écriture était approximative et penchée : « Frapé avent d'entré ».

Au-delà de la porte, elle vit une série de cabanes en noisetier construites avec enthousiasme, suivies d'un ouvrage de défense vaguement circulaire délimitant le périmètre du camp. Au centre, elle distingua un groupe de rondins. Chaque coin était marqué par un rondin plus grand.

*Ah ah, ce doit être la salle du conseil*, songea-t-elle en se perchant sur un petit rondin.

À droite, il y avait des boîtes de conserve empilées, un tas de cailloux, des arcs et des flèches de fortune. Elle posa son panier par terre et attendit.

L'attente fut de courte durée.

— J'en reviens pas ! Qu'est-ce qui t'a pris de dire ça ? Les dames ne se baladent pas toutes seules au milieu des bois. Ça te fait rire de l'avoir fait monter jusqu'au fort, idiot ?

— Elle était presque arrivée ! Elle l'avait trouvé en tout cas.

Elle entendit des bruits de chaussures piétinant des brindilles, puis deux visages curieux apparurent entre les derniers troncs qui cachaient l'entrée de leur camp. Eleanor reconnut avec soulagement l'un d'eux.

— Bonjour Alfie, dit Eleanor en le saluant d'un signe de la main. J'ai frappé mais il n'y avait personne à qui j'aurais pu me présenter.

Alfie donna une tape sur le bras de son ami et ouvrit la porte en chuchotant :

— Je t'avais dit que c'était elle. (Il ôta sa casquette et salua Eleanor d'un signe de tête.) Bonjour madame. Vous vous êtes encore perdue ?

— Non Alfie. J'espère que tu pourras m'aider.

— Bien sûr que je vais vous aider. Je peux vous poser une question si c'est pas trop impoli ? Le sergent a dit que vous avez un travail pour moi.

Il la regarda en mordant sa lèvre inférieure.

Eleanor avait du mal à suivre.

— Le sergent ? Je ne pense pas avoir rencontré de serg…

— Désolé, madame, dit Alfie en montrant l'autre garçon. C'est Billy. Moi je suis le capitaine et lui, le sergent.

— D'accord ! Merci Billy, euh, sergent d'être allé chercher le capitaine. C'est très gentil.

Billy hocha la tête, tétanisé, comme un lapin ébloui par des phares.

— Pas de problème, je savais qu'il était chez Barnes.

Eleanor se leva.

— J'ai effectivement un travail pour vous. Et je vous paierai pour votre aide, naturellement.

— Un penny ! dirent les garçons en chœur.

— Plus de quoi vous donner des forces pendant que vous m'aiderez.

Elle enleva le torchon à carreaux qui recouvrait le panier qu'elle pencha en avant pour leur en faire voir le contenu.

Ils écarquillèrent les yeux.

— C'est des tourtes à la viande, madame ?

— Pour vos familles, et des scones aux fruits en guise de remerciement.

Elle s'était dit que certaines familles avaient rarement l'occasion de se payer de tels luxes.

— Je suis votre homme ! Le sergent aussi ! cria Alfie.

Ils se mirent au garde-à-vous.

Eleanor les imita.

— Merci capitaine et sergent. Notre alliance est désormais officielle. Je suppose que vous avez plus d'hommes, dignes de confiance bien sûr. Il en faudrait une douzaine.

Alfie parut faire des calculs compliqués dans sa tête.

— Pas de problème, madame.

Eleanor sortit douze pennies de son portemonnaie et les déposa dans la main d'Alfie. Puis, elle en mit un autre et pensa : *Et un de plus pour l'amitié.*

Elle tendit le panier à Billy et se pencha vers Alfie.

— Alfie, tu sors de chez Barnes, c'est donc tout à fait dans tes cordes. Tout d'abord, je dois préciser quelque chose de très important : si quelqu'un vous attrape, vous ou vos compagnons, vous devez dire que c'est lady Swift qui vous a forcés à le faire. J'ai menacé d'aller à la police et de vous accuser d'avoir volé ma valise. D'accord ?

Ils hochèrent vigoureusement la tête.

— Très bien. En temps normal, je n'encouragerais pas ce genre de comportement, naturellement, mais les circonstances sont exceptionnelles. À présent messieurs, voilà ce que je vous demande de faire…

Mrs Butters descendit les marches du perron pour venir à la rencontre d'Eleanor qui poussait sa bicyclette sur la dernière portion de l'allée.

— Vous avez eu une journée chargée, madame, il n'y a pas de doute, dit l'intendante en souriant et en prenant le guidon.

— Oh Mrs Butters, je suis trop vieille pour gravir des collines et jouer au soldat. Et pour qu'on m'arrache le cœur encore une fois, soupira-t-elle.

Mrs Butters tapota le bras d'Eleanor.

— Vous verrez, ça ira mieux après une bonne tasse de thé et une assiette de pâtisseries de Mrs Trotman. Elles sont en train de refroidir.

— S'agit-il de ses délicieuses pâtisseries à l'abricot ?

— Oh elle n'a pas arrêté. Il y en a un plein plateau. À la rhubarbe et au gingembre, à la crème au citron, au chocolat et aux cerises.

— J'en ai déjà l'eau à la bouche.

— Vous prendrez le thé dans la cuisine, à côté de la cuisinière, madame ?

— Quoi ? Oh oui, si ça ne vous dérange pas. Mon Dieu, elles ont l'air délicieuses, dit Eleanor en regardant les pâtisseries qui refroidissaient. Elle se laissa tomber sur une chaise et jeta son chapeau et ses gants sur la table.

La voix de Clifford la fit sursauter.

— Votre manteau, madame.

— Clifford ! Encore vous ! S'il vous plaît, prenez des cours de trombone pour annoncer votre arrivée. Je vous jure que votre façon de surgir de nulle part me tuera un jour !

— Espérons que non, madame. Mais peut-être une trompette de héraut ou une saquebute seraient-elles plus appropriées.

Il sourit et prit son manteau alors qu'elle s'était levée et l'avait fait glisser de ses épaules.

— Mr Clifford, je vous ai installé à côté de madame, pour le thé. Mrs Trotman sera de retour dans une heure. Polly et moi devons nous occuper du linge. Ça ira ?

— Parfaitement. Vous en avez fait plus qu'assez. Merci, Mrs Butters.

Après avoir pendu le manteau d'Eleanor, Clifford leur servit une tasse de thé qui avait infusé dans une belle théière en porcelaine.

— Il faut que je passe ces coups de téléphone, dit Eleanor à travers la vapeur qui s'élevait de sa tasse. Tout est prêt de votre côté ?

— Tout est prêt, madame. Les recrues que vous avez engagées travaillaient dur quand je suis arrivé. Il m'a suffi de contenir leur exubérance naturelle et de les inciter à rester concentrées sur leur tâche.

Clifford lui fit passer l'assiette de pâtisseries.

— Parfait. Ils m'ont accordé le titre de membre honoraire du Fort Chippers à moi aussi, vous savez. (Elle imita l'accent d'Alfie.) Le capitaine et le sergent ont donné leur accord.

Elle posa sa tasse et choisit une pâtisserie particulièrement riche en chocolat.

Clifford la regarda d'un air interrogateur.

— Et oui, j'ai trouvé Lancelot.

— Je vois.

Clifford se dirigea vers l'évier et humecta un mouchoir propre qu'il avait pris dans sa poche. Il le lui tendit et se rassit.

— Quoi ?

— Votre joue, madame.

Elle frotta sa joue et grogna en voyant le mouchoir taché d'huile lubrifiante.

— Oh zut Clifford, j'ai pédalé dans tout le comté, demandé mon chemin… oh non, le couple de l'épicerie ! Ils ont dû penser que je faisais de drôles de courses avec ma joue tachée d'huile et mes questions concernant un jeune garçon.

— Peut-être, et ils ne se seront pas trompés.

Eleanor fixa le mouchoir.

— Vous savez Clifford… Je… je crois que je suis en train de tomber amoureuse de Lancelot.

Clifford reprit le mouchoir taché d'huile.

— Ça pourrait être notre prochain plan.

— Quoi ? Piéger Lancelot ? Clifford, vous êtes trop drôle, c'est une idée que pourrait avoir une meilleure amie en classe de première !

— Merci, madame, mais si nous voulons que notre projet actuel soit un succès…

— Oui, bien sûr, assez bavardé. Je dois passer mes coups de téléphone.

Revigorée par l'effet magique des pâtisseries et par le thé, Eleanor était fin prête. Clifford informa le personnel que madame ne devait être dérangée sous aucun prétexte et la rejoignit dans le « coin douillet », fermant la porte derrière lui.

Eleanor fixa le combiné, moins confiante tout à coup.

— Clifford, vous pensez que ça va marcher ?

Clifford se tourna vers elle.

— C'est un risque. Il y a beaucoup de variables que nous ne pouvons pas prendre en compte. Le meurtrier va-t-il croire que l'homme qu'il avait chargé de vous kidnapper n'a pas osé lui avouer son échec par peur de son courroux ? Vous a-t-il vue parler avec le jeune lord Fenwick-Langham aujourd'hui ?

— Ou avec le jeune Alfie ?

— Eh bien, dit Eleanor en prenant le combiné, pour le savoir, il faut que je téléphone. Croisons les doigts !

Un quart d'heure plus tard, elle reposa le combiné pour la troisième fois.

Clifford l'applaudit chaleureusement.

— Bravo, madame ! Quelle performance !

— Merci, Clifford. Espérons que j'aie été suffisamment convaincante !

— Il fallait juste être assez convaincante pour que les trois hommes que vous avez appelés croient que nous sommes sur le point de révéler une preuve irréfutable qui permettra d'identifier le meurtrier.

— Je ne suis pas certaine que Cartwright ait cru à mon histoire. Je sais qu'il me tape sur les nerfs mais je ne le sous-estime pas. Ni lui ni Wilby d'ailleurs. Personne ne peut être incompétent à ce point, c'est sûrement un numéro. Et le maire m'a semblé beaucoup plus hésitant à la fin de notre entretien.

— Peut-être, madame, mais grâce à notre stratagème, le coupable parmi eux n'aura pas d'autre choix.

— Absolument. Quoi qu'il arrive, nous serons préparés.

— Si je peux me permettre, je pense que vos efforts méritent un brandy.

— Peut-être deux, Clifford.

Tandis qu'il servait les boissons au salon, elle tenta de calmer les doutes qui assaillaient son esprit. Avait-elle été suffisamment convaincante ? Avaient-ils pensé à toutes les éventualités ?

Elle l'espérait… pour Clifford et elle, et pour les deux hommes assassinés. Elle prit le verre que Clifford lui tendait et inspira profondément.

Ils ne pouvaient plus revenir en arrière à présent.

# 39

L'obscurité aurait été déconcertante s'il avait fait nuit noire comme dans les histoires romantiques qu'elle dévorait. Dans ces romans, le héros avançait invariablement dans les ténèbres, cherchant vaillamment la femme de son cœur pour la sauver des griffes d'un méchant. La vraie vie était différente. Eleanor était là pour piéger un assassin, entourée d'ombres grises inquiétantes, qui bougeaient sans cesse comme si elles essayaient de l'attraper. Elle frissonna et ramena sa veste autour de ses épaules. *Ressaisis-toi, Ellie !*

Le ronronnement d'une voiture vint rompre le silence. Elle se risqua à regarder autour d'elle. Elle ne voyait que la silhouette du véhicule. *A priori*, ce n'était pas le tracteur de Cartwright, pas assez gros, pas assez bruyant, mais il est vrai qu'il n'aurait pas choisi un moyen de locomotion aussi peu discret, tout comme Kingsley ne viendrait pas avec sa voiture de maire ni Wilby avec une voiture de police.

Elle se raidit quand les faisceaux des phares balayèrent sa cachette sur leur passage. Les pneus crissèrent avant de s'immobiliser. Le moteur s'arrêta.

Eleanor cligna des yeux dans l'espoir de distinguer quelque chose au milieu de la nuit. Le sang pulsait dans ses oreilles. Le bruit de la portière qui s'ouvrit la fit tressaillir. Elle entendit des pas discrets… qui s'éloignaient d'elle.

Elle expira doucement, libérant l'air emprisonné dans ses poumons. Puis elle entendit… des grattements, des raclements suivis du tintement métallique d'une pelle.

— Ah ! murmura une voix familière.

Quoi qu'il advienne à présent, ils avaient leur meurtrier.

Elle avança, les jambes tremblantes. Elle n'était pas lâche mais pas stupide non plus. Ni Clifford ni elle n'avaient l'arrogance de sous-estimer leur adversaire. Aucun d'eux n'ignorait que leur plan pourrait échouer.

— Vous cherchez quelque chose ?

Elle maudit en silence sa voix qui chevrotait.

L'homme se redressa brusquement.

— Que diable faites-vous là ? (Il reprit immédiatement contenance.) Vous deviez être à la brasserie. J'allais vous y rejoindre.

— Vraiment ?

Elle désigna d'un mouvement de tête le sable humide collé à ses genoux.

— Et pourtant vous êtes là, en train de creuser dans la terre comme un garnement. C'est exactement ce que j'avais prévu.

Ce n'était pas tout à fait vrai. Elle avait dit aux trois hommes à qui elle avait téléphoné que Clifford et elle avaient appris l'existence d'un objet, caché dans la cabane d'ouvrier à la carrière, qui prouverait qu'Atkins et Cornell avaient été tués par le même homme. Et plus important encore, ils savaient qui était le meurtrier. Elle avait demandé aux trois hommes de la retrouver dans la vieille brasserie en ville. Qu'ils viennent ou non n'avait pas vraiment d'importance. Ce qui comptait pour Clifford et elle, c'est que l'assassin saurait, lui, qu'il y avait bien une preuve. Et même s'il soupçonnait qu'il s'agissait d'un coup de bluff, il n'aurait pas d'autre option que d'aller directement à la carrière et de récupérer la preuve avant qu'Eleanor et Clifford ne la déterrent.

Elle ignorait juste qui viendrait. Si quelqu'un venait bel et bien. Mais à présent, elle savait.

Kingsley, le maire, fronça les sourcils.

— On ne vous a jamais dit que la tromperie ne seyait pas à une dame de votre condition ?

— Souvent. Avez-vous trouvé ce que vous cherchiez ?

Kingsley se fendit d'un sourire méchant.

— Absolument.

Il posa la boîte sur la table.

— C'est Gladstone qui l'a trouvée, l'informa Eleanor. À l'évidence, vous aviez oublié où vous l'aviez mise. Elle est toujours verrouillée, ajouta-t-elle d'un ton faussement innocent.

Il sortit une petite clé de la poche de sa veste. Feignant l'indifférence, elle le regarda prendre dans la boîte les deux petits carnets rouges et la liasse de billets qu'il rangea dans sa poche. Il plongea à nouveau la main dans la boîte.

Elle reconnut le dernier objet, le Browning, qu'il braquait désormais sur elle.

Elle soupira.

— Comme c'était prévisible… (Elle extirpa une poignée de balles de sa poche et les jeta par la porte dans la nuit.) Et inutile sans ça.

Il jura et lui lança le pistolet dessus en visant sa tête. Elle se baissa vivement. L'arme heurta le mur de la cabane derrière elle sans causer le moindre dommage.

Aussi, lorsqu'elle leva la tête, elle fut quelque peu décontenancée de se retrouver nez à nez avec le canon d'un autre pistolet.

En voyant son expression, Kingsley ricana.

— Oui, c'est vrai, ma chère, j'ai apporté une arme de rechange. Sois prêt, un vrai boy-scout, vous ne trouvez pas ?

Elle haussa les épaules et le regarda avec méfiance.

— Bon, il est où ?

— Qui il ?

— Ne faites pas l'innocente, votre majordome. Espérons qu'il ne soit pas assez bête pour se croire plus malin que moi. (Il braqua le pistolet sur son cœur.) Je vous le demande une dernière fois : où est-il ?

Elle soupira.

— Il est à la brasserie et présente ses excuses aux deux hommes qu'il a fait sortir pour rien en plein milieu de la nuit. Vous voyez, contrairement à vous, Mr Kingsley, aucun des deux n'est un meurtrier.

Kingsley plissa les yeux.

— Vous pensez vraiment que je vais croire que vous êtes venue toute seule jusqu'ici ? N'abusez pas de ma patience.

Elle leva les mains en l'air, feignant de se rendre.

— Bon d'accord, il s'est désisté. Vous vous rendez compte ? Vraiment, on ne peut pas compter sur son personnel de nos jours.

— Mr Clifford ! cria Kingsley dans l'obscurité. Ma patience a des limites. Montrez-vous sinon vous devrez vous chercher un nouvel employeur.

Après un bref silence, Clifford sortit de l'ombre, un pistolet dans le creux de son bras.

— Mes excuses, madame.

Eleanor haussa les épaules.

Kingsley braqua son pistolet sur Clifford et lui fit signe de se mettre à côté d'Eleanor.

— Sans l'arme, si vous voulez bien, Mr Clifford.

Clifford posa le pistolet sur la table et rejoignit Eleanor.

Kingsley reporta son attention sur Eleanor.

— À présent, ma chère, dites-moi ce que vous savez, ou plutôt ce que vous pensez savoir. Mais un conseil, n'essayez pas de m'entourlouper si vous ne voulez pas gâcher votre jolie robe.

— Ce serait vraiment dommage ! J'aime bien cette robe et les taches de sang sont très difficiles à enlever. De plus, vous avez déjà tenté deux fois de m'atteindre sans succès. La première fois en trafiquant les freins de la Rolls, la deuxième fois en essayant de me kidnapper.

Elle parlait d'un ton détaché mais son cœur battait la chamade et ses pensées se bousculaient dans sa tête.

— La troisième fois sera la bonne ! Répondez à ma question maintenant.

Eleanor haussa les épaules.

— Par quoi dois-je commencer ? Voyons voir… (Elle se mit à compter sur ses doigts.) Nous avons le meurtre de la carrière, la mort « accidentelle » d'Atkins, le prétendu suicide de Cornell. (Elle s'interrompit et le regarda droit dans les yeux.) Vous savez que vous êtes un monstre ?

— Douces paroles, ma chère. (Kingsley lissa ses cheveux en arrière.) Mais qu'est-ce qui vous fait penser que j'ai quelque chose à voir avec ça ?

— Eh bien tout d'abord, nous avons pu déterminer que le grenat que nous avons trouvé ici ornait à l'origine votre collier de cérémonie. Nous avons vérifié et comme par hasard votre collier de cérémonie a été réparé récemment, nous sommes donc certains que c'est vous qui avez fait tomber ce grenat. Ensuite, il y a le fait que Cornell a été accepté dans votre Programme de la deuxième chance. C'était louche car la gravité du délit qu'il avait commis aurait dû l'exclure de ce projet. Oh, et bien sûr, la fausse lettre d'adieu de Cornell.

Kingsley fronça les sourcils.

— Qu'est-ce qui vous fait penser que c'était un faux ? Un misérable comme lui ne pouvait pas finir autrement.

Eleanor se hérissa mais tenta de garder une voix calme.

— C'était un faux parce qu'Atkins ne faisait pas chanter Cornell. J'en suis certaine. Je sais de source sûre que Cornell n'avait jamais appris à écrire, il était tout juste capable de signer. Comment aurait-il pu rédiger une lettre d'adieu ? Et il n'a pas tué Atkins non plus, alors pourquoi se suicider ?

— Et c'est là que vous vous trompez ! (Kingsley rit en voyant la surprise d'Eleanor.) Vous me décevez ma chère, je vous croyais plus intelligente que ça. Mr Clifford devinera peut-être la bonne version des faits.

Eleanor regarda Clifford.

— Bien sûr, Mr Atkins occupait un poste très important au sein de l'administration et de par sa profession, il avait des liens, quoique ténus, avec le maire. Je suppose que Mr Kingsley a compris qu'il serait trop dangereux d'éliminer lui-même Mr Atkins. Il s'est donc servi de Mr Cornell et l'a poussé à commettre le meurtre. Je suis certain que Mr Cornell ne l'a pas fait de son plein gré. (Il écarquilla les yeux.) C'est *vous* qui le faisiez chanter !

Kingsley eut un sourire suffisant.

— La clé, c'est comprendre ce qui motive les hommes. Rien de plus simple ensuite, que d'utiliser ce savoir pour pousser l'homme le plus vertueux à commettre le crime le plus abject. Au départ, Cornell ignorait qui le faisait chanter. Mais comme vous l'avez deviné, c'était moi, et depuis un moment. En fait, le chantage, c'est un peu mon fonds de commerce.

Eleanor montra les poches de Kingsley.

— Ça explique les liasses de billets et les notes dans ces petits carnets rouges que nous avons trouvés dans la boîte.

— Exactement. Je note les vilains petits secrets de mes victimes. Non seulement ça me procure un revenu annexe non négligeable mais en plus je peux les utiliser comme moyen de pression si besoin. Dans le cas de Cornell, je détenais la preuve qu'il avait commis un vol à main armée pour lequel il n'avait jamais été poursuivi. Le maître chanteur, moi en l'occurrence, le menaçait de le renvoyer derrière les barreaux, pour de bon cette fois, s'il ne lui versait pas une coquette somme.

Eleanor le regarda, bouche bée. Les pièces du puzzle s'assemblaient petit à petit.

— Vous avez piégé Cornell en lui faisant croire que c'était Atkins qui le faisait chanter. Atkins était sur le point de vous démasquer, c'est pour ça que vous avez voulu l'éliminer ?

Kingsley brandit le pistolet.

— Ça suffit lady Swift. Whitehall a chargé Atkins d'enquêter sur ces rumeurs de corruption. Il pouvait proposer l'immunité à des témoins potentiels en échange d'informations. Heureusement, tous ceux qui sont à ma solde ne voulaient pas parler mais il aurait forcément fini par découvrir mon petit commerce parallèle.

— Votre activité de maître chanteur, vous voulez dire.

Kingsley haussa les épaules.

— J'ai donc dû me… débarrasser de lui.

Eleanor fronça les sourcils.

— Mais comment pouviez-vous être aussi sûr que Cornell allait le tuer ?

— Rien de plus simple ! J'ai progressivement augmenté le montant que je demandais à Cornell jusqu'à ce qu'il n'ait plus un sou. Puis, je lui ai envoyé une dernière lettre, écrite par le maître chanteur bien sûr, dans laquelle je disais qu'il avait vingt-quatre heures pour me verser une coquette somme faute de quoi je transmettrais la preuve à la police. Bien sûr, il savait qu'il ne pouvait pas payer. Comme il participait au Programme de la deuxième chance et qu'il me faisait confiance, il est venu me trouver et m'a demandé conseil. J'ai dit que j'essaierais de trouver l'identité du maître chanteur. Plus tard, j'ai appelé Cornell et je lui ai dit que je savais qui le faisait chanter et que j'avais donné rendez-vous à cet individu le soir même.

— À la carrière, dirent Eleanor et Clifford en chœur.

— Exactement. J'ai dit à Cornell qu'il pouvait y aller à ma place et essayer de négocier avec le maître chanteur.

J'ai ensuite envoyé une lettre anonyme à Atkins en lui disant que je détenais une preuve dans l'affaire de corruption sur laquelle il enquêtait mais que j'avais trop peur de le rencontrer dans un endroit où il y avait du monde. (Kingsley retroussa les lèvres.) Atkins était un serviteur de l'État si dévoué et vertueux qu'il ne pouvait faire autrement qu'y aller en dépit des doutes qu'il pouvait avoir. Et même si Cornell s'était mis en tête de se racheter et de revenir sur le droit chemin, à partir du moment où le maître chanteur lui avait demandé une somme qu'il ne pouvait pas payer, il ne lui restait que deux options : tuer Atkins ou retourner en prison pour ne plus jamais en sortir. La seule chose que je n'avais pas prévue, c'est que Cornell essaierait de se couvrir en transportant le corps jusqu'à la maison d'Atkins dans l'espoir de faire passer sa mort pour un accident.

Eleanor secoua la tête. *Tout s'explique* !

— Je me demandais pourquoi Cornell avait tué un homme et pris la peine de faire passer son meurtre pour un accident pour avouer son crime quelques jours plus tard. Maintenant je comprends. Cornell avait si bien maquillé son meurtre qu'il a réussi à piéger la police. Mais cela contrariait vos plans. Vous vouliez que la mort d'Atkins soit considérée comme un crime. Ainsi, une fois que vous auriez tué Cornell et laissé la fausse lettre d'adieu, l'enquête serait close et l'affaire, classée. Et c'est exactement ce qui s'est passé grâce à cet incompétent de sergent Wilby qui n'est pas corrompu, finalement. (Elle comprenait tout à présent.) Et c'est vous qui avez arraché les pages du registre de la police, pas le sergent Wilby.

Kingsley haussa les épaules.

— Comme vous le savez, il n'est pas difficile de distraire notre police locale. J'ai envisagé de changer mes plans mais j'ai préféré garder mon idée d'origine. J'ai compté sur l'incompétence de la police comme vous l'avez remarqué. Et je ne me suis pas trompé.

Eleanor fronça les sourcils, soucieuse de suivre le fil jusqu'au bout.

— Vous pensiez qu'Atkins n'allait pas tarder à découvrir votre chantage et vous l'avez piégé pour qu'il rencontre, bien malgré lui, Cornell à la carrière. Une fois que Cornell s'est débarrassé d'Atkins, vous avez pris tous les papiers d'Atkins dans son bureau et détruit tous les documents qu'il avait rassemblés au cours de son investigation sur cette affaire de corruption. C'est pourquoi le bureau d'Atkins était vide quand nous avons fouillé sa maison. Puis vous avez assassiné la seule personne qui pouvait vous accuser, Cornell, et vous avez écrit une fausse lettre d'adieu.

Eleanor regarda Kingsley avec un mélange de crainte et de stupeur.

— Enfin, vous avez compris, ma chère ! (Kingsley recula d'un pas.) Mais malheureusement pour vous et Mr Clifford, c'est trop tard. (Il leva son arme.) Comme je suis très occupé, en général j'ai des sous-fifres pour accomplir ce genre de tâches, des types comme Cornell. Je dois dire que ça m'a plu de le tuer. Je passe la majeure partie de mon temps assis derrière un bureau mais ça fait du bien d'aller sur le terrain de temps en temps. Pour vous et pour votre fidèle majordome, je vais prendre le temps d'appuyer sur la détente. Et je vais encore plus apprécier qu'avec Cornell.

Il s'apprêta à presser la détente.

# 40

La porte de la cabane s'ouvrit brusquement. Six agents armés les encerclèrent. Le commissaire divisionnaire Seldon s'avança.

— Lâchez votre arme, Kingsley. Vous êtes en état d'arrestation.

Eleanor constata, mi-admirative mi-horrifiée, que le maire n'avait même pas pris la peine de se retourner. Il avait les yeux rivés sur elle, l'arme braquée sur son cœur.

— Une petite surprise pour moi ? (Il secoua la tête en faisant tss-tss.) Je ne pense pas. (Puis levant la voix :) Commissaire, vous croyez m'avoir à votre merci. Je pense que c'est plutôt le contraire. Je n'aurai aucun scrupule à tirer sur cette sorcière qui se mêle de ce qui ne la regarde pas. Par conséquent, je vous conseille de calmer vos hommes, je n'hésiterai pas à la tuer. (Il haussa les épaules.) C'est vous qui voyez.

Seldon déglutit avec peine. Sans quitter Kingsley des yeux, il s'adressa à ses hommes.

— Baissez vos armes.

— Bonne décision.

Kingsley prit Eleanor par le cou. Le canon froid et dur du pistolet s'enfonçait dans sa tempe.

— Tout le monde en rang là-bas. Les mains sur la tête. Vous aussi, Mr Clifford.

L'inspecteur fit signe à ses hommes de faire ce que Kingsley leur demandait.

— Maintenant soyez sage. Qui sait ? Vous vous en sortirez peut-être, susurra le maire à l'oreille d'Eleanor.

Elle s'entrava dans ses pieds quand il la traîna jusqu'à sa voiture. Elle se dit tristement que les choses ne se passaient pas vraiment comme prévu.

*Reste calme, Ellie !*

Il ouvrit la portière côté conducteur et poussa Eleanor sans ménagement.

— Conduisez ! Et n'oubliez pas, je vous tuerai sans hésiter s'il le faut.

Elle songea à le désarmer mais elle savait qu'elle n'aurait jamais le temps d'atteindre son pistolet. Elle se demanda brièvement si elle ne devrait pas lui avouer qu'elle ne savait pas vraiment conduire mais en le regardant elle se ravisa. Il penserait qu'elle essayait de gagner du temps. Elle passa la première vitesse, en la faisant craquer, appuya sur l'accélérateur et déboîta sur la route en dérapant.

Tout à coup, son cœur fit un bond dans sa poitrine. Par-dessus le ronflement du moteur de la voiture, elle entendit le bruit distinctif d'un avion. Daphne !

Elle continua à regarder droit devant elle dans l'espoir que Kingsley ne remarque rien.

Son euphorie fut de courte durée. Elle prit conscience qu'ils n'avaient pas envisagé le scénario d'une prise d'otage. L'inspecteur était censé attendre les aveux du coupable puis devait surgir avec ses hommes et l'arrêter. Dans le cas où l'assassin prendrait la fuite, Lancelot devait survoler la zone, prêt à intervenir.

L'avion vira brusquement sur l'aile puis descendit en piqué sur la voiture. Kingsley leva les yeux, surpris par le bourdonnement de l'engin, suivi par un bruit sourd sur la route devant eux. Il regarda, à travers la vitre, la tache bleue sur la chaussée.

— Qu'est-ce que…

*Splash !* Une deuxième grenade de peinture tomba sur le capot et éclaboussa le pare-brise. Kingsley jura tandis qu'Eleanor tentait de nettoyer la vitre à l'aide des essuie-glaces.

L'avion revint à la charge. Cette fois, elle aperçut Lancelot qui se penchait, serrant dans sa main une poignée de grenades de peinture. Alfie et ses troupes les avaient fabriquées la veille au fort sous la supervision de Clifford.

*Splash !* En plein dans le mille cette fois. Ils virent rouge quand la grenade explosa contre le pare-brise.

*Splash ! Splash ! Splash !* Le rouge se mêlait au vert, puis au bleu, tandis qu'ils étaient pris sous une pluie de bombes. Les essuie-glaces abandonnèrent la bataille et s'immobilisèrent au milieu du pare-brise.

— Je ne vois rien ! cria Eleanor à Kingsley.

— Conduisez ! ordonna Kingsley en regardant le ciel. J'en ai assez, de ce clown.

Ôtant le pistolet de la tempe d'Eleanor, il le braqua sur Lancelot qui se penchait justement, s'apprêtant à lancer d'autres grenades.

Pas question ! Elle tourna brusquement le volant, Kingsley fut projeté en arrière. La détonation résonna dans les oreilles d'Eleanor.

Puis tout s'enchaîna au ralenti. Eleanor vit l'avion de Lancelot fondre en piqué vers le sol tandis que les grenades de peinture explosaient autour de la voiture. Le dernier bout de pare-brise encore intact disparut derrière un kaléidoscope de couleurs.

Et ils percutèrent quelque chose de très dur.

Kingsley fut le premier à sortir de la voiture. Il avança jusqu'à la portière côté conducteur.

— Sortez.

— Donnez-moi une minute ! Aïe, mes côtes !

Le choc l'avait propulsée contre le levier de vitesses. Elle se demanda si elle avait les côtes fêlées ou cassées.

Il s'approcha, le visage cramoisi.

— Sortez ou je vous tue.

Elle dégagea son épaule.

— D'accord, je sors… (La portière heurta violemment le poignet de Kingsley et le pistolet lui échappa des mains.) Tout de suite.

Il se plia en deux, tenant son poignet de son autre main, le visage blême.

— Vous m'avez cassé le poignet, imbécile !

— Imbécile vous dites ? (Eleanor braquait le pistolet qu'elle avait récupéré sur lui.) Rappelez-moi… qui tient le pistolet et qui se tient le poignet ?

Il se jeta sur elle, elle l'esquiva et frappa l'arrière de son crâne avec le pistolet. Le corps de Kingsley s'affaissa. Elle recula, l'arme toujours pointée sur lui. Mais il semblait inconscient.

Une voiture de police s'arrêta dans un crissement de pneus derrière elle. Seldon et ses hommes sortirent immédiatement. En voyant l'homme inconscient aux pieds d'Eleanor, Seldon s'arrêta et la considéra avec respect.

— Lady Swift, on dirait qu'une fois de plus, vous n'avez pas besoin de moi.

Eleanor sourit.

— Oh je ne sais pas. Vous pourriez prendre ce pistolet, j'ai un peu mal aux côtes.

— Avec plaisir !

Libérée de sa tâche de gardienne, elle se retourna et vit Clifford à ses côtés.

— Clifford, je vous ai déjà dit d'annoncer votre arrivée. Surtout quand j'ai les nerfs un peu à vif…

— Mes excuses, madame, mais il fallait que je vous remercie.

Eleanor était stupéfaite.

— Me remercier d'avoir attrapé le meurtrier ? Pour être honnête, c'était surtout votre idée…

Il toussa.

— Non, madame, même si je dois vous féliciter d'avoir gardé votre sang-froid quand notre plan n'a pas tout à fait fonctionné comme prévu. Je voulais vous remercier de m'avoir évité de chercher un nouvel employeur.

Elle rit.

— C'est vous qui m'avez dit que j'avais la vie dure.

Elle tressaillit. Lancelot ! Où était Lancelot ?

Une voix familière retentit soudain.

— Quelle blague ! (La voix venait du champ d'à côté.) Vous ne trouvez pas que Daphne a fait du bon travail ? Sherlock ! J'aurais besoin d'un coup de main, par ici !

# 41

— Entrez Mrs Butters. Je suis réveillée !

En pénétrant dans la chambre d'Eleanor, l'intendante laissa échapper un hoquet de surprise.

— Madame, que faites-vous debout ? Le docteur Browning a vraiment insisté. Vous devez rester couchée, et il a mis l'accent sur le mot « couchée ». Que dirait Mr Clifford s'il vous surprenait en train de vous lever ?

— L'avantage quand on atteint un certain âge, Mrs Butters, c'est qu'on est trop vieux pour se faire gronder. (Eleanor rit et se tint les côtes.) D'accord, mauvaise idée, aïe.

— Pardonnez-moi, madame, mais je ne pense pas qu'une jeunette comme vous ait atteint cet âge magique. Et maintenant, au lit, tout de suite. (Mrs Butters remonta la couverture.) Et la présence d'un bouledogue lourdaud dans la chambre et sur le lit, par-dessus le marché, ne serait certainement pas du goût du bon docteur. Imaginez s'il roule sur le dos et donne un coup dans vos côtes ?

Eleanor s'apprêtait à répondre quand l'intendante se tapa le front.

— Oh, le visiteur ! Je cours vraiment dans tous les sens ce matin.

— Un visiteur ? grommela Eleanor en levant les yeux vers Mrs Butters. C'est Lancelot… euh, lord Fenwick-Langham ?

— Non, répondit Mrs Butters avec un sourire ironique en voyant le visage déconfit d'Eleanor. C'est le commissaire divisionnaire Seldon.

— Seldon ? Ah bien sûr, il a besoin de ma déposition.

Eleanor regarda son pyjama en soie grise, puis l'intendante.

Mrs Butters ouvrit l'armoire.

— Et si vous passiez sur vos épaules ce magnifique châle en laine de votre mère ? Vous pourriez le fixer avec une broche ? Une fois que j'aurai brossé vos cheveux, vous passerez pour une dame en pleine convalescence.

*

Dix minutes plus tard, Eleanor avait descendu l'escalier avec l'aide de Mrs Butters dont elle tenait le bras. Une fois au salon, elle porta un doigt à ses lèvres pour empêcher le commissaire divisionnaire de parler.

— Commissaire, quel plaisir de vous voir. Si vous voulez bien m'excuser pour mon apparence et pour le fait que je parle à voix basse... Je me cache de Clifford.

— Vous vous cachez de votre majordome ? Essaie-t-il encore de vous tuer ?

Seldon se mit à rire mais se pencha vers Eleanor quand elle posa la main sur ses côtes douloureuses.

— Oh mon Dieu ! Vous voulez que j'appelle quelqu'un ?

— Non, c'est juste que je ne peux pas rire. Vraiment, ce n'est rien, une simple égratignure.

— Ce n'est pas ce que m'a dit le docteur Browning quand je l'ai croisé tout à l'heure en ville. En revanche, il a dit... (Seldon fixa son chapeau.) Qu'un esprit indépendant guérit deux fois plus vite, parole de professionnel.

— Je pense qu'il a plutôt dit « un esprit têtu » mais j'apprécie votre tact. Vous voulez prendre ma déposition, je suppose ?

— En fait non. Ça peut attendre un jour ou deux. Je suis venu chercher votre… euh… « invité ».

— Quel invité ? Oh Ambrose ! J'avais complètement oublié qu'il était toujours détenu dans la cave. Comment ces dames ont-elles pris la nouvelle ? Mal, je suppose.

— En effet, je les ai vus se tordre les mains de désespoir. Mais, il va s'en sortir avec une peine légère, je pense. Nous avons pu reconstituer l'enchaînement des faits et cette sordide histoire repose entièrement sur le chantage exercé sur votre « invité ». On l'a forcé à vous kidnapper.

— Avez-vous réuni assez de preuves pour envoyer le maire en prison et pour qu'il y reste longtemps ?

— Nous commençons tout juste à démêler ses différentes activités criminelles, mais entre ses aveux, l'argent et les carnets que vous avez trouvés, nous avons assez de preuves pour l'accuser de meurtre et de chantage.

Elle repensa tout à coup à quelque chose.

— Vous savez, avec tous ces événements, j'avais presque oublié que Cartwright et Jack Cornell se connaissaient et s'étaient vus. Il a aussi pratiquement nié avoir remorqué la voiture embourbée le lendemain du meurtre. Cartwright n'est pas l'assassin, c'est sûr, mais j'ignore toujours la nature de ses activités douteuses.

— Je peux vous éclairer sur un point, grommela le commissaire. Cornell avait tout planifié. Il avait prévu de faire passer le meurtre pour un accident. En inspectant la propriété de Mr Atkins, nous avons trouvé la preuve que, la nuit de la tempête, il avait caché sa moto à côté de la maison, car il savait qu'il devrait agir vite après le meurtre. Ensuite, il a marché jusqu'à la carrière et s'est caché en attendant l'arrivée d'Atkins en voiture. Une fois Atkins dans la cabane, il l'a tué, comme vous l'avez vu. Mais vous n'avez pas vu Cornell mettre le corps dans la voiture d'Atkins et le « ramener » chez lui.

— Ah ! dit Eleanor en hochant la tête. C'est pour ça qu'il n'y avait pas de corps. C'est donc la voiture d'Atkins que j'ai croisée ? C'est pour ça qu'elle me semblait vaguement familière. Je n'y ai pas vraiment réfléchi sur le moment, pour moi, c'était juste une voiture sur la route en pleine nuit. Pour la moto, c'était différent. À l'évidence il m'a vue mais ne s'est pas arrêté, alors que le chauffeur de la voiture ne m'avait pas vue du tout. (Elle fronça les sourcils.) Mais la voiture m'a croisée peu de temps après les coups de feu, donc je n'ai jamais imaginé que ça puisse être l'assassin avec le cadavre.

Seldon hocha la tête à son tour.

— Cornell n'a pas perdu de temps, il faut reconnaître, mais il avait tout planifié. Après avoir installé le corps dans le bureau d'Atkins, il a tout simplement repris sa moto et a foncé à la carrière pour faire disparaître toute trace du meurtre. Le seul grain de sable qui soit venu gripper la machine, c'est qu'il a failli vous renverser dans sa hâte.

— Et la voiture qui s'était embourbée dans la boue, commissaire ? Celle que Cartwright a remorquée ?

— C'était juste un gars du coin pressé. Il s'est rendu compte qu'il avait oublié un paquet qu'il était censé livrer et s'est engagé sur la route de la carrière pour faire demi-tour sans ralentir. Il a perdu le contrôle du véhicule et s'est retrouvé coincé. Apparemment, Mr Cartwright lui a demandé une coquette somme pour remorquer sa voiture.

Eleanor rit.

— Je vois, ça explique la voiture embourbée. Mais une autre question me taraude. Jack Cornell connaissait bien Cartwright, apparemment. Comment cela se fait-il ?

Une toux derrière elle la fit sursauter.

— Clifford !

— Excusez-moi de vous interrompre mais je pense pouvoir expliquer la nature des relations entre Mr Cornell et Mr Cartwright. Ainsi que les viles activités de Mr Cartwright.

Eleanor hocha la tête.

— J'aimerais beaucoup le savoir.

— Il y a quelques jours, Mrs Trotman était chez Brenchley. Elle était cachée par un important rayon de Persil, « l'incroyable lessive à l'oxygène actif » comme on l'a surnommée, je crois.

Eleanor sourit. Clifford était décidément incapable de raconter quelque chose sans donner d'informations superflues.

— Elle a surpris Mrs Mount en train de chuchoter à Mrs Jefferson qu'elle était montée jusqu'à la ferme de Mr Cartwright pour rien. Le fermier lui aurait dit qu'il ne pouvait pas honorer sa commande habituelle de gibier à cause de la police qui fouinait dans la carrière et sur ses terres depuis qu'on avait prouvé qu'un meurtre avait eu lieu là-bas.

Seldon se fendit d'un sourire.

— Alors comme ça, Cartwright vendait du gibier tué par des braconniers.

— En effet, et l'homme qui le fournissait en gibier…

Eleanor leva la main.

— Laissez-moi deviner, Jack Cornell ?

— Exactement, madame.

Le commissaire rit.

— Et dire que vous soupçonniez Cartwright d'être l'assassin !

Eleanor maugréa.

— Au moins tout s'explique. Je sais aussi pourquoi Cartwright n'est pas un ami de notre honnête boucher.

Clifford hocha la tête.

— En effet, Mr Penry, un fervent pratiquant, désapprouve ses activités d'un point de vue moral mais aussi professionnel. Je suppose que les activités de Mr Cartwright lui font perdre des clients.

— Tant que la police mènera l'enquête, ils n'auront pas d'autre option que se servir chez Penry.

— En effet. Toutefois, ce n'est pas en restant debout à parler de tout ça que vous allez récupérer, madame. Je crois que le docteur Browning vous a recommandé de vous reposer. Ce serait dommage d'ignorer les conseils du docteur. (Clifford se tourna vers le commissaire.) Nous sommes naturellement très reconnaissants des excellents soins prodigués par le docteur Browning à lady Swift. Je crains, toutefois, que si elle continue à se blesser, les comptes de la maisonnée ne souffrent terriblement quand le docteur enverra sa note. Il vaut mieux économiser.

Eleanor rit.

— Je vous assure que je suis en pleine forme !

— En effet, madame. Comment expliquer sinon que vous chambouliez constamment les horaires des repas, que vous fassiez les courses pour l'intendante, que vous vidiez les bouteilles d'alcool avec le personnel dans la cuisine et... que vous receviez les visiteurs en pyjama ?

Ils se retournèrent tous les deux quand le commissaire partit d'un grand éclat de rire.

Eleanor sourit.

— Je suis contente que vous soyez témoin de l'insolence intolérable avec laquelle je suis traitée. Si un jour j'envisage d'engager des poursuites contre cet effronté majordome, vous prendrez ma plainte, commissaire.

— Bien sûr lady Swift, dit Seldon en soutenant son regard.

— J'ai appris à prendre au sérieux tout ce que vous disiez. (Il jeta un coup d'œil à la pendule sur la cheminée.) Pardonnez-moi, mais je dois filer.

Cinq minutes plus tard, Mrs Butters passa la tête par la porte et dit d'une voix teintée de tristesse :

— Madame, Mr Clifford, ils l'emmènent.

Eleanor et Clifford rejoignirent le personnel réuni solennellement dans le vestibule. Polly avait une main posée sur l'épaule de Mrs Butters et se tamponnait les yeux avec un mouchoir de l'autre. Mrs Trotman était restée en arrière. Ambrose Cooper se tenait entre le commissaire divisionnaire Seldon et un agent en uniforme. Il était menotté.

— Je peux dire quelque chose ? demanda le prisonnier.

— Comme je l'ai dit quand j'ai énoncé vos droits, tout ce que vous direz sera consigné et pourra faire office de preuve au tribunal, répondit le commissaire.

— Ça n'a rien à voir. Je voulais juste remercier ces dames… pour leur hospitalité. J'ai jamais été aussi bien traité, j'ai jamais aussi bien mangé.

Il sourit à Mrs Trotman qui se précipita vers lui et déposa un paquet dans ses mains menottées.

— Il ne va pas si bien manger là où il va, commissaire. Ça devrait lui permettre de tenir un petit moment.

— Heureusement que personne n'est là pour voir ça, grommela Seldon. (Il se tourna vers les agents.) Si l'un de vous dit un mot, je lui prendrai son insigne.

Seldon guida Ambrose vers la porte. En passant devant Eleanor, il s'arrêta.

— Je vous souhaite un prompt rétablissement, lady Swift. Nous pourrions peut-être nous voir dans des circonstances moins officielles, la prochaine fois.

# 42

Après le départ du commissaire et de leur « invité », la maison sembla curieusement vide. Les dames étaient retournées dans la cuisine. Eleanor était désormais seule avec Clifford au salon. Alors qu'il s'apprêtait à partir, Eleanor se posta devant la porte.

— Clifford, j'attendais que nous soyons seuls pour vous… remercier… pour tout.

— Ce fut un plaisir, madame.

— Et… et pour m'excuser.

— Vous excuser, madame ?

— Oui… quand, quand je croyais que vous essayiez… vous savez…

— … de vous tuer ?

— Oui, c'est ça. Je me suis introduite discrètement dans votre…

Elle rougit en y repensant.

Clifford toussota.

— Si vous avouez que vous êtes entrée dans mes appartements et que vous les avez fouillés, je le sais déjà madame.

Elle le regarda, stupéfaite.

— Comment ça ? J'ai été aussi discrète qu'un chat. Clifford ? Vous riez ?

Il retrouva immédiatement son maintien de majordome et sortit un mouchoir impeccable de la poche de sa veste pour s'essuyer les yeux.

— C'est à mon tour de m'excuser. Vous avez de nombreux talents mais la discrétion n'en fait pas partie. Si Polly n'avait pas eu l'interdiction d'entrer dans mes quartiers, après ce dernier épisode (il frémit), j'aurais pu croire qu'elle avait eu un coup de folie mais comme à l'évidence ce n'était pas elle, il ne restait qu'une coupable possible.

— Oh, zut à la fin ! J'essayais de m'excuser.

Il s'inclina légèrement.

— Excuses acceptées.

Elle croisa les bras.

— C'est bien joli de vous montrer aussi compréhensif après ça, mais j'ai… euh… trouvé des grenats dans votre chambre, comme celui que nous avons découvert à la carrière ! Qu'est-ce que j'étais censée croire ?

Il hocha la tête.

— Je suis d'accord, madame. J'aurais certainement tiré la même conclusion. Toutefois, c'est juste une coïncidence et pas si étrange que ça d'ailleurs. Les grenats peuvent être utilisés pour beaucoup de choses, qu'on ne soupçonne pas forcément. Ceux que vous avez trouvés appartenaient en fait à votre oncle. C'était un présent du chef de la tribu hunza dans le Cachemire. Cette tribu croyait que les balles fabriquées à partir de grenats étaient plus redoutables contre les ennemis que les balles en plomb. (Il hésita puis se décida.) Votre oncle a pris sa retraite assez jeune après une brillante carrière au sein de l'armée. S'il s'est retiré, c'est parce qu'il comprenait de plus en plus le besoin d'autonomie du sous-continent. Après son départ de l'armée, il a continué à soutenir ceux qui voulaient l'indépendance, dont la tribu dans le Cachemire qui lui a donné ces balles pour qu'elles le protègent contre ses ennemis. Les chrétiens aussi bien que les musulmans utilisent les grenats comme des talismans depuis les croisades.

— C'est pour ça que… ?

Clifford parla d'une voix douce avec beaucoup de sincérité.

— C'est pour ça que ces grenats, comme beaucoup d'autres choses, sont cachés. Votre oncle vous aimait beaucoup, madame, mais il menait une vie trop dangereuse pour prendre sa jeune nièce avec lui. Il avait peur pour votre sécurité.

Les larmes roulèrent sur les joues d'Eleanor. Elle les laissa couler.

— Oh Clifford, et moi qui croyais qu'il n'en avait rien à faire de moi.

— Bien au contraire. Il tenait à vous beaucoup plus qu'il ne savait le dire.

Clifford lui tendit son mouchoir et grimaça quand elle se moucha bruyamment dedans.

— Merci. (Elle renifla.) Merci de me l'avoir dit. Je suis vraiment désolée. J'ai… brièvement douté de vous. J'ai honte maintenant.

Clifford soupira.

— Votre oncle était mon maître et j'étais son valet, c'est vrai, mais quand nous étions loin des regards indiscrets, nous étions aussi amis. Il me confiait ses inquiétudes, ses doutes quant à sa capacité à élever une petite fille. Il avait peur que vous dépérissiez avec deux vieux célibataires qui menaient une vie très inappropriée pour une jeune fille, sans présence féminine pour vous guider.

Il ferma les yeux, visiblement ému.

— C'est moi qui ai suggéré que vous alliez dans un pensionnat pour jeunes filles, madame. (Clifford la fixa.) Nous voulions que vous receviez une bonne éducation et que vous grandissiez avec des jeunes filles de votre âge. Et surtout nous voulions que vous soyez en sécurité. (Il renifla à son tour.) Je suis désolé, nous n'avions pas mesuré à quel point vous aviez besoin d'amour.

Eleanor lui rendit son mouchoir. Il esquissa un sourire et en sortit un autre de la poche de sa veste puis s'essuya le nez.

Eleanor n'avait pas pleuré depuis des années mais Clifford venait d'ouvrir la porte de son cœur et les larmes coulaient à présent. Elle leva les yeux vers l'homme qui se tenait devant elle. À l'évidence, il se débattait lui aussi avec ses émotions.

Elle se racla la gorge et parla d'une voix tremblante.

— Merci pour tout ce que vous avez fait pour mon oncle… et pour moi. Après la disparition de mes parents, j'ai eu du mal à accepter qu'on m'envoie dans un pensionnat mais c'est seulement parce que je ne connaissais pas la vérité. (Elle parvint à rire à travers ses larmes.) Malgré tout Clifford, je pense que mon oncle et vous avez pris la bonne décision. Imaginez ce que je serais devenue si j'avais passé mes journées avec vous et si vous m'aviez entraînée dans vos aventures… un garçon manqué, un vandale, avec une prédilection pour les déguisements de cow-boy.

Clifford sourit.

— Si je peux me permettre, madame, je crois bien que vous vous êtes déguisée en cow-boy ou plutôt en cow-girl à Dodge City.

Eleanor hoqueta.

— Clifford, mon oncle m'avait vraiment à l'œil.

Clifford avait le regard perdu dans le lointain.

— Combien de soirées n'avons-nous pas passées à évoquer gaiement vos exploits. (Il fixa ses genoux.) Votre oncle disait toujours que vous étiez une merveille et que vous accompliriez de grandes choses.

Eleanor s'essuya les yeux et fixa ses genoux à son tour.

— C'était peut-être là la seule erreur de mon oncle. (Elle hésita puis soupira.) Entre nous, Clifford, je pense que j'ai fait un peu n'importe quoi de ma vie jusqu'à présent. J'ai touché à beaucoup de choses, j'ai voyagé pendant des années pour ne pas avoir à affronter le fait que je ne savais pas quoi faire de moi. Et… (Elle se mordit la lèvre inférieure.) Je suis un cas désespéré avec les hommes.

Clifford la fit sursauter quand il partit d'un grand éclat de rire qui emplit la pièce.

— Pardonnez-moi madame, mais mon oncle avait tiré la même conclusion. Il a fait remarquer à plusieurs occasions qu'il fallait qu'il apprenne à jouer les entremetteurs pour vous éviter de vous lancer tête baissée dans des histoires d'amour destructrices et sans lendemain.

Eleanor rit puis s'interrompit quand une pensée s'imposa dans son esprit.

— D'accord Clifford, je comprends pourquoi mon oncle m'a envoyée au pensionnat, maintenant. Mais pourquoi n'est-il pas venu me chercher quand j'ai eu dix-huit ans ? J'aurais pu avoir cette conversation avec lui il y a des années.

Clifford prit une longue inspiration.

— À la fin de sa vie, votre oncle m'a confié que c'était son plus grand regret. Il craignait… (Sa voix se brisa. Eleanor se pencha et le regarda dans les yeux jusqu'à ce qu'il ait repris contenance.) Il avait peur que vous le rejetiez.

— Le rejeter ? J'ai passé toute mon enfance à souhaiter qu'il me fasse une place dans sa vie.

— Je sais et lui aussi en était conscient. Mais derrière son amour, il y avait cette crainte de ne pas avoir fait ce qu'il fallait pour vous. Il disait que ça l'avait rongé pendant des années. Chaque fois qu'il envisageait de vous contacter, il se ravisait car il craignait votre réaction… l'indifférence ou pire.

— Oh Clifford, quel gâchis ! Et maintenant je ne peux plus lui dire que je ne l'aurais jamais rejeté.

— Madame, si je peux vous demander l'autorisation…

Elle leva la main.

— Non, Clifford, je ne vais pas vous la donner parce que c'est moi qui vous demande la permission… la permission de vous serrer très fort dans mes bras.

Pour la première fois depuis son arrivée au manoir, il abandonna sa posture rigide de majordome.

— Vous avez ma… permission, madame.

Eleanor trouva dans la cuisine les dames en train de travailler assidûment comme à leur habitude.

— Mesdames, il faut qu'on parle… (Elles levèrent les yeux vers Elenaor, inquiètes.) Du repas de fête que nous allons préparer !

Elles rirent, soulagées, et se tapotèrent mutuellement le bras.

— Mais je sais à présent que… (elle imita Ambrose) que ceux d'en bas, ils arrêtent jamais de travailler, alors si la prétentieuse de l'étage veut se joindre à elles, va falloir qu'elle prenne un tablier…

— Et qu'elle mette la main à la pâte, dirent la cuisinière et l'intendante en chœur.

De retour dans sa chambre, quelques heures plus tard, Eleanor y trouva un intrus.

— Gladstone, mon chien, comment es-tu entré ici ? Je croyais t'avoir fait sortir quand je suis descendue.

Elle s'assit sur le lit et le caressa. Elle rit quand il roula sur le dos.

— Non mais regarde-moi ce ventre ! Tu dois avoir du sang de cochon, c'est pas possible.

Son pied heurta quelque chose par terre. Ses chaussures de marche ! Qu'est-ce que… ? Elle était certaine de les avoir laissées dans son armoire. En se penchant, elle vit une petite carte pliée dans l'une des chaussures.

« SOIS TOI-MÊME, TOUS
LES AUTRES SONT DÉJÀ PRIS »,
OSCAR WILDE.

Oh Clifford !

Une demi-heure plus tard, elle sortit de sa chambre, satisfaite du choix de sa tenue, une tunique en soie verte qui descendait jusqu'aux mollets avec de délicates brettelles et un châle perlé assorti. Elle tenait une bourse en satin mais l'abandonna sur le guéridon en passant.

*Pas besoin d'accessoires, Ellie, montre-toi telle que tu es.*

Clifford l'attendait en bas de l'escalier.

— Merci pour votre mot, dit-elle. J'ai choisi les escarpins même si les chaussures de marche étaient très tentantes.

— Les deux auraient fait l'affaire, madame.

— Vous savez, vous êtes un vrai gentleman, un vrai gentleman à l'ancienne.

— Et vous êtes une vraie dame. Une vraie dame moderne. Dites-moi, vous pensez qu'il y en aura d'autres dans votre genre à l'avenir ?

— Absolument, Clifford.

— Dans ce cas, je me réjouis de tout cœur.

Des pneus crissèrent sur l'allée de gravier.

— Je crois que la voiture vient d'arriver, madame.

Sur la table de l'entrée, il prit un plateau en argent et le lui tendit.

— Un paquet ? Pour moi, Clifford ?

Clifford désigna la longue boîte verte, recouverte de soie, avec un nœud délicat et le logo caractéristique de Harrods en relief. En soulevant le couvercle, Eleanor regarda Clifford d'un air interrogateur. Elle écarta les bords du papier de soie et resta bouche bée.

— Si vous voulez bien pardonner mon audace, madame, j'ai commandé un blanc ivoire.

Eleanor sortit une paire de longs gants en satin de la boîte. Elle passa les doigts sur les lettres « ES » finement brodées. Elle les enfila, tremblante d'émotion, et articula en silence un sincère « Merci Clifford ».

Ils attendirent sur les marches tandis que Lancelot sortait tant bien que mal de la voiture, le bras droit bandé.

— Sherlock, vous êtes… éblouissante.

Il tendit une écharpe bleu pastel de son bras valide. Elle n'avait jamais touché un cachemire aussi doux.

— Mon Dieu, Goggles, comme c'est attentionné de votre part !

Il sourit.

— Je n'étais pas sûr pour la couleur mais je suis pratiquement certain que ce Holmes portait une écharpe bleue. Ou était-ce une veste bleue ? En tout cas, je voulais juste vous apporter quelque chose pour vous réchauffer et vous préparer à… cette conversation que nous n'avons jamais terminée.

— C'est parfait. (Eleanor s'installa sur le siège passager en riant.) Après tout, le bleu et le vert devraient toujours être vus avec une dame entre les deux[1]. On y va ?

---

1. Référence à l'expression populaire britannique « *Blue and green should not be seen without a colour in between*". Il ne faut jamais associer le vert et le bleu sans ajouter une couleur entre les deux.

# Une lettre de Verity Bright

Merci d'avoir choisi de lire *Meurtre à l'anglaise*. J'espère que vous avez aimé le lire autant que j'ai aimé l'écrire. Si vous souhaitez suivre les aventures d'Ellie et de Clifford, il vous suffit de vous inscrire sur le lien suivant et vous serez informé·e de la sortie du prochain tome de la série Lady Swift. Votre adresse mail ne sera transmise à personne et vous pouvez vous désinscrire à tout moment.

www.bookouture.com/verity-bright

Je vous serais très reconnaissante si vous écriviez une critique. Les critiques permettent de faire connaître les mystères de Lady Swift à d'autres personnes et m'aident à améliorer les tomes suivants de la série.

Merci,

Verity Bright

Twitter : @BrightVerity

Facebook : veritybrightauthor

Veritybright.com

# Remerciements

Merci à Maisie Lawrence, mon éditrice, pour son incroyable patience, sa perspicacité, et pour avoir cru à Ellie, Clifford, et aux dames de Henley Hall. Un grand merci aussi à toute l'équipe de Bookouture grâce à qui *Meurtre à l'anglaise* a pu voir le jour.

Achevé d'imprimer en avril 2022
sur les presses de la Nouvelle Imprimerie Laballery
58500 Clamecy
Numéro d'impression : 203418

*Imprimé en France*

La Nouvelle Imprimerie Laballery est titulaire de la marque Imprim'Vert®